聖女様の言葉で、深月にかかっていたあらぬ
誤解が解けて……？
「昼休みのことだけど、
改めてありがとう」
「えへん」
結果が伴《ともな》っているからか
とにかく気分がよさそうに亜弥は
得意気な笑みを浮かべる。
JN035209

田所明&
柴田日和
明は深月の親友で、
日和はその彼女。
陽気なイチャイチャ系
バカップルだが、
深月と亜弥の仲を
温かく見守る!?
月代深月
何事も割り切った
態度から誤解されやすいが、
根は優しい少年。
亜弥と知り合い、
彼女の本当の姿を
知っていくうちに
……?

一ノ瀬 亜弥
「クラスの聖女様」こと
学校一の完璧美少女。
深月にだけは飾らない姿を
見せることから、
彼には「黒聖女様」と
呼ばれる。

「……お風呂、ありがとうございました」
「どっ、どういたしまして」
風呂から出てきた
亜弥はシャツ姿だった。
色々と用意しておいた中から、
シャツと短パンを選んだらしい。

黒聖女様に溺愛されるようになった俺も彼女を溺愛している 3

ときたま

HJ文庫
1136

口絵・本文イラスト　秋乃える

CONTENTS

プロローグ

——一人でだと、なんだか味気ないですね。腕《うで》が落ちた訳でもないのに。

一之瀬亜弥《いちのせあや》は夕飯を口にしながらふと思った。

ここ最近、アパートの隣人《りんじん》である月代深月《つきしろみづき》と食事をするようになっていたが今日は一人だ。理由は深月に予定が入ったから。

『明日の夜なんだけど、明《あきら》と焼き肉を食べに行くことになったからご飯は大丈夫《だいじょうぶ》……です』

『そうなんですね。分かりました。楽しんできてください。ところで、どうして敬語なのですか？』

『ご飯いらない、とかは軽すぎるかなと思ったんだよ。作ってもらってる立場なんだし』

『変なところで気を遣《つか》いますね』

『別に、普通《ふつう》のことだろ』

そんなやり取りを昨日、深月としたばかりである。

きっと今頃《いまごろ》、友人である田所《たどころ》明と深月は美味《おい》しいお肉を食べながら楽しい時間を過ごしているのだろう。

——美味しいお肉は少し羨《うらや》ましいですね。

なるべく節約を心掛《こころが》けている亜弥はあまり高級な食べ物を口にしたことがない。だから、量を食べる自信はないけれど、憧《あこが》れはある。

ただ、美味しいお肉に心焦《こ》がれているから自分で作った料理の味がいつもより劣《おと》っていると感じている訳ではないだろう。深月と一緒《いっしょ》じゃなくて手を抜《ぬ》いたのは事実だが、問題はそこじゃない。深月と一緒じゃないことがそう感じさせるのだ。

少し前まではこれが当たり前で。

むしろ、今の方が普通ではないというのに深月のせいで物足りなくなってしまった。深月のおかげで使用する機会が増えたテレビでバラエティー番組を流しているがいまいち面《おも》白《しろ》くない。テレビの電源を切ってため息を漏《も》らした。

「今日はもう、さっさと寝《ね》ますかね」

これまでも、夜遅《よるおそ》くまで起きているような生活は送ってきていないけど、食べ終わったら片付けて、お風呂《ふろ》に入って、寝る。明日になれば、また深月と夕飯を過ごせるようになるから。

そう決意したように亜弥は用意を済ませていく。

食器を洗い終えれば、お風呂に入ってリラックス。一月の夜は寒くて、温かい湯船に浸《つ》かると気持ちがいい。腕を伸《の》ばすと一日の疲《つか》れが体から抜けていく。しっかりと暖を取ってお風呂から上がるとパジャマに着替《きが》えた。ドライヤーで髪《かみ》を乾《かわ》かしていると普段《ふだん》は滅多《めった》に鳴らないスマホから通知音が響《ひび》いた。

亜弥の連絡先《れんらくさき》を知っているのは深月と父親だけ。

でも、父親が連絡《れんらく》をしてくることはない。してきたとしても一年のうちに数回だけで、本当にない。だから、深月からだろうと予想して確認《かくにん》すれば当たっていた。

「最寄《もよ》り駅を出たからもう少ししたら着くんだけど、ってわざわざ連絡してくる必要があるのですか？」

いちいちそんなことを伝えられる筋合いが亜弥にはない。亜弥は深月の家族ではないのだ。夜道に気を付ける。高校生が出歩いていい時間を守る。この二点さえ意識していればわざわざ報告する必要なんてない。

しかし、既読《きどく》の文字はもう付いてしまった。既読無視、というのも感じが悪いだろう。

「気を付けて帰ってきてくださいね、でいいでしょう」

そう返事する。少しして、また深月から連絡が届いた。

内容を見た亜弥の口から自然と「えっ」という声が漏れる。一旦《いったん》、目を閉じて眉間《みけん》を抑《おさ》えてから再び内容を確認した。けれど、文字が変わることはなく、帰ったらちょっとだけ会いたい、と深月から送られてきている文章も変わらない。

何か用事でもあるのだろうか。理由もなくそう言われる心当たりがないのでそうなのだろうが、それにしても心臓に悪い。

「……どうして、文字だけなのにこんなにも胸の辺りが熱くなるのです」

ふと我に返り、亜弥は首を傾《かし》げた。分からない。どうして、簡単な言葉で表せばドキドキしているのかが。文字を見ただけだというのに。

短い間、頭を悩《なや》ませてから亜弥は返事を送った。

少ししてから、インターホンが鳴った。

いいですよ、と返事を送ってから十分ほどしか経《た》っていない。相手を確認する必要はないと思うけど、安全第一。

「はい」

「夜遅くにごめん。月代だけど……出てこれる？」

「少しお待ちください」

パジャマの上から上着を羽織り、亜弥は玄関《げんかん》の扉《とびら》を開けた。冷たい空気が肌《はだ》に痛い。思わず背中を丸めたくなってしまう。でも、それよりも、会いたいと書かれていたことに対する緊張《きんちょう》みたいなものが強くて、背中がピンと伸びた。

照れ臭《くさ》くなっているのか深月は頬《ほお》を掻《か》いている。

「それで、急にどうしたのですか？」

「これ、一之瀬《いちのせ》に半分食べてほしいなと思って」

「……アイス？」

コンビニで購入《こうにゅう》したのだろうか。手にしていた袋《ふくろ》の中から深月が取り出したのは二本がワンセットになっているアイスキャンディーだ。亜弥は目を丸くした。

「どうしてまたこの寒い時期にアイスなんて」

「焼き肉の後で口が欲《ほっ》してたんだ。で、久《ひさ》し振《ぶ》りに食べたいなあって買ったまではよかったんだけど、よくよく考えれば一本で満足するし明とはもう別れた後だったから一之瀬しかいないと思って」

つまるところ、二本入りのアイスキャンディーが余ってしまうから深月は亜弥に処理してほしくて会いたいなどと緊張するような言葉で連絡してきたらしい。深月のことだから、処理してほしいではなくて、お裾《すそ》分《わ》けみたいなことを考えているのだろう。が、それにしても蓋《ふた》を開けてみれば亜弥の気分が下がる内容だ。

――あれだけソワソワして待っていた時間を返してほしいくらいです。

そんな筋合いもないというのに、怒《いか》りみたいなものが込《こ》み上げてくる。甘《あま》い物を取り込まないとどうにも収まりそうにない。

「こんな時間に甘い物食べるのは禁止してるか？」

「よく言いますね。普段、あなたの家でどういう風に過ごしているか知っているくせに」

「だと思った」

こうして深月と関わるまでは、夜遅くに甘い物を食べようと思うどころか機会すらなかった。けど、頻繁《ひんぱん》に深月が甘い物やお菓子《かし》を買ってきてくれるようになってから亜弥は変わった。今でも体型維持《いじ》の努力は怠《おこた》っていない。でも、せっかくの深月の厚意《こうい》も無駄《むだ》にしたくない。せっせと自分のために買ってきてくれるのだから、亜弥も食べて恩を返している。それこそ、時間も量も一旦《いったん》は考えないようにしているくらい。

それほど、甘い物が好きだったのだと深月に改めて意識させられたとはいえ、お腹《なか》いっぱい食べる子だと思っているかのような深月の笑《え》みが憎《にく》たらしい。

「くれるなら早くくださいよ」

「ん、ほら」

暑い季節に見ず知らずの二人組がこのアイスキャンディーを仲良くシェアしているのを

よく見掛《みか》けていた。

　でも、亜弥には分け合う相手などいなくて。どこか遠い目で眺《なが》めているだけだった。仲睦《むつ》まじく、美味しいねと楽しそうにする二人が本当は羨ましく感じていたのかもしれない。

　だから、深月から手渡《てわた》されて冷えた手の中にもっと冷たいアイスキャンディーがあるというのになんだか温かい気持ちになる。

「ここの先端《せんたん》の部分を取り除いてから、こうやって吸いながら食べるんだ」

「馬鹿にしないでください。それくらい、分かりますから」

　世間知らずだと深月が思っている証拠《しょうこ》だろう。実践《じっせん》しながら教えてくる姿が実に腹立たしい。亜弥はそっぽを向きながら、シャーベット状のアイスキャンディーを吸う。味はホワイトサワーらしい。初めて食べる味だけど、さっぱりとしていて美味しい。口角が自然と緩《ゆる》んだ。

「美味しいけど……やっぱ、この季節のこの時間にアイスは体が冷えるな」

「ですね。戻《もど》ります？」

「俺《おれ》は厚着してるから大丈夫かな」

「そうですか。それなら、私も。お風呂上がりで少し暑いくらいでしたので」

　嘘《うそ》である。本当は寒い。アイスキャンディーも食べるなら暖房《だんぼう》が効いている部屋で食べたい。

でも、深月ともう少し話していたい気持ちが勝った。物足りなかったのだ。深月のせいで増えた口数が今日は学校が終わってからこの時間まで誰《だれ》とも口を利《き》いていなかったから。そんなこと恥《は》ずかしくて口が裂《さ》けても言えないけど。

「焼き肉はどうでしたか？」

「そうそう。一之瀬に聞いてほしくてさ。めっちゃ美味《うま》かった。牛ロースに牛カルビ。どっちも口の中で蕩《とろ》けるんじゃないかってくらい柔《やわ》らかくて」

「満足されたようですね」

「うん」

深月にしては珍《めずら》しく、年相応よりも幼い返事をしてきて本当に幸せなのだということが亜弥に伝わった。

深月が満足しているのならそれはいいことだ。

なのに。それなのに。口角を上げている深月の姿にモヤっとした感情が芽生えた。

「私だって高級なお肉さえあれば、口の中で蕩けるくらい柔らかく焼くことは出来ますけどね」

言ってしまってから、亜弥はアイスキャンディーを口に含《ふく》む。不思議そうに見てくる深月の視線から逃《のが》れるように。

「急にどうした？」

「別に。わざわざ、焼き肉を食べに行かなくても済むという話をしてしまっただけです。どうせ、月代くんのことですから元を取れるだけの量を食べられたりはしていないのでしょう？」

「男子高校生の胃袋《いぶくろ》を舐《な》めるなよ。一之瀬が行って食べる量よりは絶対に多く食べてきた」

「私と比べられても困るんですけど」

亜弥は自覚している。体型を維持するためにあえて量は減らしているが、それがなかったとしても自分の胃袋にはあまり量が入らないということを。それに、深月は男の子だ。差別をする訳ではないが、いくら深月が男の子のわりには食べる量が少なくても、普段の食事量を見ていて亜弥に勝ち目がないことも分かり切っている。

「ま、取れてないけど」

「え。どうして、一度見栄《みえ》を張ったんですか？」

「なんとなくだ」

「なんですか、それ」

満足そうにアイスキャンディーを口にする深月に亜弥は呆《あき》れてため息を吐《つ》いた。

「とにかく、立派なお肉があればお家でも食べることが出来るんですから経済的にはそちらの方がいいでしょう、とつまらないことを言っているだけですよ。詳《くわ》しくは知らないですけど。私は行ったこともありませんし」

口にしながら、亜弥は自分に嫌気《いやけ》が差していた。

どうしてもこの口は深月を相手にすると余計なことまで言ってしまう。今だって、別に深月を嫌《いや》な気持ちにさせたい訳じゃない。

それなのに、美味しいお肉を深月だけ食べてきて羨ましいとか。その笑顔《えがお》は自分が作る料理以外にはあまり浮《う》かべてほしくないだとか。考えずともいいようなことまで考えては口走ってしまう。めんどくさい性格が本当に嫌になる。

「一之瀬の言うことも一理ある。正直、誘《さそ》われないと自分からは行かない場所だしな。どうせなら、高い肉を買ってきて家で食べた方が俺にとっては安く済むし」

「同意しなくていいですよ」

「同意じゃなくて、本当にそう思ってるよ。だって、焼き肉に行ったって俺の胃袋じゃ絶対に元は取れないし。今日だって、めっちゃ頑張《がんば》ったけど食べた量と金額を比べたら損してる」

自分のお腹を叩《たた》きながら、深月は「後半はかなりきつかった。しばらく肉は見たくないからさ」と漏らしている。

「それなら、一之瀬の言う通りでわざわざ食べに行かなくても家で高い肉を食べてたらいいんだと思う。誘われたら俺はまた行くけど」

「言ってること矛盾《むじゅん》してるじゃないですか」

「してない。一之瀬の言ってることも分かるけど、俺の考えは損しても楽しかったらいいやなだけ。色々な考えがあって当然だからさ、一之瀬が自分でつまらないって思う必要はないよ。仲良くない人から誘われたら、俺も一之瀬と同じ考えをして断るだろうし」

「結局、月代くんはその時によるってことですか？」

「行きたい時は行けばいいし、行きたくなかったら行かなくていい、これ最強。一之瀬もそうだろ？」

深月と関わり始めるまでは誰かと遊ぶ機会を亜弥は自ら壊《こわ》してきた。有り難《がた》いことに誘ってもらえる回数は多い。でも、他人に興味がなかったり、他人と深く関わることによって邪魔者《じゃまもの》になるのが怖《こわ》かったりして断ってきた。

けど、素を出せる深月と何度か出掛《でか》けたおかげで、行きたい時は行けばいいと思えた。一緒に行動する相手にもよるけれど。

「そう、ですね」

結局のところ、このやり取りに意味などなかった。正体不明のモヤっとした感情が芽生えてしまったせいで言いたくないことを言ってしまったり、分かり切っていることを深月に気遣《きづか》われ、再認識《さいにんしき》させられたりしただけ。申し訳ない気持ちで居辛《づら》くなる。

「まあ、一之瀬にも楽しい焼き肉ってのを体験してほしい気持ちはあるけどな」

「行く相手がいませんので、いつになるか分かりませんね」

「最近は、一人焼き肉も流行《はや》ってるらしいぞ。それに、ここにいるじゃん」

「……え？」

「だからさ、一緒に行く相手ならここにいるよって」

自らを指差しながら、深月が口にした。

それは、自分と一緒に焼き肉を食べに行ってくれるという意味だろうか、と亜弥は戸惑《とまど》うものの、少しだけ恥ずかしそうに目を泳がせる深月を見れば、そうなのだろうと確信を得た。

返事をしようとしても突然《とつぜん》のことで亜弥は言葉が上手に喉《のど》を通らない。

「無理にとは言わないけど」

沈黙《ちんもく》に耐《た》え切れなくなったのか取り繕《つくろ》うように深月が口にする。

「……私と行っても損しないのですか？」

「一之瀬と行って損？　しないだろ」

　まるで、深月は亜弥と焼き肉に行けば楽しめると確信しているような言いぶりだ。迷うことなく口にしたということはそうなのだろう。亜弥は頬が熱くなるのを感じた。

　──つまらない私を相手によくそんなことを言えるものです。

　熱くなった頬を冷ますために残っていたアイスキャンディーを一気に頬張《ほおば》る。冷たさが亜弥の胸につっかえていたモヤっとしたものも消し去ってくれた。心が晴れ晴れする。

「損しないようにしてくださいね」

　見上げるように深月にお願いをする。

　すると、深月は微笑《ほほえ》むように口角を緩めた。

「一之瀬が気に入るように頑張るよ。てか、あの肉食べたら即《そく》落ちすると思う」

「そんなに美味しかったのですか？」

「美味しかった。他にも美味しいのがいっぱいあったけど、あの肉だけは絶対一之瀬にも食べてほしい」

「他にはどんなのがあるのですか？」

「ポテトとかサラダとか冷麺《れいめん》とか。そうそう、アイスもあったな。肉の間に食べると舌がリセットされて大助かりだった」

「へえ～」

そうなのか、と思いながら返事をして亜弥は一つの違和感《いわかん》みたいなものを覚えた。

「お肉を食べて箸休《はしやす》めみたいな感じでアイスを食べていたんですか？」

「そう。タレが濃《こ》くてさ。優《やさ》しいバニラに癒《いや》してもらった」

「お店でアイスを食べているのにまたアイスが食べたくなって帰りに買ったんですか？」

よっぽどタレが濃かったんだろう、とか。どれだけアイスが食べたかったんだろう、とか。お腹を壊さないかな、とか。そんな些細《ささい》なことが気になったから聞いた。それだけのつもりだった。

けれど、深月が小さな声で「あっ」と呟《つぶや》いて一瞬《いっしゅん》だけ困り顔をしたのを亜弥は見逃《みのが》さなかった。

「食べたくなったんだからいいだろ」

「なんですか、今の間は。何か隠《かく》しているんじゃないですか？」

「何も隠してない」

「嘘ですね。あっ、って言ったでしょう。ああいう時の月代くんはだいたい何か隠しています」

「ああいう時の俺ってなんだよ」

「もしかして、何か企《たくら》んでいるんじゃ」

よく考えれば初めから変だった。

二本あるアイスキャンディーを深月はお裾分けしに来たが、開封《かいふう》したら必ず食べ切らないといけないようなものでもない。冷凍庫《れいとうこ》に入れておけば、また食べたくなった時に食べることが出来るのだ。わざわざ、分ける必要はない。

それなのに、分けに来たということはこのアイスキャンディーを餌《えさ》に何かさせるつもりなのかもしれない。

亜弥は警戒《けいかい》して深月から距離《きょり》を取った。

「違《ちが》う違う。いや、何も企んでない訳じゃないけど……違う」

「ほら、やっぱり、何か企んでいるんじゃないですか。何が違うんですか」

いくら、深月と仲良くなったとはいえ、変なことを頼《たの》まれても受け入れられない。嫌なことを強要してこないと信頼《しんらい》はしているけど、嫌なことをされたことはたくさんある。警戒するに越《こ》したことはないだろう。

「だから、その、あれだよあれ」

「あれってなんですか」

言い淀《よど》む深月を亜弥はじぃーっと目を細めて疑いに掛《か》かる。

「その、アイスを口実にすれば一之瀬と話せるかなって思ったんだよ」

「じゃあ、私と話すためにわざわざこのアイスを買ったんですか？」

きっと、深月は話すつもりなどなかったのだろう。屈辱《くつじょく》そうに頷《うなず》く。

「そうまでして私に何か言いたかった……ああ、お肉が美味しかったって言いたかったとか？　別に、明日でもいいじゃないですか、それくらい」

アイスキャンディーを買ってまでお肉の美味しさを話したいなんて子どもみたいだ、と亜弥が呆れれば深月は拍子抜《ひょうしぬ》けしたような表情になった。安堵《あんど》しつつも呆れたように深月もため息を吐き、亜弥は首を捻《ひね》った。

「ほんと、一之瀬ってあれだよな」

「なんですか、その態度は。それとも、他に何か言いたいことでもあるのですか？」

なんだか馬鹿にされたような気がして、亜弥は頬を膨《ふく》らませる。

「別に。今日、一回も話せないから何か話したかっただけだよ」

「それだけ？　それだけですか？」

「そうですけど、何か？」

投げやりな態度で言い切ってから深月は残っていたアイスキャンディーを力強く吸い上げる。その深月の頬が僅《わず》かに赤く染まっているのを亜弥はしっかりと捉《とら》えた。

どうやら、深月は本当にただ会話をしたかっただけらしい。理由は知らないけれど、今の態度から伝わってくる。

笑いが込み上げてきて、亜弥は吹《ふ》き出すように笑った。なんだか、物凄《ものすご》く気分がいい。夜も遅《おそ》く、笑い声が廊下《ろうか》に響けば周りに迷惑《めいわく》を掛けるというのに笑うのを堪《こら》えられない。

「そんなに笑うなよ……」

「月代くんって意外とお馬鹿ですよね。別に、アイスを買ってこなくても電話の一本でもしてくれたら話くらい出来るのに」

「一之瀬に用もないのに付き合わすのは悪いだろ。付き合ってもらう対価としてだな」

「そんなこと、気にしなくてもいいのに本当にお馬鹿さん。で、まだ私と話したいならなんでも聞いてあげますよ。ほら、言いたいこと言っていいんですよ」

「うっわ。めっちゃ上からくるじゃん」

「付き合ってあげるんですから、これくらい許してくれますよね」

ニヤニヤが収まらないまま、深月の腕を人差し指でつつく。

意味のないやり取りなど、深月との間になかった。

焼き肉を食べに行く約束もした。

深月の恥ずかしがっている様を拝むことが出来た。

「付き合ってあげる、ってほんと上からの言動で聖女様と大違《おおちが》い。黒聖女様」

「月代くんの前でだからですよ」

「くっ……ノーダメージ」

「もう黒聖女様って言われ慣れちゃいましたから」

「向かうところ敵なしか」

「ふふん」

得意気に胸を張って威張《いば》ってみせれば、深月が声を出して笑い始めた。

どうしてそんな風に笑われるのか分からない。

でも、不快さはなくて。

こんな時間がもっとずっと続いてほしい。

そう思わずにはいられないほど、亜弥はこの深月との何気ない意味ある時間が楽しくて仕方がなかった。

第1章　聖女様とボランティア

食後の食器を洗いながら、深月《みづき》はため息を吐いた。

どうしてこうなってしまったのだろう。いや、悪いのは自分だから誰にも文句を言えないことはちゃんと理解している。

けれど、嫌なものは嫌だ。荷が重い。

「水が流れっぱなしですよ」

「えっ……うわ。ほんとだ」

リビングでゆっくりしていたはずの亜弥《あや》が隣《となり》に立っていて、指摘《してき》してくる。

水を止めようとして、深月はふと気が付いた。

「って、まだ洗剤《せんざい》流し終わってないからいいだろ」

「そんなこと言って、さっきから手が動いていないじゃないですか。洗うなら洗わないと水が勿体《もったい》ないです」

誰にでも優しく、学校で聖女様と呼ばれている亜弥は今日も変わらず地球にまで優しい聖女様だ。深月に対してはこちらも今日も変わらず手厳しいが。と言っても、亜弥が正しいので文句は言えず。深月はさっさと洗い物を済ませていく。

その様を亜弥は深月が購入しておいたスナック菓子を片手に見守っている。今日の気分はじゃがいもを細長くしたスナック菓子のようだ。時折、スナック菓子をポリポリと口にしては美味しそうに笑顔を浮かべている。

——かなり自由に過ごしてくれるようになったよな。

視界の端《はし》で亜弥の姿を捉えながら、深月はしみじみと思う。

礼儀《れいぎ》正《ただ》しい亜弥は遠慮《えんりょ》がちなことが多い。夕飯は必ず深月が先に手を付けるまで手を付けないし、邪魔《じゃま》にならないようにと行動範囲《はんい》も限っているように見える。

でも、今はどうだろう。スナック菓子を片手に立ち食いまでしているのだ。深月としては、いつもの遠慮がちな亜弥も好ましいがこうやって自由に過ごしてくれる方が嬉《うれ》しくなる。目を輝《かがや》かせて、幸せそうな顔を見ると余計に。

「また手が止まってますよ」

「はいはい」

ついつい亜弥に視線を注いでいれば、チクリと小言を貰《もら》う。幸せそうな顔もいつの間にか普段のすんとした落ち着いたものに戻っていた。

——可愛《かわい》げがないのも最近は可愛く思うんだよな。変な話だけど。

こうして関わり始めた頃《ころ》は、有り難いと感じると同時に少しお節介《せっかい》だと感じる部分でもあった亜弥の小言。それが、いつの間にか言われると気持ちよくなるようになった。誰もが見惚《みと》れるような笑顔ではないのに。むしろ、可愛げがない方なのに可愛いとも思うようになった。

どうしてだろう、と脳内で理由を探しても答えは見つからなかった。

「何を難しい顔をしているのですか」

「最近、一之瀬《いちのせ》から小言を貰うと気持ちよくなるんだけどなんでだろうって」

「ええ……気味が悪いんですけど」

「そんな真っ向から言わなくてもいいだろ」

「いや、だって……ごちゃごちゃ言われて気持ちよくなるって。私なら凄《すご》く嫌な気持ちになるので月代《つきしろ》くんって変だなと」

だからこそ、常に亜弥は気を張って聖女様なんて大層なあだ名で呼ばれるようになる生活を送っているのだろうか。

「俺だって一之瀬以外なら長ったらしい、うるさいって思うぞ」

今日だってそんなことがあった。

それで、深月はさっきからため息が増えてしまう。

「じゃあ、慣れてしまったのではないですか。私も私のお世話をしてくれていた方からの注意は嫌だとは感じませんでしたので」

「それって、この前も話してた一之瀬に料理を教えてくれたって人？」

「ええ。厳しい方でしたのでいつもダメ出しをされていました。でも、私のことを考えてくれているのだなとなんとなく伝わってはいましたので、反感するよりも感謝の気持ちの方が強かったですね。って、私の話はいいでしょう。それよりも、洗い物が終わったのならこちらへどうぞ」

　珍しく長々と話してくれたなと思えば、亜弥は切り上げていつも食事を共にしている机に向かい定位置に座《すわ》った。ここ俺の家なんだけど、という言葉は飲《の》み込んで洗い物を終えた深月も亜弥の正面に腰《こし》を下ろす。向かい合う形になると亜弥が目を見ながら聞いてきた。

「それで、何があったのですか？」

「え？」

「だから、さっきからぼーっとしているでしょう？　ため息だって多いですし。私でよければ、お話くらい聞いてあげますよ」

　上からくるが、一応、心配してくれているのだろう。

「今度の土曜日に節分祭があるだろ」

「節分祭……ああ。あの、保育園で行われる行事ですね」

「そう」

節分祭——それは、深月達《たち》が通う高校の理事長が運営している保育園で行われる、その名の通り節分に関するイベントだ。しかし、高校生である深月達にとっては関係のない、園児がメインのイベント。本来なら、関わる必要もないのだが——。

「その節分祭に参加することになったんだ」

「月代くんが園児の中に混ざって鬼《おに》に向かって全力で豆を投げる……ふふっ」

小さな子どもたちの中に高校生である深月が混ざって容赦《ようしゃ》なく鬼に向かって豆を投げる。

そんな大人気ない姿を想像したのか、亜弥が顔を逸《そ》らして馬鹿にするように笑った。

「誰が一緒に豆を投げるって言ったんだよ」

「あれ、違うのですか？」

「違うに決まってるだろ」

深月も自分がそんなことをしている姿を想像したら間抜《まぬ》けすぎて泣きたくなってきた。

「なんだ。楽しんできてくださいね、って見送ってあげようと思ったのに」

「馬鹿にして楽しんでるだろ」

「そんなことないですよ。この顔を見てもそんな最低なことを考えていると思いますか？」

キリっとした真面目な表情で亜弥が見つめてくる。

しかし、深月が見つめ返してにらめっこでもしているかのような状況《じょうきょう》になると、亜弥の唇《くちびる》が小さく震《ふる》えているのに気付いた。間もなくして、亜弥は耐え切れなくなったようで口角を上げて笑い始めた。

まるで、小馬鹿にでもしているような笑い方に深月は人差し指を向ける。

「やっぱ楽しんでるじゃねーか」

「だって。だってですよ。園児の中に混ざって月代くんが全力で鬼は外ー、ってやっているのを想像すると似合わなさ過ぎて……ふっ。ふふっ」

「まだ笑うか」

「どちらかというとまだ鬼役の方がお似合いです」

どちらにしても結構な悪口を悪びれることもなく口にしては愉快気《ゆかいげ》に笑う亜弥に、深月は唇を尖《とが》らせた。

「どうせ、俺には鬼の方がお似合いですよ。というか、鬼の役をしに行くんだし」

「そんないじけないで……って、どういうことですか？」

「だから、本当に鬼の役をしに行くんだよ」

「それまたどうして？」

「ボランティアで」

毎年、節分祭は節分に近い土曜日に保育園で行われているらしく、一年生の各クラスから二人か三人ほど手伝いに行かされているようだ。先週、節分祭が近付いてきたことを理由に担任の先生から誰か興味のある人はいないかと募集《ぼしゅう》があったのだが、亜弥のクラスではなかったのだろうか。

「そういえば、担任の先生が教室で手伝いを募集してるみたいなことを言っていましたね」

「先生の話ならなんでも聞いていそうな一之瀬にしては珍しい発言」

「興味がないので聞き流していました。小さい子ってどう接したらいいのか分からなくて苦手ですし」

節分祭すらもうろ覚えのようだったし、本当に亜弥は興味がないのだろう。たった今思い出したということが雰囲気《ふんいき》から伝わってくる。

「だからこそ意外です。月代くんがボランティアで参加するということが」

「自らこういうイベントに参加するようなタイプに見えるか？」

「見えないです」

「だろ。俺だって興味もないのに行きたくないよ」

「じゃあ、どうして参加するのですか？」

「先生に参加しろって言われた」

「ええ〜……見る目ないですね。人選、間違《まちが》っているでしょう」

「スゲー酷《ひど》いこと言われてるけど、心の底から同意見。人選、ミスってんだよなー」

「断らなかったのですか？」

「断れなかったんだよ」

諦《あきら》めながら口にすれば、亜弥は不思議そうに首を傾げた。

「今日、ちょっと暖かかっただろ」

「そうですね。この時期にしては」

「だから、昼休みに満腹になったせいで午後の授業でつい居眠《いねむ》りしてたら先生に怒《おこ》られた。で、強制参加って訳。マジ辛い。ぴえん」

使いどころがあっているかは曖昧《あいまい》であるが、口にしてから泣き真似《まね》をする。そんな深月に対して亜弥は一拍《ぱく》空けてから「自業自得《じごうじとく》じゃないですか」と、情けも容赦もない言葉を述べた。

「てっきり、何か嫌なことでもあったのかなと心配したのに聞いて損しましたよ。反省の意も込めてしっかりお手伝いしてくるといいです」

「酷い。ちょっとはさ、慰《なぐさ》めの言葉とかないの？」

「ないです。必要が」

「ぐうっ……はあ。まあ、悪いのは俺だから仕方ないんだけどさ。どうにも、気が乗らないんだよな。園児ってどう関わればいいんだろう」

「月代くんは鬼役ですし、関わる必要はないのでは？」

「基本的に男子が鬼役で女子は園児の付き添《そ》いって言われてるだけで、当日の男女の割合によっては変わってくるんだと」

ないことだとは思うけど、当日のボランティアに参加する生徒が全員男子となれば、そこから鬼役と付き添い役に割《わ》り振《ふ》られることになる。

「じゃあ、笑顔の練習でもしておけばいいのでは？　月代くんは鬼役でしょうし、必要ないとは思いますけど」

「なんで俺は鬼役確定なの？」

「むしろ、どうして悩んでいるのか理解出来ないんですけど」

「一之瀬がどういう風に俺を見てるのかよく分かったよ。実際にその通りだしな」

見ているだけで睨《にら》んでいると何度も誤解されてきた経験から深月は自覚している。母親と同じ鋭《するど》い目付きが園児から怖《おそ》れられるであろうということを。

だからきっと、深月は鬼役で決まりだ。

「それでも、当日に何が起こるかは分かりませんからね。練習しましょうか。はい、どうぞ」

「いきなりはいどうぞって言われてもな……」

笑える要素も何もないのにいきなり笑えと言われても出来ない。

けれど、練習しておくというのはしていて損のないことだ。万が一、付き添い役になった時、園児を泣かせないために。泣かせたと保育園の先生から担任に連絡《れんらく》され、怒られないためにも。

目を細めて、口角を上げて深月は精一杯《せいいっぱい》の笑顔を作った。イメージは人当たりがいい優しいお兄ちゃん風だ。怖くさえなければ、とりあえずいきなり泣かれるようなことはないだろう。

――ふふん。結構な自信作だ。さて、評価はいかがなものか。

自信満々に視線を亜弥へと向ければ、亜弥は顔色を青に変えていた。

「ひっ」

亜弥から悲鳴のような声が漏《も》れる。

「一応聞くけど、どういう反応？」

「ぞわっとして怖い、という反応です」

「なるほど」

すぐに深月は笑顔を崩《くず》し、表情を元に戻す。腕《うで》を組んで悟《さと》った。自分には無理があったと。

「そもそも、愛想笑《あいそわら》いが上手《うま》かったらクラスでももうちょっと浮いてなかったはずだしな」

「月代くんのは愛想笑い以前に不気味でした、不気味。月代くんがどういう人か知ってい

る私でさえそう思ったんですから、園児が見たら泣きますよ。絶対」

「練習させておいて散々な言われようだ。そのうち俺の方が先に泣き始めるぞ」

「まあ、よかったじゃないですか。これで、月代くんは鬼役で決まりと分かったことです

し、こっちは練習せずとも済むんですから」

「もういいよ。こうなりゃ、ヤケだ。園児全員泣かせる勢いで全《まっと》うしてやる」

「そうそう。その意気です」

どうせ、こんな風になるんだろう、とどこか予想していた深月は投げやりな態度で口にする。そんな姿に亜弥が口元を隠しながらクスクスと笑い始めた。目を細めながら実に楽しそうな姿は、憎たらしいはずなのに帳消しにする可愛さがあってつい許してしまう。

——やっぱり、俺に何かある度に一之瀬《いちのせ》って楽しそうにするよな。ほんと、いい性格し

てるよ。黒聖女様がお似合いだ。

大事にならない限り、どんな目に遭《あ》ったとしても深月は亜弥が楽しんでいるならいい理論を抱《いだ》いているからこそ、この状況も逆に亜弥を観察して楽しめる。

すると、亜弥と目が合った。

その途端《とたん》に、笑顔が亜弥から消えて、よそよそしい態度になり始めた。何度もこちらをチラチラ見ながら、目を慌《あわ》ただしく泳がせている。

「そ、それなら園児も泣かないでしょうね」

「ん、急に何?」

「だから、今の笑顔なら園児も安心してくれるんじゃないかということです」

「え、笑ってるのか、今?」

亜弥に言われるまで気付かなかった。

しかし、ペタペタと顔を触《さわ》って確かめてみても自分がどんな笑顔をしていたのか分からない。参考にしようとしたのに残念だ、と肩《かた》を落としていれば呆れたような眼差《まなざ》しを亜弥が向けてきていた。

「どうして笑っているかどうか分からないんですか」

「一之瀬と居るのが楽しいからいちいちその時に自分が笑ってるのか気にしてない」

「なっ……」

「たぶん、一之瀬と一緒《いっしょ》だから自然に笑《え》みが溢《あふ》れるんだろうな」

「……私を面白《おもじろ》いキャラか何かと勘違《かんちが》いしてません？」

「違うの？」

「違いますよ」

どうやら、深月が見ている亜弥と亜弥が感じている自分自身は全然違うらしい。

「ほんと、自分のことって気付きにくいよな」

「からかわないでください。嫌《きら》いです」

ぷくっと頬《ほお》を膨らませた亜弥に深月は笑い声を上げる。こんなにも分かりやすい反応を示す亜弥が深月からすれば見ていて面白くて仕方がない。

「あ、因《ちな》みに。今のはどう？」

「及第点《きゅうだいてん》です。いくら、優しい笑顔を繕ったって意地悪じゃ人気は出ません」

むすっとした様子で腕を組むと亜弥はそっぽを向いた。散々好き勝手に言いたい放題言っておいて、少し言い返されただけで拗《す》ねてしまったのだろう。

及第点は貰えたがどうにも深月は亜弥が居ないとこんな風には笑えそうにない。いつでも思い出せるように亜弥を眺《なが》めて瞼《まぶた》の裏に焼き付けておく。

――後で宥《なだ》めるとして、節分祭はどうにかなりそうだ。


そうして、やって来た節分祭当日。

朝から集合でまだ眠《ねむ》たい深月は目を擦《こす》りながら大きなあくびをする。

すると、バシッと力強く背中を平手打ちされた。

「ほらほら、もっとシャキッとして気合いを入れないと感じ悪くなるよ」

「力加減を考えろ、馬鹿」

「馬鹿ってなによ、馬鹿ってー！」

背中を平手打ちしてきたのは柴田《しばた》日和《ひより》だ。

深月の友人である明《あきら》の彼女《かのじょ》であり、深月とは遠慮なく辛辣《しんらつ》な言葉を言い合える気の置けない友達である。

背中が赤くなったであろう力加減に対して当然の文句を口にしただけなのに、両手を突き上げて怒り始める姿から分かるように、明るくて実直で元気な女の子だ。

そんな朝から元気な日和には付き合っていられず、深月は強制的に伸《の》ばされた背中をまた丸めた。

「本当なら休みだったはずなのに、学校のジャージを着て保育園に居るってのがどうしてもやる気を削《そ》いでくる。振替休日《ふりかえ》がある訳でもないのにさ、今週の休みは一日に減ったし」

「そんなに文句ばっか言ってたら園児から人気でないぞー」

「人気とか必要ない。俺《おれ》は今日、全園児を大泣きさせるつもりで来てるからな」

「えっ。そんな感じで実はやる気満々⁉」

実際に保育園に来れば想定していたような全員男子という状況はなくて、どちらかというと女子の方が多めだ。となれば、深月は鬼役で確定である。

帰ってから亜弥に園児全員泣かせてやった、と報告するためにした発言に驚《おどろ》いたのは友達の明だ。背中を丸め、いかにもやる気がありませんという格好だから意外だったのだろう。

因みに、どうして明と日和までボランティアに参加しているのかは単純明快で。明は嫌々《いやいや》参加することになった深月を面白がるために。日和はそんな明と過ごしたいからという。二人共ボランティア精神がこれっぽっちもない状態での参加となるが、深月からすれば友達が居てくれて心強い。

それに、深月よりもやる気が俄然《がぜん》とあって頼《たよ》りがいがある。

「深月が張り切るのも分かるけどね。深月に真《ま》っ直《す》ぐ見られたら睨まれてるって怖くなるもん」

「なるほど。長所を活《い》かせる機会だから張り切ってるって訳か」

「そのネタは少し前にやったからもういいんだよ」

付き合いの悪い対応をすれば、明と日和は不思議そうに顔を見合わせてから首を傾《かし》げた。

目付きに関しては既《すで》に亜弥から弄《いじ》られた後なのだ。当日になってまで、弄り倒《たお》されたくはない。ただでさえ、これから体力と労力を消費して疲《つか》れることになるのだ。体力の消耗《しょうもう》はなるべく抑《おさ》えておく必要がある。

「三人共、おはよー」

少しでも体力温存を優先している所へ背後から明るい声色《こわいろ》が届けられた。振り返るとそこに居たのは友達の安原雫《しずく》。元々は日和の友達であったが、深月と亜弥が拾った捨て猫《ねこ》の新しい飼い主になってくれたことから交流があり、仲良くなった女の子だ。

「おはよう。雫も参加してたんだね！」

「そうなんだ～。日和達が居てくれて嬉しいよー」

イエーイ、と声を揃《そろ》えながら日和と雫がハイタッチを交《か》わす。相変わらず、仲が良くて何よりだ。二人のことを眺めながらしみじみと思っていると雫がこちらを向き、目が合った。

「みづきっちもおはよ」

「おはよう」

「みづきっちがこういうのに参加するのって珍《めずら》しい気がするんだけど、どうしたの？」

「先生から行けって言われて強制参加。ほんとは来たくなかった……」

「何をやらかしちゃったの、みづきっち」

神妙《しんみょう》な面持《おもも》ちで聞いてくる雫に居眠りと答えようとした時だ。

「えっ。聖女様も参加するの⁉」

時間になるまで待っていてください、と通された待機中の別室に誰《だれ》かの声が響《ひび》いた。声がした方を見れば本当に亜弥が居る。ジャージ姿に聖女様の笑顔《えがお》を浮かべて「おはようございます」と話し掛けに来た相手に挨拶《あいさつ》をしている。

亜弥もボランティアに参加することなどこれっぽっちも知らなかった深月は呆気《あっけ》に取られた。

「一之瀬さんも参加することになってたんだ」

ぽつりと雫が呟いた。この様子からして、亜弥と同じクラスの雫でさえ知らなかったのだろう。

一言教えてほしかった深月は亜弥に声を掛けたくなるものの、亜弥の周りには既に人集《ひとだか》りが出来ていて近付けない。

——帰ってからでいいか。外では極力、話さないって暗黙《あんもく》のルールみたいなのもあるし。それにしても、ほんと、一言くらい何か言えよな。相変わらず、何も話してくれないんだから。

遠巻きに人集りの中心で作り物の笑顔を浮かべる亜弥を眺めながら、深月は思った。

◇　◇　◇

深月が節分祭にボランティアとして参加する。

その話を聞いた翌日に亜弥は職員室を訪《おとず》れ、担任の先生に自分も参加したい旨《むね》を話して了承《りょうしょう》を得ていた。教室で節分祭がある話を聞いた時は、園児とどう関わればいいのか分からず、興味もなかったことから聞き流していた。

でも、深月が参加するとなれば話が変わってくる。

別に、深月と何か思い出を作りたい訳じゃない。

ただ、深月がちゃんとボランティアをやり遂《と》げることが出来るのか心配なのだ。普通《ふつう》に笑えば深月の笑顔は魅力的《みりょくてき》である。鋭い目付きから印象付けられる怖《こわ》いイメージからのギャップというかなんというか……いい表現が浮かばないが亜弥は凄くいいと思っている。どうかと聞かれ、恥《は》ずかしくて及第点と言ってしまったけど。

しかし、愛想笑いは本当に反吐《へど》が出るほど下手だった。無理に笑おうと上げた口角は引き攣《つ》っているし鋭い目付きが笑っていなくて不気味だった。

――あんなのを園児が見てしまえばしばらくトラウマになるに違いありません。

そうならないためにも、何が出来るか分からないが園児を守りたい一心で参加することを決めた。

――女子である私が参加することによって、月代くんが付き添い役になる確率は下がりますしね。それに、いくら月代くんでも笑っているだけで園児に泣かれては傷付いてしまうでしょうし可哀想《かわいそう》ですから。まあ、そんな光景も見たい気持ちはありますけど。何か月代くんがてんやわんやになって面白いところを見せてくれるような出来事が起こりますように。

そんなこんなで今に至る。

昨日、深月に何も伝えていなかったからか遠くからでも顔をしかめているのが確認《かくにん》出来た。どうせ、何か言えよ、みたいなことでも思っているのだろう。驚かせたくて何も言わなかったのだからサプライズ大成功で嬉しくなる。驚かされた気分はどんなものか感想が知りたい。今すぐ深月に聞きに行きたい。けれど、阻止《そし》するように人に囲まれていて行けない。

それに、外ではなるべく声を掛けないようにしているため亜弥は我慢《がまん》した。

「聖女様も参加されるんですね？」

「お役に立てるか自信はありませんけど。よろしくお願いします」

「一之瀬さんなら黙《だま》ってても園児が次から次へと寄ってくるからたくさん役に立てるでしょ。なんたって、聖女様なんだから」

本音は園児に近付かれたくないのだが、亜弥は愛想笑いを浮かべた。深月と違って、愛想笑いは得意だ。昔から、そればっかりしてきた。今ではすっかり習慣づいている。

――本当は面倒《めんどう》くさいんですけどね。

本心は笑いたくもないのに笑わないといけない生活なんて送りたくはない。だけど、愛想笑い一つろくに作れず、教室の隅《すみ》で黙っているだけの邪魔者《じゃまもの》だと言われることが嫌《いや》なのも変わらない。

矛盾《むじゅん》する本心に亜弥は自分が面倒になる。

聖女様と呼ばれる騒《さわ》がしい日常が苦手だ。だからといって、今の生活がなくなれば周囲からどう思われるのか不安になる。どちらかを諦めれば楽になれるのに、どちらも諦め切れない。本当に面倒な性格をしている。

「ちょっとごめんね。通して。やっほ、一之瀬さん」

「柴田さん」

亜弥が自分にうんざりしていると人集りを掻《か》き分けて日和が顔を出した。人懐《ひとなつ》っこい笑顔を浮かべながら近付いてくる。こんなにも可愛らしい笑顔を向けられては誰しもが気を許してしまうだろう。だが、亜弥は知っている。日和は油断ならない腹黒さを秘《ひ》めている女の子だと。

「おはよう」

「おはよう、ございます」

「あれ、なんか避《さ》けられてる？」

「そんなことないですよ？」

ニコニコと愛想笑いで対応する。もちろん、自分が守っているパーソナルスペースに踏《ふ》み込《こ》ませないために。

「この前のチョコ作り、楽しかったね。一之瀬さんは怖かったけど」

「何か怖がられるようなことをした覚えはないんですけど」

「またまた～すっごく怖い顔してたよ。ま、私は本当の一之瀬さんを知れた気がして嬉しかったけどね」

「私には柴田さんが何を言っているのかさっぱりです」

聖女様という仮面で隠《かく》している本当の自分を知られたくなくて、ぷいっとそっぽを向いて亜弥は誤魔化《ごまか》した。これ以上は口を利《き》かない、という意思が伝わることを願って口を真一文字に結びながら。

「あちゃちゃー嫌われちゃったかー」

「別に、嫌っている訳では……」

それは、本音だ。日和のことが嫌いな訳ではない。ただ、どうしても苦手意識がある。痛いところを突《つ》いてきたり、仲良くなろうとして距離《きょり》感《かん》を詰《つ》めてきたり。後者に関しては、有り難《がた》いと思う。でも、亜弥には亜弥の歩幅《ほはば》というものがあるのだ。友達が一人もいない人は日和みたいな勢いでグイグイ来られても警戒心《けいかいしん》を抱くだけである。

「ほんと？　じゃあ、好き？」

「そういう訳でもありません」

「マジトーン⁉」

まだよく分からないのだ。日和をどんな風に思っているのか。このまま関わらないままでもいいし、仲良くなれるなら仲良くなりたいとも。結局、日和と今後どうなっていくかはまだまだ時間が掛《か》かりそうである。

「うう……私は諦めないからね。一之瀬さんと仲良くなるの！」

「はあ」

「薄《うす》い。反応が薄いよ！」

ビシッと指を向けられて宣言されてもどう対応すればいいのか分からないだけだ。亜弥も日和のノリについていけないのだから、本当に仲良くなろうと思ってくれているのなら日和も亜弥のノリについてきてくれないと無理だということを理解してほしい。

早く彼氏《かれし》である明に回収してほしくて何をしているのかと深月達の方へと視線を向ければ嫌なものを目にしてしまった。

「へえ～じゃあ、みづきっちは居眠りの罰《ばつ》として参加させられることになったんだ。あはは。最悪だね」

「あんまり慰められてる気がしないな」

「慰めてないもん」

「俺に優《やさ》しくしてくれる女の子っていないんだろうか」

楽しそうに話す深月と雫の姿だ。雫の深月に対する距離が凄く近い。慰めているつもりなのか深月の肩に手を置いて気さくに叩《たた》いている。深月も満更《まんざら》でもない様子で何も言わず、されるがまま。

仲睦《むつ》まじくしている二人になぜか亜弥はイラッとした。二人は何も悪くない。悪くないのに。

「……私の方が先に仲良くなったのに」

つい、そんな言葉が先走って混乱した。

どうして、二人が仲良くしているのを見ると機嫌《きげん》が悪くなってしまうのだろう。どうして、雫が深月に触《ふ》れていると離《はな》れてほしいと念を込めて睨んでしまうのだろう。そんな権利、亜弥にはないはずなのにこんなことばかりが浮かんでしまう。

――私だって、月代くんと話したいのに。

「……ああ。だからなんですね」

少し、分かった気がする。亜弥だって深月と話したいのに我慢している。なのに、場所も人目も気にしないで深月と言葉を交えることが出来る雫が羨《うらや》ましいのだ。

そこに亜弥も混ざればこの問題は解決する。一歩ずつ、前に進んでたったの数メートルを埋《う》めるだけで済む。だというのに、亜弥の足は進まない。

怖いのだ。楽しそうにする深月達の中にいきなり混ざっても、迷惑《めいわく》そうな顔をされるかもしれないと考えると。

——場所も人目も気にしないと声を掛けられないって……私と月代くんってなんなんでしょう?

深月との間に見えない境界線らしきものがあると感じて亜弥の脳裏《のうり》に一つの疑問が浮かんだ。亜弥にとって、深月はただのお隣さんだ。ただのお隣さんと言い切るのも少し違《ちが》うのではないかと最近は思っているけど、深月との関係を的確に表す言葉が見つからない。ただのお隣さんだと深月は既に思っていないようではあるが、どういう風に認識《にんしき》されているのかは教えてもらえなかった。

——それなのに、月代くんは私に気付いてほしいとか無茶《むちゃ》を言いますし。ヒントくらい、くれたっていいのに。

悶々《もんもん》としていると保育園の先生が部屋に入ってきて、今日の詳《くわ》しい説明が行われ始めた。でも、亜弥の頭にはあまり内容が入ってこなかった。

節分祭が始まった。

事前に深月が言っていたように、男子にはそれぞれ色の違う鬼の仮面を装着して園児を追い掛けながら豆を投げられる鬼役を。女子には園児を見守りながら時には一緒に遊ぶ付き添い役をお願いしたいとのことだ。

亜弥は呆気に取られていた。

「ガアーガアーガアアアアア！」

両手を高く上げながら園児を怖がらせようとカラスの鳴き声みたいなものを叫《さけ》ぶ赤色の仮面で顔を覆《おお》った深月にもそうだが、何よりも驚いたのは園児の迫力《はくりょく》だ。

「この鬼めー。くらえー」

「ちょ……待て。お前ら。豆はどうした？」

「首を切れー。切ったら鬼は消えるー」

「叩くな。その剣《けん》で叩くな。豆を投げろ」

「うるさい。だまれ。いくぞー水のこきゅー！」

深月を取り囲む園児の手には豆ではなく、スポンジ製の剣のような物が握《にぎ》られている。その剣でさっきから深月は袋叩《ふくろだた》きにされっぱなしだ。他の鬼にはちゃんと豆が投げられているというのに深月だけが剣を手にした男児に囲まれて、一方的に痛め付けられている。見ていて可哀想になってしまうほど。

「くそ。お前ら、後で覚えておけよ。絶対後悔《こうかい》させてやるからな」

いかにもな捨て台詞《ぜりふ》を残して、深月が男児達から距離を取り始めた。あの深月がされるがまま逃《に》げ出す状況にまで追い込まれるとは末恐《すえおそ》ろしい園児達である。観戦していて亜弥は鳥肌《とりはだ》が立った。

「にげるなー！」

「にげるなあああああ！」

楽しそうに剣を振り回しながら男児達は深月の後を追い掛けて行ってしまった。深月の無事を願いながら亜弥は周囲を見渡《みわた》す。各々《おのおの》がそれぞれの役割を全《まっと》うしていて、誰しもに笑みが浮かんでいる。喧騒《けんそう》から外れて浮いているのは亜弥だけだ。

――私は何をしているんでしょう。

せっかくの休みの日に参加しているボランティア。何もしないでいるのは時間が勿体《もったい》なくて、何か出来ないかと園内を散策しながら亜弥は考えた。深月とは話せず、一人でとぼとぼと園内を歩いている。何をしているんだろう。そもそも、何がしたくて参加したのだろう。

大きなため息が口をついて出てきたところで視界の端《はし》に女の子の姿を捉《とら》えた。背中を丸め、蹲《うずくま》っているから顔は確認出来ないけど髪《かみ》の長さやスカートから間違いない。

辺りには誰もおらず、一人で何をしているのか気になる。けど、亜弥には関わりのない子でどう声を掛ければいいのか正解が不明だ。無視して通り過ぎればいい、と思う反面、もし、怪我《けが》でもしていて、気付いていたのに見過ごしたと後で知れば気分が悪くなる。

ただでさえ、今日は深月に馴《な》れ馴れしく触れる雫を見たせいで気分が悪いのだ。これ以上、自分で自分を害する必要はない。

——参加してしまったのは私ですからね。これくらいの仕事はしておかないと。役立たずの邪魔者だと言われたくないですし。

得意の愛想笑いを浮かべて、亜弥は少女に近付いた。

「こんにちは」

優しい声色を作って声を掛けると少女が振り返った。

突然《とつぜん》声を掛けられて警戒《けいかい》しているのか、光のない瞳《ひとみ》でジトっと見つめてくる。

「あなたは鬼さんに豆を投げに行かないのですか？」

「行かない」

「せっかく、保育園に来てるのに？」

「ママが仕事で今日はお家に居ないから預けられただけ」

冷たい声で言い切ると少女はまた蹲って木の枝で砂に絵を描き始めた。丸い何かだ。

「よければなんですけど、一緒に豆を投げに行きませんか？」

「行かない。ママから知らない人とは遊んじゃダメって言われてる」

「ママの言うことをきちんと守って賢《かしこ》いですね。でも、私は知らない人になってしまいますけど、同じ園に通う子が一緒なら大丈夫《だいじょうぶ》じゃないですか?」

「行かない」

ぷいっとそっぽを向いた少女に亜弥は心底、面倒だと感じた。何を言っても否定してきて、こちらの言うことに耳を貸さない。手が掛かる。わがままだ。だから、今日も保育園に預けられたのだろう。自業自得だ。

でも、亜弥は知っている。親に構ってもらえなかった時の子の気持ちを。亜弥がそうだったから。

「……それに、最近来たばっかりのあたしに仲良しの子なんていないし」

小さな声で少女が呟《つぶや》いた。元気を失くしたように木の枝を動かしていた手を止めて、両《りょう》膝《ひざ》を抱《かか》える姿はとても小さく見えて。亜弥は少女に自分の姿を重ねてしまった。

幼い頃《ころ》から、ずっとそうだった。親にも邪魔者だと扱《あつか》われ構ってもらえず、周りに仲良く出来る相手もいない。毎日を一人ぼっちの世界で生きてきた。そうやって過ごしてきたからこそ、少女を放っておくことは出来ずに亜弥は腰《こし》を下ろした。少女の隣《となり》にしゃがんで寄り添う。

　こういう時、どんな言葉を掛ければ。何をすれば少女が楽しんでくれるのか。その方法が亜弥の頭にはない。

　だから、何も出来ないし何もしない。それでも、隣に居ることは出来る。

「お姉ちゃんはどこにも行かないの？」

「ここの園内は広いので歩いて疲れたんです。ここで、休ませてもらってもいいですか？」

　ちょっとだけ照れ臭《くさ》そうに少女が頷《うなず》いた。

「ありがとうございます」

　大袈裟《おおげさ》かもしれないけれど、笑顔を浮かべておく。

　──さて、これからどうしましょうかね。

　格好つけて隣に居る、と決めたものの時間の進みが遅《おそ》い。少女は何も言わずに黙っているから考えていることが分からないし、亜弥も共通の話題がなくて意味もなく空を見上げてしまう。

「──あ、居た」

　雲一つない、澄《す》み切った青空だとぼんやりしていれば鬼《おに》が現れた。赤色の仮面をしているから深月だ。仮面を取ると深月の額には汗《あせ》が浮かんでいた。

　そのまま、深月はきょろきょろと周囲を見渡すと遊具の影《かげ》に隠れた。こそっと顔を覗《のぞ》かせて、こちらを見てくる。

「匿《かくま》ってくれ」

「ええ……なんなのですか、急に」

言い終わる前に深月は隠れて、姿を晦《くら》ませた。

それから少しして、ドタバタと幾《いく》つもの足音が聞こえてきた。やって来たのは深月を囲んでいた男児達《たち》。さっきは三人に囲まれていたのに五人に数が増えている。

「おい、そこのおねーちゃん。赤鬼《あかおに》はどっちに行った？」

深月をバシバシ叩いていたスポンジ製の剣を向けて一人の男児が偉《えら》そうに聞いてくる。

それで、亜弥は察した。深月はこの子達から逃げてきたのだと。このまま深月の居場所を教えてまたやられっぱなしの深月を見るのも楽しいかもしれない。でも、流石《さすが》にそれは深月が可哀想だ。

それに、深月が亜弥以外から一方的にやられっぱなしになっているのが気に喰《く》わなかった。

「あちらの方へ逃げて行きましたよ。うわーん、助けてーって泣きながら」

「おい。あの鬼はあっちだって」

「いくぞ！」

「絶対に首を切ってやるー」

「ありがとーおねえちゃん」

「逃げるなあああぁー！」

気合いを入れながら、男児達は教えた嘘《うそ》の方角へ走っていく。こういうところは素直《すなお》だ。

やがて静かになると、周囲を警戒しながら深月が出てきた。

「誰がうわーん、助けてーって泣いてるだって？」

「そういうセリフは堂々と出てきながら言うものだと思うのですが」

「あの剣で叩かれてないから言えるんだよ。あの剣、スポンジで出来てるけどおもいきり叩かれたら結構な痛みがあるんだ。まじで。園児の力でもまじで痛い」

「全園児を泣かせてやるって意気込《いきご》んでいたのに逆に追い詰められてどうするんですか」

「あのクソガキども。絶対に許さん」

悪魔《あくま》のような顔で企《たくら》んでいたはずの深月は消えてしまい、今は眉根《まゆね》を上げて文句を言う大人気ない高校生に変わっていた。

「それにしても、大変でしたね」

「ほんとにな。あいつら全力で叩いてきやがるし、途中《とちゅう》で仲間を増やしてきやがるしでまじで地獄《じごく》。あいつらこそ鬼だ、鬼」

「モテモテでよかったではないですか」

「どこがだよ。だいたい、クソガキにモテたってなんも嬉《うれ》しくねーし」

「そうですよね。月代くんは女の子からモテたい男の子ですもんね」

「はあ？」

「安原さんとスキンシップが出来て鼻の下を伸ばしているんです。言われなくたって分かりますよ。よかったですね。子どもからも安原さんからもモテモテで」

「鼻の下なんて伸ばしてないし、雫からもモテてないし。なんだよ、急に。なんか怒《おこ》ってるのか？」

「どうして私が怒らないといけないのですか」

「どう見たって機嫌悪いじゃん」

深月からそう見えているなら、雫が馴れ馴れしく深月に触れていたことでイラッとしたことが表に出てしまっているのだろう。

「お姉ちゃんとお兄ちゃん喧嘩《けんか》？　仲悪い？」

少女が交互《こうご》に視線をやりながら、不安そうに口にした。いきなり険悪な雰囲気《ふんいき》になったせいで恐《おそ》ろしくなってしまったのだろう。

――本当に私は何をしているんですか。

せっかく、深月と話せていたというのに余計なことを言ってしまった。あんなことを言いたかった訳じゃない。小さな子を不安にさせてしまうようなこともしたかった訳じゃない。冷静になった亜弥は申し訳なくて、今すぐこの場を去りたくなる。

それよりも先に動いたのは深月の方だった。この場を去るのではなく、深月は少女と目線を合わせるようにしゃがむと頭に手を乗せた。

「いきなり驚かせたな。ごめんな。でも、俺とこのお姉ちゃんは喧嘩なんかしてないよ。こんな風に言い合うのはいつものことだから仲も悪くない。むしろ、仲良しなんだ」

「嘘。あたしのママとパパも喧嘩したら、いつも仲良しだよって言ってた。それなのに、お別れした……」

「そっか……それは、寂《さび》しいな」

「寂しくない。あたしにはママが居る」

「そっか。ママのことが大好きなんだな」

「……でも、パパも居た方が嬉しい」

「そうだよな」

泣きそうに唇《くちびる》を噛《か》んだ少女の頭を深月は撫《な》でる。優しい顔をしながら。

なんだかんだ文句を言いながらも深月は優しい。ああいう風に優しいから亜弥には深月がとても眩《まぶ》しく見える。自分は真っ先に逃げ出すことが頭に浮かんだというのに。

――素敵《すてき》ですね、月代くんは。

目を細めていると深月がこちらにやって来て、こそっと耳打ちしてきた。

「あの子とずっとここに居たの？」

「っ！」

深月の息が耳に当たって、亜弥はくすぐったくなって体を跳《は》ねさせてしまった。その行動がなぜだか凄《すご》く恥ずかしくて、深月から急いで距離を取る。すると、深月は不思議そうに首を傾げた。この鈍感《どんかん》さが憎《にく》たらしく、目を細めて睨《にら》んでいれば深月がまた距離を詰めてくる。

「離れられたら内緒話《ないしょばなし》出来ないじゃん」

「こ、ここで小声で話せばいいでしょう。耳打ちしなくても私の耳は悪くないですし」

「それも、そうか。じゃあ、改めて。あの子、豆撒《まめま》きに行かないのか？」

深月の質問に答えるように、仲良しの子が居ないから行かない、と少女が答えていたことを教える。

「なるほどね」

話を聞いた深月は少女に近付くと鬼の仮面で顔を覆った。

「豆を貰《もら》ってきな。そしたら、好きなだけ豆を投げさせてやる」

「いい。お兄ちゃんに豆を投げても何も楽しくない」

「くっ……言いたい放題言いやがって」

豆を貰って来れば鬼の自分に好きなだけ投げていいということだろう。だが、せっかくの厚意《こうい》をまるで相手にされず、深月は肩を落とす。すると、手でこっちに来るように合図を出してきた。一先《ひとま》ず、亜弥も側に寄る。

「はい、一之瀬。こっちに立って」

言われた通りに移動して、深月の前に立つ。形で言えば背の順で並んでいるような状態だ。だからといって、これで何をするつもりなのか。

「あの、いったい何を――」

突然、背後から深月の腕《うで》が伸びてきた。そして、首元を囲うようにしてクロスする。まるで、抱《だ》き締《し》められているような体勢に亜弥は体温が一気に上昇《じょうしょう》するのを感じた。

「はっはー。今からクソガキどもへの復讐《ふくしゅう》タイムだ。おい、そこの小娘《こむすめ》！」

「な、なに？」

「今すぐ仲間を呼んで来い」

「仲間？」

「そうだ。今日、ここに来ている子どもはみんな鬼を倒す目的を持つ仲間だ。そいつらを呼んで来い。俺が痛め付けて復讐をしてやる」

「あたしには関係ないんじゃ」

「そこに居たのが運の尽《つ》きだ。早く呼びに行かないとこのお姉ちゃんが怖い目に遭《あ》うぞ」

「怖い目？」

「そうだ。鬼に変えられて、退治しようとするクソガキから豆を投げられることになる」

どうやら、深月は亜弥を人質《ひとじち》に取っている、という状況《じょうきょう》を演出したいらしい。もしかすると、首元に腕を回しているのも首を絞《し》めている、と見せようとしているからなのかもしれない。

——でも。でもっ。この状況はどう考えても抱き締められているとしか……。

これで、ちゃんと深月の腕に力が入っていて、実際に痛かったり苦しかったりすれば亜弥もそう認識出来たかもしれない。でも、深月の腕には全然力が入っていない。むしろ、優しく、少しでも亜弥を傷付けないように気を付けているのが分かる。深月からすればそんなつもりはないのだろうが、どうしても亜弥は抱き締められていると脳が甘《あま》ったるい考えをしてしまう。

「ククク。どうだ。可哀想だろう。このお姉ちゃんを助けてあげたいと思うだろう？」

「ううん」

「えっ？」

あっさりと少女は首を横に振《ふ》った。少女からすれば、状況もよく分からないまま巻き込まれているのだ。そう答えても仕方のないことだろう。仲良くなった大切な存在でもないのだ、亜弥は。どうなったって少女からはどうでもいいはずである。

ただ、少しくらいは考える素振《そぶ》りを見せてほしかった、と亜弥は悲しくなる。少女に何も出来なかったのは事実だが。深月も小声で「どうしよう」と呟いている。少女が思うように行動してくれずに戸惑《とまど》っているのだろう。

「……い、一之瀬《いちのせ》からも頼《たの》んでくれ」

「ひゃっ」

耳元で囁《ささや》かれ、変な声が出た。恥ずかしくて、亜弥は口元を隠した。

「……どうした？」

「な、なんでもありません……」

「……そう？　じゃあ、頼んだ」

どうして、深月は辱《はずかし》めることばかりしてくるのだろう。そもそも、深月が何をしたいのかもさっぱりだ。言葉が喉《のど》を通らない。

すると、急かすように深月が何度も咳《せ》き込み始めた。

「んん」

無理だ。深月みたいな大根役者にはなれない。

「んん」

無理だ。羞恥心《しゅうちしん》が勝ってしまう。普段《ふだん》、あれだけ聖女様と呼ばれる役割を演じているが
それとこれとでは話が違ってくる。

「んん」

しつこい。

「んん」

――ああ。もう。どうにでもなれです。

だんだん、深月の「んん」というのに腹が立ってきた亜弥は恥《はじ》を捨てて少女に向かって
手を伸《の》ばす。

「お、お願いします……私を、助けてください。鬼になんてなりたくありません」

「どうしようかな……」

渾身《こんしん》の演技も少女にはあまり刺《さ》さっていない様子だ。

「早く助けを呼んで来ないと、私が鬼になったらあなたを真っ先に捕《つか》まえに行きますから

ね！」

「わ、分かった。呼んでくる」

　辱めることばかりしてくる深月にも。深月に馴れ馴れしく触れる雫にも。可愛気《かわいげ》のない態度の少女にも。全てが気に入らず、強い口調で言えば少女は渋々《しぶしぶ》といった感じで喧騒がする方へと歩いて行く。

「……流石に怖がらせるのはやり過ぎじゃないか？」

「どの口が言っているんですか」

「ぐふっ」

　肘《ひじ》で深月の腹部に向かって攻撃《こうげき》する。

「いいですか。なるべく、剣を持っている仲間を集めて来るのですよ！」

「おまっ……余計なこと言うなよ」

「必要なことです」

「はあ……仕方ないか」

　そうだ。少女が深月を追い掛けていた男児達を連れて来て、再び深月への攻撃が始まったとしても自業自得《じごうじとく》だ。深月の撒《ま》いた種なのだから潔《いさぎよ》く受け入れろ。

　ふん、と鼻を鳴らしたところで少女とすれ違いながら青色の仮面をした鬼がやって来た。

青鬼《あおおに》は深月に気付くと仮面を外して素顔《すがお》を明らかにし、腕を組んだ。考えるように首を傾《かし》げているのは明だ。

「なんで、後ろから抱き締めてるんだ?」

明からすれば至極《しごく》当然な疑問をぶつけられ、亜弥は今の状況を思い出した。こんなところ、誰にも見られたくなかったのに見られてしまった。また恥ずかしさが込み上げてくる。弾《はじ》かれたように深月も離れ、ようやく解放されたが落ち着かない。ソワソワしてしまう。

「だ、抱き締めてなんかない」

「いや、誰がどう見ても抱き締めてたじゃん」

「違う。首を絞めてただけだ」

「は? それこそ意味が分からないんだけど」

仮面を外した深月が明に詰め寄り、二人で言い合いをしている。深月の頬《ほお》は赤くなっていた。

「さっき、女の子とすれ違っただろ」

「うん。あの子がどうかしたのか?」

「まあ、思うところがあってさ。あの子、口では楽しくないからって祭りに参加しようとしないけど、ほんとは豆撒きをしたいんじゃないかなって」

「なんで、そう思うんだ？」

深月が一瞬《いっしゅん》だけこちらに視線をやって、すぐに戻《もど》した。

「強いと強がりは違うから。強がりってさ、本当は反対のことを言いたいけど、言えないから嘘で強がってるって俺《おれ》は思うんだよ。どうにもあの子が誰《だれ》かさんみたいでさ——俺が鬼になって、一斉《いっせい》に多くの子どもから豆を投げられてたらあの子も中に混ざって楽しめるんじゃないかなって」

「なるほど、悪役を買って出たってことか。でもさ、あの子が本当に豆撒きに興味なかったらどうすんの？」

「いや、多分あるだろ。砂に豆を描いてるんだぞ。興味なかったら描かないだろ、こんなにたくさん」

「んー……これ、豆なのか？　ただの丸にしか見えないけど」

少女が木の枝で砂に描いていたのは深月によれば節分の豆のようだ。亜弥にはその考えが全くなかった。ただの丸だと思っていた。明もじっくり見ているが悩《なや》ましそうに唸《うな》っている。

「ま、この絵はどうでもいいや。それで、なんで一之瀬さんの首を絞める必要があるんだよ」

「一之瀬には人質になってもらってたんだ。人質が居た方が助けなきゃって協調性が生まれるだろ。それに、悪役にはもってこいだ」

「子ども心をくすぐるには十分だな」

「だろ。後は、あの子がちゃんと勇気を出して声を掛けられるかどうかだけだ」

「それなら、俺も協力するよ。ヒヨとか雫《しずく》にも声を掛けて」

「盛り上げ役が居た方が子ども達もテンションが上がるだろうからな。頼むよ」

「おうよ。にしても、あれだけやる気なかった深月が急にどうしたよ」

「ま、せっかくのボランティアだからな。たまにはいいだろ」

「にしし。だな。ヒヨに深月の居場所を聞いて来たらこんな面白《おもしろ》い計画に加えてもらえてラッキーだよ」

「ん、なんか用でもあったのか？」

「いや、滅茶苦茶《めちゃくちゃ》雑な扱いされてたから大丈夫かなって」

「ああ。あのクソガキどもへの復讐も忘れてないから大丈夫だ」

「ほどほどにな。じゃ、俺は早速《さっそく》ヒヨの所に行って話してくるよ。また後でな」

手を振って明は少女が向かった方角へ小走りで消えていく。

ようやく、深月と話せる時間が出来て亜弥は歩み寄った。

「そんなことを考えていたんですね」

「ま、まあな」

深月に声を掛ければ、深月は視線を泳がせながら挙動不審《きょどうふしん》な動きで答えた。

「わ、悪かったな。何も言わずにあんなことして」

「あんなこと……っ」

すっかり深月の考えに感服して自然と考えないようにしていたが、また深月に抱き締められていたという事実が主張してくる。頑《かたく》なに首を絞めていただけだと深月が言っても亜弥はそういうことに出来ない。切り替《か》えられない。

それはきっと、深月も同じなのだろう。だから、頬を赤くしながら必死になって明に言い訳をしていたし、今もなかなか目を合わせようとしない。

「ま、まあ。あの子のためですし構いませんよ」

「そ、そう。後でもう一回することになるけど……頼むな」

「っ。ど、どんとこいです」

少女が戻ってくれば、あの演技がもう一度行われる。そのことが頭になかった亜弥は強がっていないと足に力が入らず、その場に座《すわ》り込んでしまいそうだった。

「それと、さっきの話だけどな。本当に鼻の下なんて伸ばしてないから」

「なんの話ですか？」

「雫とスキンシップしてって話だよ。雫は距離感が近いからよく触れるようなことも起こるけど……今の俺を見ろ。鼻の下を伸ばせるような余裕《よゆう》があると思うか？」

頬を赤くして、今も目を合わせようとすれば逃《のが》れようとする深月はいっぱいいっぱいで余裕などないように思える。

「でも、それは相手が私だからでしょう？　安原さんなら、私よりも嬉しくなるはずです」

「それを言ったら、相手が一之瀬だからこうなってるんだけど。俺は」

「え……あっ」

雫に肩《かた》を触れられている時の深月は、鼻の下を伸ばしていたとしてもこんな風に照れていたり、恥《は》ずかしがったりしてはいなかった。でも、今は違う。それはつまり、深月は雫よりも亜弥のことを特別に思っているからで――と、そこまで都合のいい考えが頭に浮《う》かんだところで亜弥の心臓が警告するかのように大きく動き始めた。深月にまで届いてしまうのではないかと思うほど、ドキドキという音は大きくてそれより先を考えてはいけないと告げている。

「こ、こっちだよ」

「おーい。みんな大好き赤鬼はこっちに居るよー。ほらほら」

「鬼さんどこー」

「切ってやるぞー」

明から事情を聞いたのだろう。少女に付き添《そ》うような形で日和が沢山《たくさん》の園児を連れてやって来た。十人は優に超《こ》えている。

「戻って来たな……てか、多すぎじゃね？」

「あなたが招いた結果でしょう」

「くっ……返す言葉がない」

「覚悟《かくご》は出来たようですね」

「はあ……」

今度は豆も投げられる、というオプション付きでまた一方的に園児にやられることを想像したのか、深月の口から大きなため息が漏《も》れる。

「ぎゃははは。逃げろ。逃げろー」

「みんな〜ここにも鬼が居るよー」

楽しそうな笑い声を出しながら逃げる明が雫とさらなる数の園児を引き連れて来た。

「ああ、もう。やるしかないな」

鬼の仮面を付けて、深月は赤鬼になる。

腕を広げて、亜弥は準備万端《ばんたん》の体勢で深月から抱き締められるのを待った。

「さあ。抱き締め——首を絞めるならどこからでもどうぞ」

「なんで、そんなやる気なんだ？」

「あの子のためです。さあ、早く」

少女達が戻って来たならば、演技はすぐに再開しなければならない。明や日和、雫にまで深月に抱き締められているような恰好《かっこう》を見られるのは恥ずかしいが仕方のないことだ。我慢《がまん》する。

そっと伸びてきた深月の腕が首元で交差する。やっぱりそうだ。さっきもそうだった。嫌《いや》だと感じないのだ。驚《おどろ》きはした。でも、深月に抱き締められても嫌にはならない。むしろ、安心感を覚えてしまう。

やはり、明に指摘《してき》されて深月も意識しているのだろう。さっきよりも距離《きょり》があるように思える。動き方もぎこちない。

だから、亜弥は深月に背中を預けた。ぴったりと深月との隙間《すきま》を埋めるようにして。

「……こんなに密着する必要はないんだぞ」

「この方がよりリアルさを披露《ひろう》出来ますし、やるなら徹底的《てっていてき》に、ですよ。そうでないと、あの子達も楽しめないでしょう？」

そう。これは、演技だ。深月にくっつきたくて密着しているのではない。演技だから、仕方なくこうしているだけなのだ。

「いたー。鬼だー！」

「いくぞー！」

「みんな。あの深月……あの鬼に向かって豆を思いきり投げようね。全力でいいんだよ」

「おねえちゃんを人質にするなんて最低……」

「覚悟しろ！」

迫《せま》りくる園児達に向かって深月は言い放った。

「掛《か》かってこい、ガキども！」

どんちゃん騒《さわ》ぎが始まる中、深月に包まれて安心しているからだろうか。

――ふふっ。なんだか、幸せです。

誰にも気付かれないように上がってしまう口角を隠《かく》すのに亜弥は必死だった。

豆を投げられ、スポンジ製の剣で一方的にやられた深月が逃げ出し、勇敢《ゆうかん》な園児達から亜弥は助けられた、というのがあの後の展開だ。

今は節分祭も終わり、亜弥は日和と一緒《いっしょ》に校庭で遊ぶ園児達を眺《なが》めていた。その中には深月と明の姿もある。

「ああ見えて、深月って本当に面倒見《めんどうみ》がいいんだよね。普段は何事にも関心がないって顔で澄《す》ましてるから誤解されがちだけど」

「そうですね」

さっき、あれだけ走ったにもかかわらず、鬼ごっこの鬼役をさせられている深月が追い掛けている中には亜弥が出会った少女も含《ふく》まれている。楽しそうに笑顔《えがお》を浮かべて。

節分祭が終わった後、少女は「一緒に遊ぼう」と二人の女の子から声を掛けられていた。最初は迷っている様子だったが深月が行くように優《やさ》しく背中を押《お》すと「うん」と元気よく駆《か》けて行った。

しかし、すぐに戻って来ては深月の手を取って「お兄ちゃんも一緒」と誘《さそ》った。

何もしてあげられなかった亜弥とは違《ちが》って、深月は少女に周りと馴染《なじ》める機会を作り、こうして遊べるようになった。だから、深月に懐《なつ》いたのだろう。グイグイと引っ張って深月を離《はな》さず、断り切れなかった深月は今も駆り出されている。

「それにしても、びっくりしたよ。深月と一之瀬さんがあんな関係になってるなんて。いつから付き合ってたの？」

「付き合ってなんてないですけど」

「あんなにも熱い抱擁《ほうよう》をしておいて？　私とアキくんみたいだったよ？」

「抱擁って……言葉をすり替えないでください。私は人質として首を絞められているように演技をしていただけです」

「あんな嬉しそうにニヤニヤしておいてそれは無理があるんじゃない？」

「ニヤニヤしていたのは月代くんが無様だったからです」

「確かに。子どもから一方的にボコられる深月は笑えた」

「でしょう。あんなの笑いを堪《こら》える方が難しいと思うでしょう？」

今でも思い出しただけで口角が緩《ゆる》んでしまう。

「いや、誤魔化《ごまか》そうとしても無理だからね？」

「しつこいですね。誤魔化そうとなんてしていませんよ」

そうだ。決して、今も口角が緩んでしまうのは深月に抱き締められているのを思い出してではない。

「でも、雫が深月に触《ふ》れてるのは嫌だったんでしょ？」

「……どうして、そう思うのですか」

「すっごく嫌そうな顔してたから。しかめっ面《つら》って言うのかな。二人を見ながら、普段の一之瀬さんからは想像出来ないような顔してたよ。だから、心配になって深月に言ったんだよね。様子でも見に行ってあげたらって」

少女の前にやって来た深月は誰かを探しているような感じだった。あれは、日和から言われて亜弥を探していたかららしい。

「……気を遣《つか》わせてしまったようで」

「ちょっと心配だったからさ。ふらふら〜ってどっか行っちゃうし。また迷子になられても困るなって」

「その節は本当にご迷惑《めいわく》を……」

「あはは。冗談《じょうだん》だよ、冗談。一之瀬さんが迷子になってもみんなで見つけるからさ。心配しないでよ」

愉快《ゆかい》そうに笑う日和は、亜弥が初詣《はつもうで》で深月達とはぐれてしまい、迷子になって周りに迷惑を掛けたことをなんとも思っていないように口にする。

「どうして、そんなに優しいのですか?」

「優しい?」

「普通《ふつう》、高校生にもなって迷子になるなんて手間を掛けさせるし邪魔者《じゃまもの》だと思いませんか?」

「思わないよ。だって、一之瀬さんは私達のとも――」

「ねねねねね。さっきから、二人でなんの話してるの？」

日和が何か言い掛けた時、邪魔《じゃま》をするように雫が割って入ってきた。

「もお。せっかく、決めようとしてたのに邪魔しないでよ」

「およ？　必殺技《ひっさつわざ》でも決めるつもりだった？」

「そんな訳ないじゃん。ていうか、何しに来たの？」

「いや〜、日和が一之瀬さんと楽しそうに話してるからいいなぁって。あわよくば、私も混ぜてもらえないかなぁって思いまして」

「おこぼれを貰おうとしないで自分で話しなよ。ま、雫はあんまり仲良くしてもらえないと思うけどね」

「ええっ⁉　なんで⁉　私、一之瀬さんに何かした⁉」

「自分の行動を思い出しなさい」

「何もしてないよ〜。ね、一之瀬さん」

「そうですね。直接。私には」

「ほらー。もう、脅《おど》かさないでよ〜」

日和の肩を掴《つか》むと雫は日和を揺《ゆ》さぶり始めた。

「気分悪くなるからやめいっ」

「あいたっ」

ペシッと日和に頭を叩《たた》かれたにもかかわらず、雫は楽しそうに笑《え》みを浮かべる。日和も呆《あき》れているが口角は緩んでいた。

「ま、日和を通してじゃないよね。私の力で仲良くならなきゃ。ということで、改めて。よろしくね、あやっち」

同じクラスでもこれまで雫と真正面から向き合ったことがない亜弥は目を合わせられて背筋が伸びる。おまけに、伸びてきた右手とよく分からない呼び方に目を回した。

「あれ？　あやっち？　おーい」

眼前で手を振られ、亜弥は頭を働かせる。出てきたのは疑問だった。

「あやっちってなんですか」

「あだ名だよ。一之瀬さんの」

「そんな……あだ名だなんて。凄く仲良さそうな感じじゃないですか」

聖女様もあだ名みたいな呼ばれ方だが、好きじゃないからあまり自分のこととして受け入れていない。だから、ちゃんと名前が含まれていて、自分のことを指しているあだ名で呼ばれたのは初めてで、どう反応するのが正しいのか分からなかった。

「いいね。あだ名。私も何か――そうだ。あややって呼ぼう」

「でしょ。これから、どんどん仲良くなっていきたいからね。やっぱり、距離を縮めるにはあだ名だよね」

　盛り上がっている日和と雫を見て、亜弥はついていけなかった。ただ、どうしてか胸の中がぽかぽかしている。

　日和と雫は聖女様としてではない、亜弥自身を見てくれる。

　この二人とは仲良く出来るのではないか。日和は苦手な部類だし、雫はイラッとさせてくるけれど――そういう、亜弥がこれまでに抱いてこなかった感情を抱かせてくるのは深月と一緒でそう思えた。

「三人で何をしてるんだ？」

「あ、みづきっちー。聞いて聞いて。今ね、一之瀬さんにあやっちってあだ名をつけたばっかなんだよ」

「ふーん……亜弥だからあやっち、か」

　走ってやって来た深月がこちらに視線を寄せる。初めて、深月に名前を口にされ、亜弥は呼ばれた訳でもないのに不覚にもドキッとしてしまった。

「まともなあだ名だな」

「何その言い方ー」

小馬鹿にするように笑った深月に雫は頬を膨《ふく》らませた。

「いや、雫のネーミングセンスってさ、こう、あれだろ。白猫《しろねこ》にうどんって付けるくらいだから」

「うどんが気に入ってるからいいんですー」

「確かに。うどんはないよね。大福じゃないと」

「日和にだけは言われたくないですぅー」

せっかく、雫とも仲良くなれそうだと思ったばかりなのに。深月の背中を叩いて不満をぶつける雫に亜弥はイラッとしてしまった。早くやめさせなければ、と雫の肩に手を置く。少しだけ強めに。

「あ、ごめんね、あやっち。三人で盛り上がっちゃって。知らないよね。うどんっていうのはね――」

「知ってますよ。安原さんのお家で飼われている猫《ねこ》の名前ですよね」

「え、どうして知ってるの？」

「だって、あの猫を最初に見つけたのは月代くんじゃなくて私ですから」

「……そーなのっ⁉」

なんだか、仲間外れにされているのが嫌で亜弥は言ってしまった。雫が目をまん丸にして、言うまでもなく驚いている。声もうるさい。

「ええ。いつも、うどんのことを可愛《かわい》がってくれてありがとうございます。でも、いくら可愛いからといってご飯のあげすぎには注意してくださいね」

「そんなことまで⁉　どこまで知ってるの⁉」

「知っていますとも。いつも、月代くんからうどんの写真を見せてもらっていますので」

「そーなの⁉」

　確かめるように雫が深月へ視線を向ける。深月は亜弥が暴露《ばくろ》するとは思ってもいなかったようで戸惑いながら頷《うなず》いた。

「えっ。えっ。みづきっちとあやっちって仲良いの？」

　頭を抱《かか》えながら雫が目を回している。当然の反応だろう。学校で深月となんてほとんど関わりがないように過ごしているのだ。こうなることに十分納得《なっとく》がいく。

「ええ。とーっても、仲良しですよ。好物が唐揚《からあ》げとか神経衰弱《すいじゃく》が物凄《ものすご》く弱いとか。意外とプレゼントのセンスがいいとか。月代くんのことならもっと知っていますよ。仲良しでしょう？」

　ふふん、と胸を張って亜弥は得意気な笑みを浮かべながら雫に教えてやった。深月のことならたくさん知っているのだと。

「そ、そうなんだ……詳《くわ》しいね」

「月代くんとの付き合いはかれこれ長いですから」

雫が知らない深月のことを知っているという事実に亜弥は気分が良くて仕方がなかった。

「……あのさ、恥ずかしいからやめてくれる？　あと、神経衰弱は俺が弱いんじゃなくて一之瀬の記憶力《きおくりょく》がエグいだけだからな。ババ抜《ぬ》きなら勝ちまくったし」

口元を隠しながら、照れ臭《くさ》そうに深月が言った。

やってしまった、と深月を見て亜弥の頬が熱くなる。今のはただの自慢《じまん》だ。雫からすれば深月の自慢をされたところで反応に困るだけだというのに優越感《ゆうえつかん》に浸《ひた》って口走ってしまった。空気も変な感じになっている。恥ずかしい。

「あ。と、ところでさ。深月は何をしに来たの？」

「そ、そうだった。一之瀬とも遊びたいって女の子達が言うから呼びに来たんだ」

「そ、そういうことなら早く行きましょう。お待たせするのも申し訳ないですから」

この場を離脱《りだつ》出来るまたとないチャンスを逃す訳にはいかず、亜弥は深月の背中を押しながら少女達が待つ場所へと向かう。背後で日和と雫が話すひそひそ声が聞こえてきた。

「え。あやっちってみづきっちのことす、なの？」

「やっぱ、そう見えるよね」

「まじっ⁉」

一際《ひときわ》大きな声を出した雫に驚いて振り返ると二人とも気まずそうにぎこちない笑みを浮かべて手を振ってくるだけ。

——すってなんなんですか？

かろうじて聞こえていた内容が亜弥にはさっぱりなものだった。

「ああ……今日はほんとに疲《つか》れた」

保育園からの帰り道、先に出たはずの深月に追い付いてしまったため一緒に帰ることにした。ちゃんと周囲を見渡《みわた》して、ボランティアに参加していた生徒がいないことは確認《かくにん》しているため、今は二人きりの時間だ。これなら、気兼《きが》ねなく話すことが出来る。

隣《となり》を歩く深月はだらしなく腕をぶらんとさせて全身で疲労《ひろう》したことをアピールしている。普段と変わらない速度で歩いていたのに先に出た深月に追い付けてしまったということは、よっぽど疲れているのだろう。

「大人気でしたもんね。お疲れ様《さま》です」

少女達と遊んでいれば赤鬼《あかおに》をしていた深月を一方的に攻撃していた男児達も混ざってきて、深月は終始動きっぱなしだった。走らされ、抱っこさせられ、おんぶさせられ。最後には肩車《かたぐるま》までさせられていた。

「人気っていうか、ただ遊んで楽しいおもちゃを見つけたみたいな感じだったけどな。好き勝手やりやがって」

「でも、みんな月代くんと遊んでいるととても楽しそうでしたよ。目をキラキラと輝《かがや》かせて帰る前には帰らないでって泣いてる子だっていたじゃないですか」

全力で遊んでくれる相手だからこそ、大勢の園児が深月に懐いたのだろう。亜弥が出会った少女も深月と遊んでいると、最初は暗かった瞳《ひとみ》にしっかりと光を宿していた。

それに、口では不満ばっかり漏らしていた深月もなんだかんだで楽しそうにしていたからこそ、園児を惹《ひ》き付けていたのだと思う。

「俺はようやく解放されて清々してるよ」

「どの口が言うんですか。帰る前、ちょっと泣きそうになっていたくせに」

「あれは、ようやくクソガキどもを泣かせることが出来て感極《かんきわ》まってただけだ」

「はいはい、よかったですね。目的を果たせて」

「ほんとだからな！」

適当にあしらえば、深月はムキになった。泣きそうになっていたとされるのがそれほど嫌なのだろうか。男の子が寂《さび》しくなって泣いてもいいと亜弥は思うのだが。

こうして強がっている深月を見ていれば、園児達とさほど変わらない。だからこそ、園児にどう接すればいいのか分かったのだろうか。

「……本当に、今日の月代くんは素敵《すてき》でした」

「は、はあ？　なんだよ、急に」

それまで、ぶつぶつと拗《す》ねたように「ほんとだってのに」と呟《つぶや》いていた深月が足を止めた。

「いえ、私は出会ったあの子に何もしてあげることが出来ませんでした。でも、月代くんは彼女《かのじょ》を笑顔にすることが出来た。だから、凄《すご》いなって」

「俺の力じゃないし、あの子が頑張《がんば》って自分で声を掛けたからだよ。明が言ってた。不安そうにしながらも手を伸ばしてたって。だから、俺は何もしてない。それに、一之瀬が最初にあの子を見つけて、寄り添ってあげてたからそうなったんだ。俺が声を掛けてたら怖《こわ》がられて逃《に》げられてたよ」

「そうかもしれませんね」

「おい」

「ふふっ」

深月も自覚しているからこそ、自虐的《じぎやくてき》なネタとして言ったのだろうと同意すれば眉尻《まゆじり》を上げられる。そんなことはないですよ、とでも言ってほしかったのだろうか。思わないので言ってあげないが。

「あの子にとって月代くんは本当に大きな存在だと思います。幼い頃《ころ》、あんな風に声を掛けられなかった私は小さい子とどう関わればいいのか本当に知らないんです。だから、私じゃあの子をあんな風に笑顔にはさせられなかった。来てくれてありがとうございます。あの子の分も含めて」

深月が来てくれなかったら、あのまま今日を終えていたことだろう。終わるまであそこでジッとしていて、少女の瞳に光を宿すことも出来ず、今の自分と同じように心を開ける存在が少ないまま過ごすことになっていたかもしれない。あの子には母親という、亜弥にはない存在がいるけれど。

けど、そうならなかったのは間違《ちが》いなく深月のおかげだ。

「俺は一之瀬に匿《かくま》ってもらう目的で行っただけだから、礼なんて必要ない。それに、やっぱり、一之瀬だって大きい存在だと思うよ、俺は。じゃないと、一緒に遊ぼうとはならないだろ。証拠《しょうこ》に、日和と雫には声を掛けていないんだしさ。一緒に居てくれたってだけで、あの子は嬉《うれ》しかったはずだ」

「……そうなら、嬉しい限りですね」

「自信持って大丈夫《だいじょうぶ》だ。一之瀬と居ると心が安らぐってのは俺が実感してるからな」

「なんなんですか、それ」

親指を立てて自分を指差した深月に亜弥は笑みを漏らした。励《はげ》ましてくれているつもりなのだろうが微妙《びみょう》だ。そんなの深月だけしか思っていないかもしれないのに。

それでも。深月だけだったとしても、深月からそう言ってもらえて嬉しかった。

「それにしても、月代くんは将来、いいお父さんになりますね」

「俺の場合、まずは相手を見つけないとだけどな」

「そうですね」

こうして関わり始めてからは改善されているが、以前の深月といえば食生活は最悪で部屋の掃除《そうじ》もやる気がない目が離せない生活を送っていた。深月と付き合う女の子は色々と苦労するだろうな、と抱《いだ》いたのは一度だけじゃない。

「私みたいに寛大《かんだい》な心を持っている子じゃないと難しいでしょうね」

「ゲホッゲホッ」

率直《そっちょく》な意見を吐露《とろ》すれば、いきなり深月がむせたように咳き込《こ》み始めた。

「……何を咳き込んでいるのですか？」

「いや、なんでもない……」

顔を覗《のぞ》き込めば、深月は逃げるように視線を逸《そ》らす。頬は僅《わず》かに赤くなっていて、亜弥は首を傾げた。どうしたのだろうか。深月はうわ言の様に「他意はない……他意はない……」と呟いているが意味不明だ。

自分の世界に入り込んでしまった深月は無視して、深月に彼女が出来た時のことを想像する。きっと、深月と付き合うような女の子は面倒見がよくて、優しくて、世話焼きで。甘《あま》えたい時は素直《すなお》に甘える、可愛い女の子だろう。亜弥が入る隙なんてどこにもなさそうだ。

「寛大なって言うけど、一之瀬《いちのせ》は手厳しいからな」

「むっ。それは、月代くんがそうさせるからでしょう」

「自覚はあるんだな」

不敵に笑った深月に腹が立ち、亜弥は深月の肘を小突《こづ》いた。

「うっさいです」

頬を膨らませてみせれば深月が笑い声を上げる。楽しそうに。目尻《めじり》の端《はし》に涙《なみだ》を滲《にじ》ませるほど。

そんな姿を見ていると亜弥も胸の内がスッとする。

もし、深月が誰かと付き合い始めたら亜弥は役目を失い、こんな楽しい時間も過ごせな

くなってしまうのだろうか。

その時が来るのは嫌だな、と亜弥は勝手ながら思った。

第2章　聖女様とバレンタイン

「みづきっちの噂《うわさ》、大変なことになってるね」

次の授業の準備をしていた亜弥《あや》は雫から声を掛けられて手を止めた。

「この学校の生徒は噂が本当にお好きなようです。真相を知らないくせに」

今、学年の間で噂になっているのは節分祭で深月《みづき》が亜弥に乱暴なことをしていた、という内容だ。恐《おそ》らく、明《あきら》や日和《ひより》、雫と合流してからの一連の流れを節分祭に参加していた誰かに見られていたのだろう。日和達は存在感もあり目立つ。そんな三人が園児を引き連れて騒いでいたら注目されたって何も不思議ではない。

そして、その中の誰かが深月が亜弥の首を絞《し》めている、と誤解して話した結果、波紋《はもん》が広がって今に至る。休みが明けたばかりだというのに朝から何人ものクラスメイトや他クラスの生徒から心配の声を掛けられている。

「何か言われる度《たび》に誤解ですってあやっちが説明してるんでしょ？」

「当然です。月代《つきしろ》くんは何も悪くない。なのに、どうしてか誰も信じてくれません」

「まあ、みづきっちだからなあ。みづきっちをよく知らない人からすれば誤解するのも仕方ないのかもね。本当は優しい男の子なのにね」

「それなら尚更《なおさら》です。月代くんのこと、何も知らないくせに勝手なことを言うんじゃねー、です」

女の子に手を出すとか最低。いつかするとは思ってた。怖いよね。痛い目に遭《あ》えばいいのに。

そんな、深月を非難する言葉があちこちから聞こえてくる。

だというのに、心配になって見に行った深月は呑気《のんき》に机に突《つ》っ伏《ぷ》して眠《ねむ》っていた。休みが一日しかなかったから疲れているのだろう。昨日の夜も「学校休みたい」と不満を漏らしていた。だからといって、後ろ指を指されていることを少しも気にしないというのはいかがなものなのだろうか。

「あやっちの本性《ほんしょう》ってそっち？　普段《ふだん》は猫被《ねこかぶ》ってる？」

「誰だって大切な人が悪くもないのに酷《ひど》いことを言われたら気が立つものだと思いますが」

言ってしまえば、深月は被害者《ひがいしゃ》だ。保育園で出会った少女とどう関わればいいのか分からず、亜弥は側に居ることしか出来なかった。それを、深月は少女が周りと馴染めるようにと策を練って最低な鬼役《おにやく》を演じただけ。あそこで亜弥にもっと何か出来ていれば深月が巻き込まれることもなかったのだ。

「……なんですか、ニヤニヤして」

「ううん。あやっちの言う通りだなって」

自分のせいだと後悔《こうかい》していれば雫がニヤニヤとした笑みを浮かべていた。

そんなに変なことを言ったつもりはないから気味が悪い。

「大切な人が傷付けられたら腹立つよね。大切な人が」

「そう何度も繰《く》り返さないでもらえますか。格好をつけているようで恥ずかしいので」

「あ、そっちなんだ」

「そっちも何もないと思うのですが」

雫が何を言っているのか分からなくて亜弥は首を傾《かし》げた。

「ところでなんだけど、私とみづきっちは仲が良いだけで特別な関係じゃないからね」

「なんですか、いきなり」

「言っておこうと思って」

そう言われたところで亜弥はどう返事をすればいいのか分からず、顔を顰《しか》めるしかない。

そもそも、特別な関係でないというのならどういう間柄《あいだがら》なのか。あんなにも楽しそうに会話をして。あんなにもスキンシップも気軽にして。

「みづきっちは面白《おもしろ》いけど、付き合うとかはないかな～」

「家にまで呼んでおいて?」

「本当になんでも知ってるんだね。あれは、みづきっちがうどんにオモチャを買ってくれたから持ってきてもらっただけだよ」

「そのわりには月代くんをお家に入れてましたけどね」

「持ってきてくれたのにうどんには会わせずに帰ってもらうのも悪いと思わない?」

「それは、確かに……」

「心配しなくても、大丈夫だよ。みづきっち、ほとんどうどんと遊んでただけですぐに帰ったからさ。私になんて見向きもしない。一切《いっさい》興味なし」

嘘《うそ》を言っているように雫《しずく》から感じなかったのと、亜弥は初めて深月の家に上がった時のことを思い出した。男の子の家に簡単に入らない、と決めていたのに入ってしまったのは、深月の手首の手当てをしなければと無我夢中《むがむちゅう》だったから。加えて、深月から危険な感じがしなかったのが大きい。

これまでにされてきた告白の数々のせいで警戒心《けいかいしん》が自然と強くなってしまう中、あの時はそれがなかった。深月が亜弥に――というより、聖女様に興味がなさそうに見えたからなのかもしれない。

それを思い返せば、雫の家に上がった深月が可愛い容姿をしている雫に見向きもしなかった、ということに凄く納得がいった。なんせ、多くの時間を過ごしている亜弥でさえ手を出されると感じたことがないのだから。

「うどんを保護していた時、月代くんもかなり溺愛《できあい》していましたからね。落ち込む必要はないですよ」

「急に嬉しそうだね」

「しょせん、猫の可愛さに人類は勝てないということです」

「ぐはっ」

現実を教えてあげた方が慰《なぐさ》めになるだろう、と思っていたが逆効果だったらしい。胸元《むなもと》に手を当てて雫が苦しんでいる。大きな胸がより強調される形で。

「ところで、心配をしている訳ではないのですが、特別な関係じゃないのなら月代くんと安原さんはどういう間柄なのですか？」

深月と雫の関係性。

それを教えてもらえれば、亜弥も深月との関係性がどういうものなのか気付けるかもしれない。

世界で唯一《ゆいいつ》のただのお隣さん。

それを超えた何かがあるのなら、亜弥は知りたい。知って、その新しい関係性で深月と接していきたい。

「どういうって決まってるよ。私とみづきっちは――」

「一之瀬《いちのせ》さん。月代ってやつから酷いことされたって本当？」

「大丈夫？　怪我《けが》はない？」

せっかく、雫からヒントを得られそうだったのにクラスの男子二人に邪魔をされた。

この二人は初めてだが、何度目にもなる同じ質問と邪魔をされたことに亜弥は辟易《へきえき》する。

ただ、イラッとした様相は表に出さないでおく。しっかりと誤解だと説明しなければならないからだ。深月のために。

「その件についてですが、誤解なんです。あれは、園児達を楽しませるための演技でして私も進んで協力していただけなんです。だから、痛いことなど少しもされなかったですよ」

「あっ……そうなの？」

「ええ。なので、あまり変な噂を広められると――」

「でも、相手はあの月代だろ？」

「えっ」

「実際にあいつが何を考えてるか分かんねーから不気味だよな」

「あー確かに。あいつのことだから、本当に一之瀬さんの首を絞めようとか思ってたかも」

「それか、単純に聖女様に触《さわ》りたいだけのむっつりスケベだったとか？」

「げえー。それは、気持ち悪い」

二人して、ありもしない想像で盛り上がっては楽しそうにゲラゲラと笑う。下品な笑い方をする二人に、亜弥は何がそれほど楽しいのか理解が及《およ》ばない。気分が悪くなる。深月のことを気持ち悪いと言った二人の口角を歪《ゆが》めている表情の方が、亜弥からすればよっぽど気持ち悪かった。

「みづきっちのことなんにも知らないくせによく言えるね」

「だって、あの月代なんだぜ。何考えてるか意味不明で気味が悪いじゃん」

「そうそう。体育祭のリレーで走らなかったのとか頭おかしいだろ」

「そんなことがあったのですか？」

「あ、そっか。一之瀬さんは居なかったから知らないんだ。クラス対抗《たいこう》リレーであいつ、歩いたんだ。めんどくさかったのか知らないけどさ、クラス全体に迷惑を掛けるとかはっきり言ってウザいよな」

「分かるわ。転んでも最後まで走り切った聖女様を見習えよな」

そんなことがあったなんて亜弥は知らない。その一件があったからこそ、深月がこんな風に言われるようになったのだろうか。

「とにかく。一之瀬さんもあいつには気を付けた方がいいよ。ああいう無口で根暗な陰《いん》キャな奴《やつ》こそ何をしでかすか分からないから」

「何かされたら俺達《おれたち》に言ってね。守るから」

二人はいったい、どんな立場から物を言っているのだろう。

「お気遣《きづか》いはありがとうございます。ですが、何度も言っているように私は乱暴なことをされた覚えはありませんので頼《たよ》ることはないと思います。なので、気を抜いてお過ごしくださいね」

ちゃんと聖女様としての笑顔を浮《う》かべられているのか。亜弥は今、自分がどんな顔をしているのか分からない。今はただ、早くこの二人を視界から消し去りたくて仕方がなかった。


「私のせいですみませんでした」

「は？　急に何？　何かやらかしたの？」

夕方になり、深月の家に行った亜弥は開口一番謝《あやま》った。

しかし、ソファに座《すわ》りながら深月は訝《いぶか》しそうに見てくるだけ。学校でのことなんて気にもしていない様子だ。

「学校で変なことになってしまったでしょう？」

「ああ、そのこと。一之瀬が気にする事じゃないから気にすんな」

「そうはいきません。私が巻き込んでしまったようなものですし」

「逆だろ。俺《おれ》が一之瀬を巻き込んだんだ。今回は一之瀬が後ろ指を指されるようなことがなくてよかったよ」

　頭の後ろで手を組んで深月は口角を緩める。その姿が自分のことなんて後回しにして、亜弥のことを第一に考えているように思えて。亜弥は目頭《めがしら》が熱くなった。

「鬱陶《うっとう》しくならないんですか？」

「鬱陶しくか」

「勝手に誤解を広める人。噂話《うわさばなし》を信じる人。訂正《ていせい》を信じない人。それから……私とか」

「なんで一之瀬が入ってるんだよ」

「だって、私が居るから月代くんにたくさん迷惑を掛《か》けていますし。これまでも」

「あのさ、俺がどれだけ一之瀬に助けてもらってると思ってるんだ。それと比べたら学校でのことなんてどうってことないんだよ」

「ですが」

「ですがじゃねえ。そりゃ、騒《さわ》いでる奴とかは鬱陶しいよ。けどさ、それを一之瀬のせいだって俺は思わない。だから、一之瀬を鬱陶しいとも思わない」

「そうは言っても」

「知ってるんだよ。一之瀬が誤解だって説明してくれてるのは。それでも、信じないってんならもう放っておくしかないし、好きにさせとけばいいだろ。これで一之瀬に、もう俺と口を利《き》きません、とか言われた方が俺は傷付くぞ」

「えっ……」

頬《ほお》を赤くしているのは拗ねているからなのか。それとも、怒《おこ》っているからなのか。どちらとも取れる深月に、亜弥は口を間《ま》が抜《ぬ》けたように開けてしまった。

最近、気が抜けていたのだと思う。深月とは外で話さない。そう決めていたのに保育園ではかなり接していた。深月と居ると気が緩む。深月と居ると楽しくて。深月と居る楽しさを優先して。その結果がこれだ。

だから、悲しいけれど。これ以上、深月に迷惑を掛けないためにも亜弥は距離《きょり》を取ればいいと少しだけ考えていた。家でも外でも深月と関わらなければ、また前のように他人に迷惑を掛けるような邪魔者にはならないと。

でも、どうやらそれは実行出来そうにない。

「だいたい、学校の連中は噂話が好きな馬鹿ばっかりだからな。馬鹿だなー。アホだなー。間抜けだなーって高みの見物を楽しんでるよ」

「それは、面白いのですか……？」

「俺のことを最低だ、って女子に囲まれながらカッコつけてるイケメンが、実は見当違い《けんとうちが》のことを決め顔で言ってるって考えたら笑えるだろ。ダサすぎて」

「独特過ぎません？」

「意外と楽しいんだけどな。ま、一之瀬には理解するのが難しいかもだけど、俺は俺で楽しんでるからさ。あんま気にすんなよ」

これ以上、自分のせいだと自責しても深月の気分を嫌《いや》な物にしてしまうだけだろう。だから、ここは深月に甘えておく。亜弥だって、深月ともう口を利かないなんてことしたくないのだから。

「分かりました。でも、誤解を解くのはやめませんからね」

「うん。それは、頼《たの》む。静かに過ごせるならそれに越《こ》したことはないから。よろしく」

「お任せください」

「ところで、今日の夕飯って何？」

「今日は親子《おやこ》丼《どん》にしようかと」

「鶏肉《とりにく》料理！　楽しみだなあ……」

嬉しそうに肩《かた》を揺らし始めた深月が幼くて亜弥の唇《くちびる》が緩《ゆる》んだ。本当に鶏肉が好きなようだ。可愛らしい。

「そういう姿を見れば、月代くんの誤解も解けるのでは――そうです」

亜弥はスマホを取り出すとカメラアプリをタップして、動画を撮《と》り始めた。

「え、なんでスマホを構えてるんだ？」

「鶏肉に喜んでいる可愛らしい月代くんを撮影《さつえい》してみんなに見てもらおうかと」

「やめろ。今すぐに」

「いい作戦だとは思いませんか？」

「どこがだよ。恥《は》ずかしくて学校に行けなくなるわ」

「そうですか……ナイスアイデアだと思ったのですが」

「ほんとに変なことはしないでくれよ……はあ」

呆れるように深月がため息を漏《も》らした。ちょっと失礼だ。せっかく、深月のためを思って立案したというのに。

「だいたい、そんな動画を見せたらまた変な誤解が生まれるだろ。どういう仲なんですか。どうして俺の家に居るんですかって」

「確かに……それは、失念していました」

　噂話の渦中《かちゅう》から深月を助け出そうとして、また渦中に入れてしまっては本末転倒《ほんまつてんとう》だ。こんな単純なことにまで気付けないなんてやはり深月と居ると気が緩んでしまう。

「だから、その動画は消してくれよ。恥ずかしいから」

「そんな勿体《もったい》ないことはしませんよ」

「は？」

「この動画もいつか役に立つ日がくるかもしれないですし、残しておきます」

「いやいや。いつだよ、その日って。消せ」

「消しません」

「消せ」

「しつこいですよ」

「えっ……あ、うん」

　あまりのしつこさにちょっと冷たく言ってしまった。が、そのおかげで深月は意表を突かれたように静かになった。その隙《すき》に亜弥はスマホをズボンのポケットにしまっておく。こうしておけば、深月にスマホを盗《と》られるということもない。

「さてと。夕飯の準備でもしますかね」

「……しつこいって俺が悪いのか？」

困惑《こんわく》する深月には申し訳ないが、この動画を消したりはしない。誰《だれ》に見せる訳でもない。見るとしたら亜弥くらいだろう。

せっかく、可愛く撮影が出来たのだ。たまになら見返して癒《いや》されるために利用するくらいはいいはず。

――ふふっ。お宝が増えました。

エプロンを着けて、後《うし》ろ髪《がみ》を結びながら亜弥は口角が上がるのを止められなかった。

あれから数日が経《た》ったが、深月に関する噂話が消えることはなかった。

心配に来られる度に亜弥は誤解だと説明した。

けれど、信じられることは少なく。むしろ、今度は亜弥に触るためにわざとあんなことをした、などとあらぬ誤解が余計に広まっている。どうしてこうなってしまうのだろう。

「はあ……」

「どしたの、あやっち。体育疲れた？」

呆《あき》れてため息を出していると雫から声を掛けられた。

「まあ、そんなところです」

「道具片付けてこようか？」

「いえ、お気遣いなく。これは、私が使ったので」

「そっか。じゃあ、先に着替《きが》えに行ってるね」

「ええ……というか、一緒《いっしょ》に着替《きが》える約束なんてしていな……聞いてないし」

　節分祭以降、よく雫に絡《から》まれるようになった。同じクラスメイトに聖女様としてではなく、素の自分で話してしまっていることにも驚《おどろ》くが、何よりもビックリなのはそれで雫が嫌な顔を一つもしないということだ。他の子とは明らかに態度が違《ちが》うというのに。

　――本当に仲良くなっていこうと思ってくれているんですね。

　なんだか、胸の中が熱い。

　過剰《かじょう》に他人を警戒《けいかい》している、という自覚はある。本当はそんな必要がなくて、深月達のように素の自分を受け入れて、普通《ふつう》に接してくれる人がたくさんいるのではないかと。深月達のおかげでそう思えるようになった。

　もう少し周りに目を向けてみるべきなのかもしれない、と周囲を見渡すと体育館に残っている生徒の数が少なくなっていることに気が付いた。早く片付けないと取り残されてしまう。手にしていたバドミントンのラケットを置きに体育館倉庫に向かう。

今日の体育は特殊で深月のクラスと合同で行われた。普段は別のクラスと合同だが学校側の事情らしい。詳しくは知らない。男子達はバスケットボールをしていて、その片付けもほとんど終盤《しゅうばん》に差し掛かっている。大半が着替えに体育館から出ていた。深月はまだ残っているのが横目で確認出来た。

深月とは話す機会もないだろうし、他の男子から声を掛けられても面倒《めんどう》になる。できるだけ足音を消してさっと倉庫に入った。バドミントンのラケットは倉庫の奥《おく》の方にまとめられているため進んでいく。

「あっ」

片付けを済ませていると聞き馴染《なじみ》のある男の子の声が倉庫内に響《ひび》いた。確認しなくても分かるが視線を向ければやはり深月が居た。バスケットボールが山積みに入ったカートを置きに来たらしい。

「つき――」

深月と話せるのが嬉しくなったのも束《つか》の間《ま》。ここは学校だ。ましてや、深月へのあらぬ誤解が広まっている状況《じょうきょう》でこれ以上の迷惑《めいわく》は掛けられず、口を噤《つぐ》む。

――せっかく、月代くんと話せると思ったのに。

気を引き締《し》めないといけないことは自覚しているが勿体なくも感じる。見て見ぬふりをする深月もちゃんと弁《わきま》えているのだろう。もどかしい。先に出るべきか。深月が出て行くまで待つべきか。そんなことを考えていると、衝撃《しょうげき》的な光景が目に飛び込んできた。

　体育館倉庫のドアが閉まっていく。まだ亜弥も深月も中に入ったままだというのに。ドアが閉まる音に深月の口から「あっ？」と漏れた。続いて鍵《かぎ》が閉められる音がガチャガチャとした。

「おい、ちょっと待て。まだ残ってる」

ドアを叩《たた》きながら深月が外に向かって声を出す。けれども、外からの音は一切返ってこない。もう体育館には誰も残っていないのだろうか。

――いやいや。冷静に分析《ぶんせき》してる場合ですか！

　現実味がなさ過ぎて必死にドアを叩く深月が騒がしいな、と思っていたがもっと焦《あせ》るべき事態だと我に返った。

　だって、この状況は――。

「……まじか。閉《と》じ込められた？」

　確認するように深月がこっちを向いてきた。

「……どうやら、そのようですね」

　事実を述べることしか亜弥は出来なかった。二人して顔を見合わせる。乾《かわ》いた笑《え》みが出てきたがすぐに深月は頭を抱《かか》えた。

「ちょっと待ってくれ。状況を整理する」

「整理も何も閉じ込められただけだと思うのですが」

「いや、体育倉庫に居るのを忘れられて取り残されるってあり得ないだろ。フィクションでしか見ない展開だぞ。リアルで起こってたまるか」

「そうは言ってもですね」

「これは、誰かの陰謀《いんぼう》か……？」

「何を馬鹿げたことを……本当に閉まってますね」

腕《うで》を組みながら突拍子《とっぴょうし》もないことを言い出した深月をよそに亜弥もドアをスライドさせようとしてみるものの、しっかり施錠《せじょう》されていて開くことがない。

「なんでそんなに冷静なんだ？」

「一人でなら焦っていたと思いますけど……月代くんの焦りようを見ていたら落ち着いてきたと言いますか」

不思議そうに聞いてきたから答えれば深月の動きが止まった。

「……ふふふ。作戦通りだ」

「胸張って急になんですか」

「一之瀬が焦らないようにわざとあんな風に焦ってたんだ。いやー、よかったよかった」

「は？」

「どっちかが焦ってたらどっちかが冷静になるってよく言うだろ？」

得意気な笑みを浮かべているがこれは取り繕《つくろ》っているのだろう。一人でテンパっていたのが今になって恥ずかしくなっているのかもしれない。

「実際のところ、誰かが来るまでは待つしかないだろうし焦ったところで疲《つか》れるだけだよな」

「どの口が言ってるんですか」

「ま、授業が終われば明が気付いて探しに来てくれるだろ。ゆっくりしよ」

体をグッと伸《の》ばして気持ち良さそうにする深月からはさっきまでの焦りが嘘のように消えていた。近くにあった跳び箱《とばこ》に座って休む気満々だ。そんな姿を見ていれば本当にわざと焦っているようにしていただけなのかと考えてしまう。

「授業サボれてラッキー」

嬉しそうな深月の臨機応変っぷりが亜弥は羨《うらや》ましい。

「私は初めてサボってしまいました……」

「風邪《かぜ》を引いてる時でさえ、登校するような頑張り屋だからな一之瀬は」

「自分のことは自分でどうにかしないと周りに迷惑を掛けることになるから……」

「ノート見せてとかが頼みづらいってこと？」

「だって、迷惑でしょう？」

「頼まれたことがないから分からん」

「月代くんに聞いた私が馬鹿でした」

そのくらい誰かに聞けばいい。誰だって見せてくれる。その程度のことだ、と誰だって思うかもしれないが、亜弥はその程度のことでも周りからどう思われるのかを考えると凄く恐ろしくなる。積まれているマットに腰《こし》を下ろすと膝《ひざ》を抱えた。

さっきの深月の話は本当だった。深月が冷静になった途端《とたん》、今度は亜弥が凄く不安になっている。なんとか取り乱さないでいられるのは深月が居るからだろう。一人ならどうしたらいいのかパニックになっていたはずだ。自分が情けない。

「出席してるのにわざと板書しないでノート見せて、とかなら迷惑どころか鬱陶しくなるんだろうけど、今回は事態が事態だし気にする必要ないんじゃないか。普段は一之瀬が見せてる側だろうし、尚更《なおさら》いいだろ」

「……どうして分かったのですか」

「うちのクラスでもノート見せてって頼まれてるのはだいたい成績がいい奴だからな。そうなんじゃないかと」

「当たりです」

「それなら、たまには一之瀬が頼ったって誰も文句なんて言わねーよ」

「そんなこと――そうかも、しれませんね……！」

もう少し周りに目を向けてみるべきなのかもしれない、と思ったばかりじゃないか。これは、いい機会だ。自分が一歩を踏《ふ》み出すための。

――私よりもずっと幼いあの子が踏み出せたんです。私だって。

「安原さんに頼んでみます」

クラス内で気を遣《つか》わずに頼むには雫が一番だ。

だから、名前がすっと出てきたのだが――深月がニヤニヤしている。

「なんですか、その笑みは」

「一之瀬の口からすんなりと名前が出てきたから珍《めずら》しいなって。雫と仲良くしてるようで何よりだよ。あやっちって呼ばれてるのが大きいのか？」

「なっ……！」

深月に名前を口にされ、亜弥は耳が熱くなった。

「別に、そういう訳ではありませんよ。そもそも、自分の名前が好きじゃないのであまり耳にしたくないですし」

「あ、そうなのか。なんか、ごめん……」

「気にしないでください。安原さんはちゃんと私を見てくれているような気がするので月代くんみたいに接しやすいだけです」

「そっか。喜ばしいな」

「どうして、月代くんが喜ぶんですか」

「なんか、こう……あー、なんだろう。言葉にするのは難しい」

「なんなのですか」

　喜びながら頭を抱える深月に呆れてしまう。

「とにかくさ。一之瀬にクラスでちゃんと話せる相手が居て嬉しいんだよ」

「それが嬉しいのですか？　自分のことじゃないのに？」

「嬉しいよ。一之瀬に良いことがあるだけで俺も嬉しくなる」

　まるで、自分のことのように喜んだり嬉しくなったりしている深月の心境が亜弥にはいまいち読み解けなかった。

「不思議な月代――くしゅん」

　悪寒《おかん》がしたと同時に亜弥の口からくしゃみが出た。さっきまでは運動の直後で体が温まっていたが今は動くことがなく、時間が経って冷えてしまったようだ。

「そう言えば、かなり冷えてきたな」

「そうですね」

一度寒いと意識してしまうと、体がますます冷えていく感覚に襲《おそ》われる。耐《た》えるように震《ふる》える体を落ち着かせようと手に息を吐《は》き掛ける。これで対処が出来ればよかったけれど、残念なことに変わらない。両手で腕を擦《さす》り、摩擦《まさつ》を起こして少しでも早く時間が過ぎるように亜弥は祈《いの》った。

「……俺の上着でよかったら着るか？」

「着ませんよ。月代くんだって寒いでしょうに」

「これくらいの寒さなら俺は耐えられるんだな、これが。さっきの授業でアホほど運動してまだまだ熱が体内を駆《か》け巡ってるから」

深月は上着を脱《ぬ》いで半袖《はんそで》姿になるが、男子にしては細い手首を見せられてはとてもそうとは思えない。

「ほらな」

「分厚いお肉が付いているならまだしもそんなひょろひょろもやしっ子で言われても」

「現在進行形でガクガク震えてる一之瀬《いちのせ》に言われてもなあ」

「仕方がないでしょう。汗《あせ》が引けば体は冷えるものなんですから。生理現象です」

「汗か……臭《くさ》くはないと思う」

「嗅《か》いで確かめなくても……そもそも、臭《にお》いを気にして着ないと言っている訳ではないですし」

「汚《きたな》くも……ないと思う」

「汚さも気にしてません」

「じゃあ、大丈夫《だいじょうぶ》だな。ほら」

「わっ。投げないでください」

飛んでくる上着に亜弥は慌《あわ》てて手を伸ばす。キャッチしてしまった。

「どうして、そんなに私に着させようとするのですか。そういう趣味《しゅみ》ですか」

「違うよ。寒そうにしてる一之瀬が見るに堪《た》えないんだよ」

「そこまで無様な姿を晒《さら》しているつもりはありません」

「いいから着とけ。これで風邪を引いて学校休んだりすれば、また誰かにノートを借りることになるかもなんだ。あんまり、そういうのはしたくないんだろ」

「そうですけど……」

それは、一理ある。ここから出たら雫に頼んでみようとはしているが、頼らなくて済むなら頼らないに越したことはない。だったら、深月が本当に寒くないのかと気になるが不安な芽は摘《つ》んでおいた方がいいだろう。

「……じゃあ、ちょっとの間だけお借りします。月代くんも寒くなったらすぐに言ってくださいよ」

「分かった分かった」

「ほんとに分かってるんですか……まったく」

あしらうようにする深月が信用に値せず、ため息を漏らす。それでも、借りたからには着ないといけなくて、亜弥は自分の上着に重ねるように深月の上着に袖《そで》を通した。深月の体格は細くても亜弥よりは大きく、上着のサイズも大きい。

「ちょっとは寒さが凌《しの》げるようになった？」

「はい。温かいです。ありがとうございます」

「そっか。よかった」

満足そうに微笑《ほほえ》む深月にどうしてだかドキッと心臓が鳴ってしまった。不思議だ。胸元に手を当ててみると鼓動《こどう》が伝わってくる。まるで、激しい運動を終えた後のような速度で。

「ぼーっとしてどうした？」

「えっ……あ、いや。なんでも、ないです……」

声を掛けられるまで、無意識のうちに深月へと視線を向けていたのが気付かれてしまい、急いで誤魔化《ごまか》す。どういうことか羞恥心《しゅうちしん》が襲ってきた。

「それにしても、どれくらい時間が経ったんだろう」

「ここからだと時計が見えないですもんね」

体育館に時計はあるが倉庫内にある窓は一つだけで屋外が見える仕様になっているため、確認《かくにん》が行えない。閉じ込《こ》められてからどれくらいの時間が経ったのだろうか。深月と過ごしているから時間なんて気にもしていなかった。

——今更《いまさら》ですけど、月代くんと二人きり、なんですよね……。

いつも家で過ごしているのと同じで、深月と二人きりの空間なんて慣れている。はずなのに、狭《せま》い体育館倉庫の中で、という条件が付いているだけで妙《みょう》にソワソワしてしまう。別に、何か普段と違うことをしている訳でもないのに。

「あ、卓球《たっきゅう》のラケット発見。ピン球も」

こっちはソワソワしているというのに、深月は意識する素振《そぶ》りなど少しもなく卓球のラケットで遊び始めた。暇《ひま》になったのかもしれない。リフティングをしている。なかなか落とすことがなく上手だ。

「中学は卓球部《たっきゅうぶ》ですか？」

「ううん、バスケ部」

「そのわりにはお上手ですね」

「昔、旅行に行った時とかによく遊んでたんだ」

「へえ」

「しばらく触《ふ》れてなかったけど、体は覚えてるもんだな」

ピンポン球が跳《は》ねる音がリズムよく軽快に響く。聞いているだけで気持ちがいい。

「一之瀬も遊ぶ？」

「そうですね。ジッとしていてもすることもないですし。それに、体を動かしている方が寒さもマシになりますし」

「じゃあ、はい」

「ありがとうございま――っ！」

わざわざ遊んでいた分を深月が渡《わた》してくれたので受け取ろうとすれば手が触れてしまった。その瞬間《しゅんかん》、亜弥の体が弾《はじ》かれたように反応する。

「え……どしたの？」

「な、なんでも。ありがとうございます」

拒絶《きょぜつ》したかのように手を遠退《とおの》けてしまったことで深月を驚かせてしまった。

手が触れた。それが、嫌だった訳じゃない。でも、こんな反応をしてしまったことが恥ずかしくて、追及《ついきゅう》されないようにリフティングを始める。

けれど、落ち着かないからかなかなか上手に続かない。

——うー……おかしい。少しも気持ちが落ち着かない。

「集中すれば長く続けられるぞ」

「誰のせいだと思ってるんですか」

「え、俺のせいなの⁉」

さっきから、呼吸がしづらくてたまらないのだ。一度、落ち着くために深呼吸をする。吸っては吐いて、吸っては吐いてを繰《く》り返す。すると、ようやく心臓が落ち着いた。いつもの一定のリズムで脈を打っている。それから、チャレンジし直せばリフティングも続くようになった。

「お、一之瀬も上手《うま》いな。経験者？」

「初めてですけど、さっきのバドミントンでもリフティングはしていたので感覚で」

「ちょっと似てるからな、この二種目って。バドミントンの方がハネがどこに跳ねるか分からなくて難しいけど」

「だから、卓球の方が調子いいです」

「へっ――くしゅん」

せっかく順調に続いていたというのに、深月の盛大《せいだい》なくしゃみに驚いて手元が狂《くる》い、ピンポン球があらぬ方向へといってしまった。深月は鼻水を啜《すす》っている。

「やっぱり、月代くんも寒いのでしょう？」

「寒くない。今のは埃《ほこり》が鼻に触れてくすぐったくて出ただけだ。だいたい、埃っぽいんだよ、ここ。掃除《そうじ》係、ちゃんと綺麗《きれい》にしろよ」

「あれだけ部屋を汚くしていて、どの口が言っているんですか……って、そうではなくて。やせ我慢《がまん》しないでください。上着返しますよ。なんなら、今度は私の上着もお貸ししましょうか？」

「それだけは断る」

「むう……頑固者《がんこもの》」

頑《かたく》なな意思を深月から感じる。きっと、上着を脱いで返そうとしても深月は受け取らないのだろう。優《やさ》しい、とかじゃなくて。自己犠牲《ぎせい》が板に付いているというか――他人を優先し過ぎな部分が深月にはある。そういう男の子だと、接してきて亜弥は知っている。

――私には頼っていい、って言いながら自分だって似たようなものじゃないですか。

似た者同士だからこそ、亜弥は分かる。こういう時、何をされたら大人しくなってしまうのかを。亜弥による自己犠牲だ。亜弥が無茶《むちゃ》をすれば深月も大人しくなるしかない。亜弥がそうであるように。

ただし、それをするにはこちらも相応の覚悟《かくご》をしなければならない。でも、深月をこのままにしておいて、風邪を引かれたくはない。引いたところで看病はするが辛《つら》そうな深月は亜弥だって見たくないのだ。

それに、深月に出来たのだから、亜弥にだって出来るはず。

「月代くん……ここにお座りください」

「なんで？」

「なんでも、です。さあ」

さっきまで座っていたマットを指差して言えば、深月は不思議そうにしながらゆっくりと腰を下ろした。

「それから、目を閉じてください」

「え、何？　何をされるんだ？」

「いいから早く」

「怖《こわ》いんだけど」

顔を近付けて圧を掛けるように急《せ》かせば、不満を漏らしながら深月が目を閉じる。ちょっと強張《こわば》りながらもしっかりと瞼《まぶた》は閉じられているのを確認してから、亜弥は深月の背後に移動して高さを同じにした。すると、気配を感じ取ったのだろう。深月の背筋が伸びた。

「……痛いことなんてしませんよ」

「え――なっ」

腕を伸ばして深月の腰辺りに回すと亜弥は体を押《お》し付けるように深月に密着した。

「な、は、なん――っていうか、何やって」

保育園とは逆の形になって戸惑《とまど》っているのだろう。深月が困惑の声を出す。

「こ、こっちは見ないでください」

自分から誰かに。しかも、異性に。それも、深月を相手にこんな大胆《だいたん》なことをするなんて顔から火が出そうなほど恥ずかしい。きっと、頬は赤く染まりきっているはずだ。見られたくない。

思いが通じたのか腕の中で動いていた深月がピタッと止まった。

「ほ、ほら。人肌《ひとはだ》同士が触れていると温かいとよく聞くじゃないですか。でも、肌《はだ》を触れさせるのはあれなので……これならどうかと」

「だ、だからって――っ。ちょっと、離《はな》れてくれ」

「離れたら、月代くんは逃《に》げてしまうでしょう？」

「でも、その、色々と不味《まず》いんだよ。この状況は」
「承知の上です」
付き合ってもいない男女が授業をサボって人目に付かない場所でこんなことをしている
なんて不健全だ。そんなことは理解している。けれど、頑固《がんこ》な深月に言うことを聞かせる
にはこれしか方法が思い付かないのだ。深月が逃げないように腕に力を入れて、より体を
密着させておく。
「言っておきますけど、頑固な月代くんのせいなんですからね。月代くんが最初から上着
を受け取っていればこんなことには」
「それでも、これは――っ。あんまり動くな。頭がおかしくなる」
「わがままですか」
「これは、一之瀬のためを思って言ってるんだ」
「私のため？」
「俺は別に……当たってたって……なんとも……」
不貞腐《ふてくさ》れたようにぶつぶつと深月は文句を垂らすが亜弥は何を言っているのか意味不明
だ。動かない方が深月もじっとしているならそうするけれど。
「……あ、温かいですか？」

「……うん」

　そこで、言葉が途切《とぎ》れた。

　──上着返してって……言わないんですね。

　この状況が嫌なら、深月ならそう言ってくるはずだ。でも、深月は黙《だま》ったまま。

　保育園で深月に抱《だ》き締められて、亜弥は安心感を覚えて幸せな気分になった。

　──月代くんもそうなの……って、私は何を考えて──。

　物音一つしない空間の静けさが脳を狂わせてくる。おかしいことは分かっていながら、亜弥は深月の背中に頬を当ててみた。大きくてしっかりしている背中は体温が高くなっている。程《ほど》よい温かさに離れられない。

　──私はなんてはしたないことを。

　どうしてこんなことをしてしまっているのか。自分が何をしているのか理解の範疇《はんちゅう》を超《こ》えている。変だ。一種の病気かもしれない、と心配になってしまうほどドクンドクンと胸の内から響く音が耳に届いた。いや、この音が自分のものなのかは不明だ。深月からも聞こえてくる。

　静寂《せいじゃく》なはずなのに。なんだか、とても騒がしい。

　いったい、どれくらいの間、こうしていればいいのだろう。どれくらいの間、こうしているのだろう。亜弥の頭もおかしくなりそうだった。既《すで》になっていてもおかしくないほど亜弥は意識が朦朧《もうろう》としていた。

「おーい、深月！　中に居るかー？」

ドアを叩く音に加えて、深月を呼ぶ声が外から聞こえてくる。

「あやっちー。あやっちもいるー？」

亜弥を呼ぶ声もだ。

明と雫《しずく》の声だ。探しに来てくれた。おい、一之瀬もういい――一之瀬？」

「へっ……」

「あの、明と雫が来たからそろそろ離れた方がいいと思うけど……大丈夫か？」

「あ、は、はい……そ、そうですね……」

こんなところ、誰にも見せられなくて深月を解放する。目を丸くしていた深月が気になったが体が熱くてそれどころじゃなかった。目も合わせられずそっぽを向いてしまう。

「申し訳ないですけど、返答をしてくださいますか？」

「あ、ああ。おーい。俺《おれ》も一之瀬も居るから早く開けてくれー」

「おっ、深月。ちょっと待ってろよー」

すぐにドアが開けられ、亜弥は深月と一緒に倉庫を出られた。

「あやっちー」

「安原さん……」

「よかった。なかなか、戻《もど》ってこないから心配したよー……って、大丈夫？　顔、真っ赤だよ？」

　おもいきり雫に抱き締められるものの、亜弥の意識はまだぼーっとしていてはっきりとしない。

「深月もだぞ。トイレから戻って来たらいないし、先に着替えに行ったのかと思えば教室にもいないしで」

「俺もまさかこんなことになるとは思いもしなかった」

「そりゃ、そうだろ。普通はない。一応、腹痛のためトイレで戦闘《せんとう》中って先生には説明しておいたからな」

「サンキュー。それにしても、よく体育倉庫だって気付いたな。明が探しに来てくれるだろうとは思ってたけど、手がかりがなかったからほんとに見つけてくれて驚いてる」

「あー、それな。俺だって、何も情報がなかったら無理だった。でも、あいつらが深月の名前出しながらニヤニヤしてたからとっ捕《つか》まえたら白状した」

　明が指を向けた先には二人の男子生徒の姿がある。深月は顔を顰《しか》めているから誰か知らないのだろうが当然だ。教室で深月から何かされたら守るから、と余計なお節介《せっかい》を必要もないのに言ってきた亜弥のクラスメイトだからだ。

「……あ、俺に片付けを押し付けてきた奴《やつ》らだ」

「わざとだったんだと。ほら、深月の噂話《うわさばなし》があるじゃん。なんか、一之瀬さんに触れた罰《ばつ》として痛い目に遭《あ》わせたかったらしいよ。それで、一之瀬さんまで巻き込んでんだから世話ねーけど」

「……ほんとに一之瀬さんまで居たんだ」

二人とも、目を丸くしてこちらを見ている。本当なら、文句の一つでも二つでも言ってやりたい。深月は何も悪くない。だから、深月に変なことをするのはやめろ、と。でも、その活力がさっきの深月とのやり取りで亜弥には残っていなかった。

「……なんで、このタイミングで。聖女様も空気読んでくれよ。邪魔《じゃま》だなあ」

どれだけぼーっとしていても、聞きたくない言葉というのは耳が捉《とら》えてしまうらしい。たったの一言に体が拒否《きょひ》反応を示して、強張ってしまった。

聖女様として、これまでそう言われないように頑張《がんば》ってきた。なのに、聖女様としてでもそう言われてしまうのなら自分の居場所はどこにあるのだろう。

そんな風に考えては息が苦しくなる。視界がグラグラと歪《ゆが》んでいく。

「ふざけんな！」

思わず、泣いてしまいそうになったのをすんでのところで止められたのは、深月から出た今までに聞いたことがないような大声のお陰《かげ》だった。

自然と視線が深月へと惹《ひ》き付けられる。深月は一歩、また一歩と男子へと近づいていくと胸《むな》ぐらを掴《つか》んだ。

「一之瀬のこと、巻き込んでおきながら何が邪魔だ。勝手なことを言うな！」

「な、なんだよ。急に大声出して。気味が悪い」

「俺のことは好きに言えばいいし、好きにすればいい。でも、他の誰も巻き込むな。直接こい。相手してやる。分かったか？」

「そんなこと言ったって、お前も体育祭でクラス全員を巻き込んで迷惑《めいわく》掛《か》けてるじゃねえか」

「そう、だよ。聖女様の前でいい姿でも見せたいのか知らないけどさ、ウザいよ。離せよ」

「ぐっ……」

言い返す言葉が見つからないのか深月は悔《くや》しそうに歯を食いしばりながらそっと胸ぐらを離す。やり場を失った深月の手は悔しさを噛《か》み締めるように丸くなっていた。

あんな風に深月が怒《おこ》ったのは自分のためだと行動の全てから亜弥には伝わっている。だから、落ち込む必要はない。だって、亜弥は嬉《うれ》しかったから。ああ言ってくれて。

「あのさあ、深月はウザくないから」

「横からなんだよ。入ってくんなよ」

「入るから。一対二なんて卑怯《ひきょう》だろ、弱虫ども」

「はあ?」

「お前らは、深月も同じだと思ってるんだろうけど、違うから」

「どこが違うんだよ。一緒だろ」

「全然、ちげーよ。あの日の深月は堂々としてただろ。でも、お前らは違う。陰でコソコソしてダサいんだよ」

「それの何が悪いんだよ」

「別に、陰でコソコソすることが悪いとは思わねえ。そういう不器用なことしか出来ない奴が身近にいるからさ。でも、お前らの行動は全部がダサい。真実も知らないくせに深月にちょっかいかけて。挙げ句、自分達の勝手な都合で巻き込んだ一之瀬さんには邪魔だって言って謝《あやま》りもしない。ダサ過ぎる」

「っ。なんで、そこまでこいつの味方するんだよ」

「友達だからに決まってるだろ、深月は何も悪くないのにこんなことされて黙ってられると思う？」

「ぐっ……」

「おい。もう行こうぜ」

二人は底知れない恐怖《きょうふ》を感じる明の笑顔《えがお》に負けて、いそいそと逃げるように体育館を出て行った。

「明……ありがと」

「俺がすっきりしたかっただけだよ。反省の色を少しも見せなかったからすっきりは全然してないけど。とっ捕まえて靴《くつ》でも舐《な》めさせようか？」

「汚《よご》れるからいい」

「それもそっか」

さっきまでとは打って変わり、歯を見せて笑った明に深月もうっすらと笑みを浮《う》かべている。

「じゃ、早く着替《きが》えに行こうぜ。休み時間も短いし」

時計を確認すれば、いつの間にか授業が終わっていた。チャイムの音が響いていたはずなのに、聞こえないほど亜弥は変になっていたらしい。思い返すだけでもまた体が熱くなってくる。

「おう。の前に、一之瀬」

今はあまり顔を合わせられる状況ではないというのに深月がこっちに来た。

「ごめんな、俺のせいで。こんなくだらないことに巻き込んだ」

どうやら、深月は亜弥が体育館倉庫に閉じ込められたのは自分のせいだと思っているらしい。申し訳なさそうに視線を泳がせている。

だが、そんなことはない。深月に責任は一切《いっさい》ない。それは、少なくともここに居る全員が一致《いっち》して分かっていることだろう。

だから、今は顔を合わせづらいなどと言っている場合ではなく、はっきりと伝えなければならない。

「月代くんは何も悪くありません。悪いのはあの二人です」

「そうだよ。みづきっちは何も悪くないよ」

「その通りです。それに、私のために怒ってくれたこと——とても、嬉しかったです。ありがとうございます」

「ん、そうか……まあ、あんまりいい結果じゃなかったけど」

「そんなことありません。私はとても救われました」

「そっか。じゃあ、俺達《おれたち》はもう行くから。一之瀬も早く着替《きが》えて温かくしろよ」

照れてしまったからなのか。慌ただしく深月は明と一緒《いっしょ》に体育館を出て行く。

深月の後ろ姿を見送りながら亜弥はある決心をした。

「私、決めました。月代くんを助けます」

今のところ深月の身には何事もなく済んでいるが、こんなことが続くのはもう見過ごせない。

「助けるって……方法はあるの？」

「上手くいくかは不安ですが……考えがあります」

「そっか。なら、私にも協力出来ることがあったら言ってね」

「ありがとうございます」

やってやる。もう誰《だれ》にも深月に手を出させない。

「それじゃ、私達も着替えに行こ」

「その前に、安原さんに一つお願いが」

「どうしたの？」

無垢《むく》な瞳《ひとみ》を浮かべて不思議そうにする雫と向かい合う。

自分から頼《たの》みごとをするのはやっぱり苦手だ。でも、こんなことで踏み止《とど》まっていてはいつまで経《た》っても自分を変えられない。勇気を出すべきだ。

「さっきの授業のノートを見せてほしい……です」

◇　◇　◇

「はい、アキくん。ハッピーバレンタイン」

「おおー。嬉しいー！」

「ちゃんとアキくんが食べやすいように甘《あま》さ控《ひか》えめにしてあるからね」

「お気遣《きづか》いどうも。ありがとう、ヒヨ。大好き」

「私も大好きっ！」

「早速《さっそく》、食べてもいい？」

「うん！」

二月十四日の昼休み。

教室でパンを食べていた深月は眼前で繰り広げられる明と日和のラブラブっぷりを見ながらいつもと変わらない時間を過ごしていた。男子はチョコが貰《もら》えないかと朝からソワソワして。女子は誰にチョコを渡すだとかで盛り上がっている。が、深月にとってはただの平日。誰かからチョコを貰える気はしていないので一応、コンビニではチョコクロワッサンを購入《こうにゅう》して気分だけは味わっているが。

「なんだ、これ。すげえ！」

「春巻きの皮にチョコを塗《ぬ》ってるんだ」

「パリパリ食感が食べてて癖《くせ》になるしちゃんと甘さ控えめだから何本でも入るよ。うまっ！」

弁当を食べ終えたばかりだというのに明はパクパクとチョコ春巻きを食べていく。美味《おい》しそうに目を細めていて、日和も安堵《あんど》したように胸を撫《な》で下ろした。

「アキくんに喜んでもらえてよかった」

「ヒヨが俺のことを考えながら作ってくれたんだ。嬉しいに決まってるよ」

その気持ちは深月もよく分かる。いつも、亜弥が自分のことを考えながら夕飯を作ってくれる。嬉しいことだ。毎日、感謝しながら味わっている。

「お返しは期待しておいてくれ」

「うん！」

満面の笑《え》みを浮かべて頷《うなず》いた日和は、もう一つ持ってきていたチョコが入っているであろう小包をこちらに向かって差し出した。

「はい。深月にもあげる。友チョコね」

「いいのか？」

「いいよー。お返しは期待してるね」

「そっちが目的か」

ウインクしてきた日和の調子よさに嬉しさが半減するが貰えるものは有難《ありがた》い。今日初めてのチョコだ。初めて、といってもこれが最初で最後かもしれないけれど。

「ま、いい店は探すよ。お返しは……しないとだからな」

「あ～そうだねえ」

「なんだよ、その含《ふく》みのある言い方は」

「べっつにー？　深月には私以外にもお返しを渡さないといけない相手がいるもんねー？」

「なるほどなあ。もう貰ったの？」

「よく分からん。今日、渡された訳じゃないし。渡された日は俺に機嫌《きげん》を直してもらおうとしてたらしいから」

「でも、一之瀬さん……じゃなかった。あやや、一生懸命《いっしょうけんめい》作ってたよ」

「だから、悩《なや》んでるんだよ。お返しは用意するべきなのか。一人で変な勘違《かんちが》いをしてるだけで、用意したら迷惑《めいわく》になるのか。そもそも、今日という日とは何も関係がないつもりなんじゃないかって」

　手作りチョコを亜弥から貰ったのは二月に入る前だ。あの時は今日のことを意識していなかったがこうも学校でチョコに関する話題を聞いてしまったら、あの時のことを考えてしまう。

　日が日だから全く関係がないのか。それとも、少しは関係があるのか。お返しはどうすればいいのか。

「深月はどうしたいんだ？」

「どうであれ、用意したいとは思ってる。俺が機嫌悪いって誤解させて。仲直りしようと考えて作ってくれたもんだから」

「なら、したいようにすればいいんじゃね」

「そうだよ。あややだって喜んでくれるよ」

「そう、だな」

「なんなら、私のオススメでも教えようか？」

「それは、日和が欲《ほ》しいからだろ」

「あちゃー。バレちゃったかー」

あはは、と後《うし》ろ髪《がみ》を掻《か》きながら朗《ほが》らかな笑顔の日和に呆《あき》れてため息が漏《も》れる。どうしてもお返しのアイデアが出てこなかったら助けてもらう。

「あ、いたいた。やっほー、みづきっちー。日和とあきらっちも」

「雫か。どうしたんだ？」

「みづきっちに問題です。今日はなんの日でしょーか？」

「バレンタインだろ」

「正解です。じゃあ、ご褒美《ほうび》に。チョコあげる」

「え、いいの？　ありがとう」

「みづきっちとは仲良くさせてもらってるからね。はい、あきらっちにも」

「おっ。サンキュー」

包み紙で包装された四角い形をした箱を雫から明と一緒に渡される。

「ありがとね、雫。アキくんにも用意してくれて」

「あきらっちにも仲良くしてもらってるから普《ふ》段《だん》のお礼みたいなもんだよ。雫にも用意してるから後で渡すね」

「ふふふ。実は私も用意してるんだなあ、これが。後で交換《こうかん》しよっか」

「しよしよ。やったー」

ハイタッチをしながら二人で喜びを共感する日和と雫が微笑ましい。

そんな二人からチョコを貰えたんだ、と机に並んだ二つのそれを見て深月は感慨深《かんがいぶか》い気持ちになる。高校生にもなれば、バレンタインにチョコを渡すという行為《こうい》には恋愛《れんあい》要素が強く絡《から》んでくるはずだ。

でも、案外そうでもないのかもしれない。

本命でなくても。恋愛的な好意を抱いていなくても。こうして、友チョコとして異性にも気軽に渡せるような日、というのがバレンタインの本質なのかもしれない。

——なんて、素晴《すば》らしい日なんだ。

普段から、女の子に人気が出るようなことはしていないし。むしろ、気味悪がられたり、怖がられたりしている方だ。それなのに、日和と雫からはこうしてチョコを貰えた。嬉《うれ》しい。お返しも力を入れないといけない。

「えっ……一之瀬さん⁉」

気合いを入れていると教室の端《はし》で大きな声がした。視線を移すと確かに亜弥が居る。

「なんで、聖女様がこの教室に……？」

入学してから今日まで、亜弥がこの教室を訪《おとず》れたことは記憶《きおく》にない。周りもざわざわと騒《さわ》がしくなり始めた。

何をしに来たのか興味はあるものの、話《はな》し掛《か》ければまた変な噂《うわさ》を立ててしまうかもしれない。どういうことか節分祭で亜弥を抱き締《し》めてしまったことが亜弥に触れるためにわざと行ったとして最低な鬼畜野郎《きちくやろう》。変態。と言われている。そんなつもりはこれっぽっちもなかったのにだ。

——これ以上、変な誤解が広まって体育倉庫に閉《と》じ込められた時みたいに誰かを巻き込んだりはしたくないからな。無視しとこ。

視線を逸《そ》らす前に亜弥と目が合った。すると、亜弥はニコッと微笑んでこちらに向かって歩を進めてくる。一直線に向かってくる亜弥に雫が移動してスペースを作った。

「月代くん」

「あ、はい」

声の高さというか。話し方というか。いつも、家で深月を呼んでいるよりもどこか他人行儀《ぎょうぎ》みたいなものを亜弥から感じて深月は背筋が伸《の》びた。

「これ、どうぞ。お受け取りください」

「えーっと」

まるで、いつかのようなやり取りだ。小さな紙袋《かみぶくろ》を亜弥から差し出され、深月は目を丸くする。この見た目と今日がどういう日なのかを考えれば亜弥からもバレンタインとして

何かしら贈《おく》られているのだろう。

この前も手作りのチョコを貰って。あの日の分はバレンタインとは関係ないかもしれないが。今日だって、好きとか告白の後押《あとお》しとしてとかはないのかもしれないが。こうして贈られるのが素直《すなお》に嬉しい。

「もしかして、月代くんは今日がどういう日か知りませんか？」

「知ってるよ。バレンタインだろ」

「はい。もし、本命の方から貰ったりしていなければお受け取りいただきたいのですが」

「あー……うん。ありがとう。頂きます」

大事に紙袋を受け取って、机に乗せる。亜弥はずっとニコニコとした笑顔を浮かべたまだ。聖女様として演技しているのだろう。

――なんで、ここなんだ？

こうして、バレンタインに亜弥が何かを用意してくれたのは本当に嬉しい。口角が物凄《ものすご》く上がろうとしている。でも、どうしても教室で渡す必要があったのかと先に考えてしまう。

――帰ってからじゃ駄目《だめ》だったのか？

教室の端だとしても。亜弥からバレンタインという日にこうして贈られて。周囲が黙っているとは思えない。既に亜弥が教室に入って来てからクラスメイトの視線はこっちに集中している。加えて、小さな声で幾重《いくえ》もの会話が飛び交《か》っていた。

「……聖女様がバレンタインにチョコ？」

「しかも、相手はあの月代？」

「二人はどういう関係なんだ？」

「うそ～あり得なくない？」

「一之瀬《いちのせ》さん、あんなのが好きなの？」

「つーか、一之瀬さんから貰っておいてなんだよ、あの月代の態度。もっと喜べ」

日和と雫から貰った時なんて誰も興味を示さなかったクラスの連中が手のひらを返すように亜弥とのやり取りに注目している。

その中から一人、男子が亜弥に近付いてきた。

「あ、あのさ、一之瀬さん。一つ、聞いてもいいかな？」

「私にお答え出来る内容であれば」

「なんで、月代なんかに渡したの？」

「なんで、というのはどういう意味ですか？」

「月代から酷《ひど》いことされたのに今日みたいな日にさ……その、贈り物するって変じゃん」

「別に、いつどこで誰に私が贈り物をしてもあなたには関係がないと思うのですが。そもそも、月代くんから酷いことなんてされていませんし」

「ここには、一之瀬さんの味方しかいないから嘘《うそ》なんてつかなくていいよ。本当のことを言いなよ」

「さっきから本当のことしか言っていないのですが」

「あ、分かった。月代からそう言えって言われてるんでしょ。それだって、月代から渡せって言われて嫌々《いやいや》渡《わた》してるんでしょ」

その一言にクラスの女子が「あー納得《なっとく》かも」「やっぱ、最低だね。クズ」と話しているのが聞こえた。

――ほらな。やっぱり、こうなるんだ。

自分がクラスでどんな扱《あつか》いを受けているかは今更《いまさら》なことだ。体育祭でのクラス対抗《たいこう》リレーで走らなかったことが原因で嫌《きら》われている自覚はあるし、どんな風に言われても仕方のないことだと受け入れている。

ただ。亜弥の気持ちも知らないで。どうして貰えたのか深月だって知らないけど。亜弥が嫌《いや》がるようなことは言ってほしくなかった。上がっていた気分が沈《しず》んでいくのを深月は感じる。

「いい加減、そのふざけた口を閉じてくださいませんか。閉じないというのなら無理にでも縫《ぬ》い合わせて黙らせますよ」

到底《とうてい》、聖女様の口から出たとは思えない言葉に教室の中が一気に静まり返った。みんな驚《おどろ》いているのだろう。遠くから視線をよこしていた連中の目も動揺《どうよう》に染まっている。

「きゅ、急にどうしたの……？」

「急？　急ではないですよね？　かれこれずっと、私は誤解だと説明しているのに誰も私の話を信じようとしない。聞こうともしない。もう我慢の限界です。煩《わずら》わしい」

これは、亜弥の心の叫《さけ》びなのかもしれない。

「もう一度、今ここできちんと説明をします。いいですか。あなた達がしているくだらない噂話は全て誤解です。月代くんは私に乱暴なことをしていない。私は月代くんから乱暴なことをされていない」

まるで、聖女様であるべきことを忘れたかのように亜弥は勢いのまま続ける。

「あなた方は実際に月代くんが私に乱暴なことをしている場面を見たのですか？　私が月代くんから乱暴なことをされて、泣いている姿でも見たのですか？」

「……見てない。けど、ボランティアに参加した連中がそう言ってるから」

「それは、その方達にはそう見えたっていうだけでしょう？」

「いや、でも。月代のことだから何をしでかすか分からないし。一之瀬さんは月代なんて興味ないだろうから知らないだろうけど、体育祭のクラス対抗リレーでわざと走らなかったんだよ」

「それが？」

「え？」

「それが、何か関係があるのですか？」

「最低だと思うでしょ。クラスの輪を乱して、結果も散々にしてさ。頑張ってた奴らが可哀想《かわいそう》になるでしょ。人の心がないんだよ、月代には」

「あなたが。このクラスが月代くんをどう見ているのかは分かりました。でも、私もそうだと決めつけないでください。違《ちが》うので」

その一言にクラスの何人もが気まずそうに視線を逸らす。

――カッコいいな、一之瀬は。

自分のために聖女様であるにも関わらず。こんな態度を取れば亜弥が嫌がっている邪魔《じゃま》者《もの》だと囁《ささや》かれるようなことが起こるかもしれないのに。ここまで叫んでくれるのが胸を打って。深月は目頭《めがしら》が熱くなるのを感じる。

「あの日、私は月代くんに救われた。周りからは酷いことをされているように見えたのでしょうが救われたのが事実です。救われた側の気持ちなんてその人にしか分からないのですから外野が余計な口出しをしないでください。ちゃんと人の心があるのなら」

最後まで言い切った亜弥にまだ何か言おうとする者は誰も現れなかった。

どれだけの人に。どこまで亜弥の気持ちが届いたのかは分からない。このクラスだけでの出来事だ。ここまで亜弥がしてくれても、他のクラスにはまた変なことを言い出す連中が居るだろうし、このクラスだって亜弥の前だからと息を潜《ひそ》めているだけかもしれない。

「……一之瀬。ありがとうな」

それでも、亜弥の行動に深月は感謝した。

「ようやく言いたいことが言えて、私もすっとしましたから」

すっきりした様子の亜弥が嫌な思いをしないことを祈《いの》るばかりだが。満足そうにしている亜弥に深月の気分は元に戻り、口角が上がった。

「昼休みのことだけど、改めてありがとう」

夕方になり、家に来ていた亜弥に深月は改めて礼を口にした。

「ふふふ。ようやく、私の言葉が届きました」

昼休みのことなのに、亜弥が誤解だとクラスの大勢の前で言ってくれたことで、節分祭でのことは誤解だということが下校の時間になる前に少しずつ広がり始め、浸透《しんとう》していた。

相変わらず、噂が広まるのが早い学校である。誰がインフルエンサーなのだろうか。

誰も亜弥の言葉に耳を貸さなかったのがようやく聞いてもらえて亜弥は嬉しいらしい。

「えーっと、やったな？」

「えへん」

結果が伴《ともな》っているからかとにかく気分がよさそうに亜弥は得意気な笑みを浮かべる。

「でも、あんなことしてよかったのか？」

「構いませんよ。月代くんがあれ以上、酷いように言われるのは我慢《がまん》出来ませんでしたから」

「俺なら、大丈夫《だいじょうぶ》だったのに」

「ダメです。また体育倉庫での一件のようなことが起きたらどうするんですか。前回は何事もなく済みましたけど、ただでは済まない場合だってあるんですからね」

「あ、ああ。そうだな」

びしっと言い聞かせるように指を差されて深月はぎこちなく頷く。

数日前のこと。亜弥のクラスと合同で行われた体育の授業後、亜弥と一緒に体育館倉庫に閉じ込《こ》められた。主犯は亜弥のクラスの男子。亜弥に触《ふ》れた罰として痛い目に遭え、と企《たくら》んでのことらしい。

関係のない亜弥を巻き込んでおきながら、邪魔だと亜弥に酷いことを言って傷付けたことに対しては凄《すご》く腹が立った。自分でも今までに出したことがないほどの大声が気付けば出ていたし。そういう内心の面では亜弥を遠回しに傷付けてしまい、胸が痛かった。

けど、身体的に痛い思いをしたかと聞かれれば、これっぽっちも、が答えだ。

あの時、寒さ対策として後ろから亜弥に抱き締められるような形でくっつかれた。お互《たが》いの体温を感じることによって少しでも温かくなるように、と考えたらしい。確かに、寒さは幾分《いくぶん》か――いや、恥《は》ずかしさによって体温が急激に上昇《じょうしょう》したことも相まって、かなりマシになった。

何より、密着度を少しでも高めようとしてきたことによって、亜弥の胸の感触《かんしょく》が背中にこれでもかというくらい押《お》し付けられ、そのことばかりが記憶に残っている。まさに今がそうであるように、あんまり考えてしまうと変な気分になってしまうから考えないようにしているけれど。あの柔《やわ》らかい感触から痛みが発生することなどなかったのだ。

――ああ、ダメだ。思い出したらまた視線がそっちを向いてしまう。

目を閉じてから、両目の間を指でマッサージする。

「お疲《つか》れですか？」

「いや、単なるマッサージ。動かなくなりそうだから柔らかくしてる」

幸いなのはあの時もあれからも今みたいに時々、亜弥の胸元《むなもと》に視線を向けてしまうものの誤魔化《ごまか》しが上手に効いていること。友達を相手に下心を抱いている男が目の前に居ると知ったら亜弥は嫌になるだろう。男である以上、どうしても抱いてしまう邪《よこしま》な気持ちは隠《かく》し切らなければならない。

――悲しきかな男の性……あれ。なんで、一之瀬相手にこうなってるんだ。前まではもっと、こう……目には付くけど、あんまり気にならなかったのに。んん？

「何を難しい顔をしているのですか？」

「お返しは何がいいかなあって」

亜弥のことを邪な気持ちで見ています、と馬鹿正直に言えるはずもなく、唸《うな》っていた理由を誤魔化しておく。

「ああ。柴田《しばた》さんと安原さんにですね」

「一之瀬にもだろ。なんで、抜《ぬ》くんだ」

「私には必要ないので」

「そんな訳にはいかないだろ。用意する」

「本当に必要ないですよ」

あっさりと口にする亜弥からは本当にお返しが必要ないと思っているように伝わってくる。

「ああやって、ちょっと騒ぎを起こしたかったから用意しただけで、それがなかったら用意していませんでしたし」

「……そうなのか」

ということはだ。本来なら、亜弥からはなかったということだ。そう聞かされて、元々ないと期待していなかったはずなのに思った以上にショックを受けている自分が深月の中に居た。

「……まあ、そうだよな。日和と雫《しずく》から貰えたのも奇跡《きせき》みたいなもんだし、俺に渡《わた》そうって思う女の子なんて居ないよな」

「何か勘違いしていませんか。月代くんが嫌いだから、という理由で用意しないのではないですよ」

「励《はげ》ましはいいよ。自分がどう思われてるのかは自覚してるし。クラスでも散々な言われようだっただろ」

「これっぽっちも自覚出来ていませんよ。だいたい、私は違うと言いましたし。私が用意していなかったというのは、私がバレンタインという日にどうすればいいか分からなかっ

ないことだと思っていたんです。周りは気合を入れて、恋《こい》が実るように一生懸命な女の子ばかり。そういう子達にこそ意味がある日で私なんかには無意味な日。用意するのが申し訳なくなるでしょう？」

「これまでの人生、今日という日に異性に何か贈ることなんてなかったので自分には縁《えん》の

「どういうこと？」

たからです」

自虐的《じぎゃくてき》に亜弥は笑みを浮かべる。深月は男だ。バレンタインは贈る側じゃなくて貰う側で。女の子がその日に何を思いながら過ごしているのか想像もつかない。

でも、好きな人に渡す。恋をしている前提じゃないと楽しんじゃいけない、なんてルールはないはずだ。あれば深月のチョコはなかっただろうし、今日だって楽しめなかった。

「その点で言えば今回、このような騒ぎになったからこそいつもお世話になっている月代くんに感謝の気持ちとして渡せた訳ですしそこだけは助かりました」

「なら、やっぱり、お返しは必要だな」

「お気遣いしなくていいですよ」

「いや。するよ」

「どうして、そこまで頑《かたく》なに……お金が勿体《もったい》ないでしょう？」

「嬉しかったから。一之瀬から貰えて」

優劣《ゆうれつ》を付けるべきではないということは理解しているし申し訳ない気持ちにもなる。日和も雫も大切な友達だ。それでも、亜弥から貰えたことが深月は一番嬉しかった。

「そ、そうですか……それは、その、何よりです……私なんかの物で喜んでもらえて」

素直な気持ちを伝えたからなのか、照れ臭《くさ》そうに頬《ほお》をうっすらと赤くして亜弥は両手を体の前でもじもじさせている。実に可愛《かわい》らしい姿に深月の口角がついつい緩《ゆる》んでしまった。

「え、えっと……じゃあ。お返し……楽しみにしています、ね？」

「ん。気合い入れて考えるよ」

第3章 聖女様とホワイトデー

「最近、スマホばかり見ていますね」

「ホワイトデーのお返し、何がいいかなってずっと探してる」

「その前にやることがあると思うのですが」

「え、なんだろう。洗い物は済ませてるし」

「そうではなくてですね」

分かりやすく呆れるように亜弥《あや》はため息を漏らすものの、深月《みづき》には思い当たる節がない。

夕飯の時に今日もありがとう。美味しい。と伝えているし、洗い物も先に済ませてある。

他に用事はないはずだ。

「私を見てください」

ソファに座《すわ》ったまま大きく腕《うで》を広げて亜弥がアピールしてきた。なんだか、それがハグをする前のような形に見えてしまい、体育館倉庫でのことを思い出して顔が熱くなる。ただ、亜弥にはそんなつもりはさらさらないようで変に意識しているのもおかしく、リビングの椅子《いす》から亜弥をジロジロと注目してみる。胸元にはあまり視線がいかないように気を付けて。

これは、あれだろうか。女の子が好きな人に前髪《まえがみ》を切ったから気付いて。ネイルしたんだから見てよ。とかいう、承認《しょうにん》してほしい展開なのだろうか。

――正直、さっぱり分からん。

昨日の亜弥と今日の亜弥で何も変わった部分はないはずだ、と自信はないけど思う。

「気付きませんか？」

「えっと……昨日も今日も変わらず可愛い」

「かっ。な、何を急に言い出すんですか！」

「あれ、違うのか？」

こういう時、無難な答えを言っておけば大丈夫だろう、と謎《なぞ》の自信があったが全然大丈夫じゃなかったらしい。頬を真っ赤に染めながら、目を細めて亜弥が睨《にら》んできた。

「誰が私を可愛いと言ってほしいだなんて言ったんですか」

「だって、私を見て、なんて言うから」

「私が。今。何をしているかで気付いてほしかったんです」

改めて。まあ、改めなくても亜弥がさっきまで何をしていたかは一目瞭然《いちもくりょうぜん》だ。

ここ最近、亜弥は深月が洗い物をしている僅《わず》かな時間も、数日もすれば実施《じっし》される学年末考査に向けての勉強に当てていた。

「そう。勉強です」

「勉強だろ」

「ホワイトデーの贈り物を探すのもいいですけど、勉強の方はしなくて大丈夫なのですか」

「そっちの方は問題ない」

「どうして、そう自信があるのですか……私の目からは不安しかないのですけど」

「赤点回避《かいひ》が目標だけど、それくらいなら余分な勉強をせずとも達成してきたからな。これまでも」

「だからといって、今回もそうとは限りませんよ」

「まあ、その通りなんだけど……どうにもお返しの方が気になって。今年は自分で選ばないとだし」

「今年はって、昔は別の人に選んでもらってたみたいな言い方をしますね」

「小学生の頃《ころ》は母さんに頼んでた。結構貰えてたし、一人ずつ違う内容をお返し出来るほどお小遣《こづか》いもなかったから」

「まるで、昔は人気者だったみたいな口振《くちぶ》りですね」

「実はな」

「へえーすごいですねー」

「あ、信じてないだろ」

「いえいえー。信じてますよー」

　そうは見えないだろうが、これでも小さい頃は女の子からバレンタインにチョコを沢山《たくさん》貰《もら》えていた。のだが、今の姿しか知らない亜弥にとっては嘘を言っているようにしか聞こえないのだろう。馬鹿にするような。憐《あわ》れむような。複雑な視線を向けてくる。

「これでも、昔は勉強も運動も出来る方だったんだよ」

「はいはい。分かりましたから。とにかく、早くお返しを決めないと気が済まないのですね」

「めんどくさくなりやがったな……本当なのに」

「それで、何かお返しの目処《めど》は付けているのですか？」

「ネットで見てるけど、色々あって悩んでる。意見も聞きたいし、一之瀬《いちのせ》も見る？」

「そうですね。それで、月代《つきしろ》くんの勉強時間が少しでも確保出来るのなら」

　ということで、深月は亜弥の隣《となり》に移動してスマホの画面を共有する。さっきまで見ていたのはドーナツの通販《つうはん》サイトだ。ドーナツの中心部分にクマやウサギの形をしたスポンジ生地の洋菓子《ようがし》が入っている。

「とても可愛いじゃないですか」

「だよな。可愛いよな」

「はい。もう、これでいいのでは？」

「それがさ、他にも可愛い洋菓子もあれば、美味しそうな洋菓子もいっぱいあるんだよ。ほら」

人気キャラの顔をした饅頭《まんじゅう》。パンダやヒヨコ、ハリネズミなどの見た目をしたカップケーキ。ほんの少し検索《けんさく》をしただけでこれだけ出てくる。どれも深月でさえ可愛らしいと思うから、日和《ひより》と雫にもウケはいいだろう。亜弥のように目を輝《かがや》かせてくれるに違いない。

それに、ネットでの評判もよくて味も期待出来る。

「確かに。こうして見ているとどれも良くて悩んでしまいますね」

「そうなんだよ。俺《おれ》が貰ってもどれも嬉《うれ》しいから余計に決められない」

「柴田《しばた》さんと安原さんが気に入りそうな物を贈れば喜んでくれると思いますよ。私にはコンビニで売られているチョコで十分ですので」

「アホか。ちゃんと一之瀬の分も探すに決まってるだろ」

「少しは楽になるのに……まあ、私の分は後回しでいいので適当に決めてください」

どこまでも自分を後回しにする亜弥にだんだん腹が立ってくる。ちゃんと日和にも雫にも亜弥にも。喜んでもらえるお返しをすると決めているのだから亜弥も大きく構えて楽しみに待っていてほしい。

それに、なんなら亜弥へのお返しが一番気合いを入れたいと密《ひそ》かに思っているのだ。

——決めた。一之瀬には絶対驚くようなものにする。

一段と深月はホワイトデーを優先すると決め、勉強など手に付かなかった。

「……今日が俺の命日になるかもしれない」

「天井《てんじょう》見上げて何を呟《つぶや》いているんだ？」

「いいや。こんなところで死んでなんていられない。俺には愛するヒヨがいるんだから！」

「うおっ。ビックリした。料理中は急に叫ばないでくれよ。指を切りたくないから」

「……ううう。やっぱり、怖《こわ》いぃぃぃ」

「俺は情緒《じょうちょ》不安定なお前が怖いんだけど」

今から料理の練習をするというのに明《あきら》の様子がさっきからずっと変だ。怖いと呟いたり、日和に助けを求めては巻き込めない、と自分を叱《しか》ったり。異常だ。

「怖いのはこっちだよ。昨日の夜いきなり、明日遊びに行っていいか、って連絡《れんらく》が来たと思ったらシチュー作るから味見してくれって？　俺を実験台にするな」

「実験台って酷いな……毒物を作るつもりはないよ。材料もこの通り。ちゃんと買ってきた。新鮮《しんせん》なのを」

「どや顔してるところ悪いけど、材料だけで安心しないからな。どこからその自信が湧《わ》いてくる？」

「シチューなんて食材入れて、ルーを入れたら完成だろ。簡単だ」

「あー。その言い方は世の中の料理人皆《みんな》を敵に回すから気を付けろ。料理はな一朝一夕《いっちょういっせき》で上達するもんじゃないんだよ」

「分かってるよ。だから、練習するんだ」

「俺の家で俺を毒見係にしてだけどな」

「それが気に食わないのか？」

「当たり前だろ！」

「昨日の夜は時間は何時からにする～って歓迎《かんげい》してる様子だったのに。嫌ならそう言ってくれよ」

「遊びに来るって思ったからだよ。目的書かれてたら断ってたよ」

「ふふふ。だから、書かなかった。作戦通り」

流石《さすが》にいくら仲が良いと言っても、深月があまり料理をしないことを知っている明に、毒見をしてくれと頼《たの》んでも断られていただろう。だから、遊びの連絡をした。絶対に想定されないと思ったから。こうも読み通りに明を手のひらで転がすことが出来るなんて、つい唇《くちびる》をにやけさせてしまう。

「くぅ〜〜〜っ！」

ジタバタとソファに座りながら明が身悶《みもだ》えする。昨日の夜、軽はずみに返事した自分を呪《のろ》っているのかもしれない。もう既《すで》に遅《おそ》いが。

「腕によりをかけて作るからさ。諦《あきら》めてくれ」

「……しょうがねえ。紫色《むらさきいろ》の煙《けむり》が出始めたら強制的に終了《しゅうりょう》させるからな」

「どこかの音痴《おんち》ゴリラみたいなことはしないよ」

許可も得たことだし、明の家のキッチンを使って、深月は料理を始める。まな板を取り出し、その近くにスマホを置いてシチューの作り方を画面に表示させておく。

「えーっと、まずは鶏肉《とりにく》とじゃがいも。にんじんと玉ねぎを切ればいいんだな……一口大ってのは切り方はなんでもいいのか？」

一人暮らしを始めてから、何回かは料理してみようという気になって挑戦《ちょうせん》したがすぐに才能がないと理解して挫折《ざせつ》した深月に、料理経験などこれっぽっちもない。初心者だ。学校での調理実習でも包丁を持たせてはもらえず、皿洗いばかりだった。夏休みに、海の家でバイトをした時も。

だから、曖昧《あいまい》な表現をされては困ってしまう。とりあえず、皮を剥《む》く必要がある野菜の皮剥《かわむ》きから始めていくがそれすらも難しい。

「なんだ、このにんじん。滑《すべ》って皮が剥《む》けねえ。大人しくしろ」

「めちゃくちゃ不安だ……あのさ。急に手料理なんてどういう心境の変化？」

「バレンタインのお返しとして、一之瀬に食べてもらおうと思って」

「一之瀬さんも可哀想に……なあ。ヒヨは入ってないよな。その恐怖《きょうふ》なお返しに」

「入ってないよ。一之瀬だけを驚かせたいからな」

「はあ……よかった。それにしても、災難だな。一之瀬さんも」

「自業自得《じごうじとく》……てか、美味《おい》しく食べてほしいからこうやって練習してるんだ」

自分を後回しにする亜弥へ何をお返しすれば驚かれるか考えた結果、普段の深月からはあり得ない行動をすればいいと決断した。シチューを作って亜弥に出せば意外性が大きく、驚かれるんじゃないかと。

でも、単に驚いてもらうために一度も作ったことがないシチューを出して、美味しくないものを亜弥に食べさせる訳にもいかず、こうして練習しているという訳だ。

「サプライズになると思うか？」

「そりゃ、深月が手料理するって聞いただけで目ん玉ひん剥くんじゃないか」

「それは大袈裟《おおげさ》」

「いやいや。それくらいの驚天動地《きょうてんどうち》だって」

「俺が料理するってだけでそんなんなの？」

どうにか野菜の皮を剥き終え、次は一口大に切っていく。切り方は適当で大丈夫だろう。多少は大きくても明なら食べられるはずだ。亜弥に振《ふ》る舞《ま》う時に調整すればいい。

「なあ。ボウルってどこにある？」

「ボウルならそこの棚《たな》」

「お、あった。ここに切った野菜を一旦《いったん》入れておいてっと」

「深月の家で作った方がやりやすいんじゃない」

「それだと、臭《にお》いとかゴミで一之瀬に気付かれる。証拠《しょうこ》は残さないようにしないと」

「徹底《てってい》してるな。それくらい、普段の生活でもやる気出せばいいのに」

「頑張《がんば》りどころを見極《みきわ》めてるだけだよ。努力したって自分の限界は知ってる。なら、ここぞって時にこれだってことだけに集中したい」

「それが、今だってこと？」

「そういう――あっぷね。指切りかけた」

「……はあ。決まらないな」

鶏肉の余計な脂《あぶら》を包丁で落とすのが凄く難しい。脂はむにむにしていて滑るし、適当に切れば肉がかなり小さくなったり、不細工な形になったりしてしまう。いつも、鶏肉料理を作ってくれる時、亜弥は脂を取り除いてくれている。何気なかったことでも自分で経験してみれば、その一手間にどれだけ時間を掛けてくれているのかが分かってしまう。亜弥の場合、こんなにも時間は掛かっていないが。

――それでも、有り難《がた》いことだよな。こうしないと気付かない些細《ささい》な気遣《きづか》いを何も言わずにしてくれてるのって。

改めて、亜弥への感謝の気持ちが募《つの》る。文句なんて深月も言ってられなかった。

「ふう。切り終わった。次は、鍋《なべ》で油を熱してその中に肉と野菜を入れて、炒《いた》めるんだな。よし」

出だしから悪戦苦闘《あくせんくとう》したが、ようやく次の段階に進める。ここまで進めば、焦《こ》げないように注意して見ておくのがメインとなり、少しだけ気が抜けた。

「深月ってさ、一之瀬さんのこと実際はどう思ってるんだ？　好きなの？」

突拍子《とっぴょうし》もない質問に一瞬《いっしゅん》思考が放棄《ほうき》され、すぐに口から「はあっ!?」という大きな声が出た。自分でも予想外な声のボリュームに明も耳を塞《ふさ》いでいるが目は真剣《しんけん》だ。咳払《せきばら》いをしてから、深月は聞いた。

「何を根拠《こんきょ》に？」

「いや、深月がそんな風に真剣になるのって珍《めずら》しいから。深月って一之瀬さんが関わると態度がいつもとからっきし変わるだろ。好きなのかなって」

「……そんなに変わってるか？」

「変わってるよ。思い返してみ。うどんを拾った時も一之瀬さんの変な噂が流れた時も節分祭の時も体育館での時も。一之瀬さんが深月に関わる度に俺は珍しい深月を目にしてる」

「……だからって、別に好きとかじゃ。そういうのよく分からないし。それに、友達なんだ。困ってる時に何かしたいってのは当然のことだろ」

「ふーん。じゃあ、深月は一之瀬さんに特別な感情は少しも抱《いだ》いてないんだ」

「そうは言ってないだろ」

「どっちなんだよ」

「……本当に分からないんだ。最近、一之瀬のことを変な目で見るようになったし」

「変ってどんな風に？」

「……一之瀬の……胸が……大きいなって」

友達の女の子をそういう目で見ていると言うのは、隠している秘密を暴露《ばくろ》するようでとても恥ずかしくて声が消え入りそうになるほど小さくなった。

「え、なんて？」

野菜を炒めている音のせいで明の耳まで届かなかったらしい。もう一度口にするのは、炒められている野菜のように体が熱くなる。

「だから、その……一之瀬の胸がやたらと気になってしょうがない……」

「……え、マジでどうしちゃったの、深月。発言がちょっと」

「引くなよ。聞いてきたのはそっちだろ！」

「だって、想定外の答えじゃん。ビビった。マジでビビった」

本気で驚かれていて、深月は肩身《かたみ》が狭《せま》くなる。

「それにしても、あの深月がねえ。欲求不満？」

「ちげーよ！」

「なんだ、ただのむっつりか。深月も男なんだな」

「なんだよ、それ……」

「まあ、いいじゃん細かいことは。深月とそういう話するの嬉しいし。他にはないの。一之瀬さんのこと変な目で見てるなってこと」
「……ある」
体育館倉庫での一件があり、深月は亜弥の胸元がこれまでにないほど気になるようにな
ってしまったが、変な目で見ているのはそればかりではない。
「へえ～どんな？」
「勉強中も食事中も背筋が伸《の》びてて綺麗《きれい》だな、とか。一口が小さいな、とか。字も丁寧《ていねい》で
美しいな、とか。爪《つめ》がピカピカで手入れもちゃんとしてるんだな、とか」
「ふ～ん」
「そうそう。一之瀬って猫舌《ねこじた》でさ。味噌汁《みそしる》食べる時は絶対に冷ましてから食べるんだ。小
さい口でふーふーしてるのが普段《ふだん》の真面目な表情とのギャップで可愛くて」
他の人からすれば——深月にとってもそうだった。ほんの些細なこと。外見ばかりに目
がいって誰《だれ》も気にしないようなこと。そんな小さなことばかりに注目してしまうようにな
った。
「一之瀬さんのこと話してる深月って楽しそうだな」
にやにやと嬉しそうに唇に弧《こ》を描《えが》いた明に言われる。自覚がなかった。頬に手を当てて
確かめてみてもよく分からない。いったい、どんな顔をしているのだろう。

「今度は引かないんだな」

「さっきのは衝撃《しょうげき》だったから」

「さっきのもそうだけど、気持ち悪いだろ」

「なんで、そう思うんだよ」

「だって、向こうには友達とすら認識《にんしき》されてない分際でさ、こっちはそんなところばっかりジロジロ見てるんだ。一之瀬《いちのせ》に知られたら気味悪がられる」

「そんなことないと思うけどな。いや、接点のない相手からそう見られてたら怖いだろうけど、深月のそれはさ——ああ、なんて言えばいいかな。そう。一之瀬さんのいい部分を目にしてるってことだろ。それなら、一之瀬さんも嫌だとは思わないんじゃないか。少なくとも、俺は気持ち悪いとは思わない」

そうなのだろうか。いや、明は男だ。見られている感覚でどう感じるかは女の子である亜弥と違っているはずだ。

「それに、俺もヒヨのこと最初はそんな感じで気になり始めたよ。でも、今じゃラブラブだろ」

「それは、明と日和の場合だろ。どっちにしろ、一之瀬には言えない」

「まあ、それはそうかもだけど。だとしても、いいことだよ。それだけ、深月に気になる人が出来たってことは。そういう積み重ねが自分に教えてくれるからさ。本当の気持ちを」

「本当の……気持ち」

「深月の気持ちは深月にしか分からないんだし、俺がどうのこうの言える立場じゃないから口出しはしないけど。一之瀬さんを見ること、続けた方がいいよ」

「……やめたくても気付けば見てるんだ。嫌でも続くよ」

「にしし。あ、でも。ヒヨのことやらしい目で見るのは許さないからな」

彼女《かのじょ》を守ろうと釘《くぎ》を刺《さ》すように明が言ってくるが全く心配のないことだ。

「見ねーよ。そもそも、見るほどのものもないだろ」

「あ、言ったな。いいか。ヒヨには絶対に言うなよ。気にしてるんだから」

「言うかよ。火に油は注がない主義なんだ。てか、明はいいのかよ」

「俺は今のままでも目に入れても痛くないほど可愛いと思っているけど、気にしてまた可愛くなるヒヨも見たいからいいの」

「それで、怒《おこ》られるのに？」

「ばっか。怒られるのがいいんじゃねえか。分っからないかなー」

「なるほど。さっぱりだ」

「ほんと、今のままでも天下一可愛いんだから気にする必要ないのになあ。あんなに可愛い子、この世で他に居る？」

「明にとってはそうでも、日和は違うんだろ。周りに一之瀬とか雫が居れば気になるんじゃないか。知らんけど」

「……一之瀬さんだけでなく、雫のこともそんな目で見てたんだ。むっつり深月」

「うるさい。事実を言っただけだ」

仕方がないであろう。視覚から入ってくる情報を脳は処理するのだから。


「よし。こんなもんだな」

ホワイトデーを翌日に控《ひか》えた放課後。深月は学校帰りに最寄《もよ》りのスーパーへと足を運んで明日のシチューに使う材料を調達していた。材料に加え、お菓子《かし》やジュースなど不足している分もかごに入れてレジに向かう。早く帰って亜弥が来る前に冷蔵庫に入れる分は片付けて、隠せる分は部屋に置かなければならない。亜弥に悟《さと》られないように。

——学校で渡す分は用意したし、これで心置きなく明日を迎《むか》えられる。

一番不安要素であるシチューを作る、という行為《こうい》がまだ残っているがお返しの品は既に選び終わっていて心が弾《はず》む。

「あれ、月代くん？」

完璧《かんぺき》だと思っていた矢先のことだった。聞き慣れた澄んだ声に深月は足を止める。相手が誰かなど確認《かくにん》せずとも分かる。今だけは、一番会いたくない相手だ。

「ひ、人違《ひとちが》いですよ……？」

顔を向けないまま裏声を作る。足を止めてしまった時点で反応をしているので意味はないだろうと知っておきながら。

「何が人違いですか。ほら、正解ですし」

わざわざ正面まで回ってきた亜弥が細めた目を向けてくる。呆《あき》れているのだろう。

「よく俺だって分かったな。存在感薄《うす》いだろ、俺」

「月代くんのことなら見つけられますよ。月代くんは背が大きくて目立ちますから」

気付いてくれることに嬉しくなるものの、それは今じゃない方が良かった、と胸を張って威張《いば》る亜弥に苦笑《くしょう》する。

「ところで、今日は買い出しのお願いをしていなかったと思いますが」

かごの中身を見て、亜弥は訝《いぶか》し気《げ》な顔をする。買い出しを頼まれてもいないのに食材を購入《こうにゅう》しようとしていることが不思議なのだろう。

「これは、まあ、自分用に」

「自分用……それは、月代くんが料理をすると？」

「そんなところだ」

――嘘《うそ》は言っていない。

サプライズをして亜弥を驚《おどろ》かせたいがために苦しい言い訳をしたところ、亜弥の手が額に触れることになった。

「……何してんの？」

「いえ。風邪《かぜ》でも引いているのかと思いまして……平熱ですね」

「健康優良児なので」

「では、あなたは本当は月代くんではなくて、月代くんのドッペルゲンガーですね？」

「いえ。正真正銘《しょうしんしょうめい》、月代深月本人です」

「ふむ。では、これは、私が夢を見ているということですか。あれ、痛みがあります」

「それは、紛《まぎ》れもない現実だという証拠ではないでしょうか」

自らの頬をつねりながら、夢から覚めようとする亜弥が間抜《まぬ》けで可愛らしく、いつまでも眺《なが》めていたくもなるが真っ白な亜弥の頬が傷付くのは見ていられない。

「いつまで続くんだよ、この茶番は」

「いや、だって、月代くんがですよ。自炊《じすい》なんてこれっぽっちもしない月代くんが自炊だなんて……大丈夫ですか？　落ちている物でも拾って食べましたか？　正体不明の異物は食べてはダメですよ。体に異変が生じますから。特に頭に」

「食ってねーよ。俺は正常だ」

「……怪《あや》しい。物凄《ものすご》く怪しい」

「ちょっと頑張ろうって決意したんだよ」

疑《うたぐ》り深《ぶか》い目をする亜弥に納得《なっとく》がいく。かれこれ、亜弥とこうして関わり始めて半年近くが経《た》つ。その間、休日の昼にはカップ麺《めん》や冷凍《れいとう》食品といった物を食べて、自炊しようという気配など微塵《みじん》も見せなかったのだ。亜弥が信じられなくても当然だろう。

――こんなことになるなら、明日の帰りに来ればよかった。

迷いはした。明日、学校帰りに寄ろうかということは。でも、それだと買い物をしている間に亜弥が来て、夕飯を作り始めるかもしれない。手の込んだ料理をする時は早く来るなど、その日のメニューによって時間がバラバラで読めないのだ。

――明日のうちにサプライズはしたいから今日来たけど、タイミングが悪い。

ジトーッと未《いま》だに疑り深い目の亜弥から視線を逸《そ》らしながら、深月は頬を掻《か》く。どうにか怪しまれずに切り抜けられないだろうか。

「そういえば、一之瀬こそ今日は買い物の当番じゃないはずだけど」

「朝ご飯用とか休日用に必要な物を買いに」

「それもそうか。俺の家でしか料理してない訳じゃないもんな」

「それに、今日は特売日で色々と安いんです。この機は逃《のが》せません」

「もはや、主婦だな。いつも助かってるよ、ママ」

「ひいっ。やめてください。ゾッとします」

ほんのジョークのつもりだったが本気で引かれた。三歩ほど退いて。

「ほんの冗談《じょうだん》だ」

「冗談でも恐《おそ》ろしい……ああ、恐ろしい」

「そんな、怖がらなくても……で、欲《ほ》しい物は買えそうか？」

「ええ、まあ。どうしたんです？」

「特売日なら一人何個まで、とか条件があるだろ。もっと欲しいなら協力するよって」

スーパーを見て回りながら、そう書かれているものを幾《いく》つも目にした。深月は気にしていなかったがわざわざ赴《おもむ》いている亜弥からすれば大助かりな日なのだろう。可能なら多めに買っておきたいはずだ。

「いいのですか？」

「偶然《ぐうぜん》会えたんだ。こき使ってくれ」

「それでは、お言葉に甘《あま》えて遠慮《えんりょ》なく。まずはこっちです」

　ということで、亜弥が欲しいというものを一緒《いっしょ》に見て回ってはかごに入れる作業を繰《く》り返していく。

「次はあっちに行きましょう」

「それは、いいんだけど……何が欲しいか言ってくれるだけでいいぞ」

「私が欲しい物を買ってもらうのにそれは出来ません。あ、ちゃんと後でお金はお返ししますからね」

「そういう心配じゃなくて……ほら、こういうところを誰かに目撃《もくげき》されたらまた面倒《めんどう》なことが起こるんじゃないかって」

　バレンタインの日、深月を庇《かば》うように亜弥がそれまでの噂話《うわさばなし》を誤解だと説明してくれたおかげで、深月への偏見《へんけん》はマシになった。でも、新しく、チョコを渡す行為を目撃されたこともあって、亜弥が深月のことを好きなのではないか、という噂《うわさ》が少しだけ流れた。周囲からすればあれは亜弥のお礼だということを知らないので仕方がないことだ。

　その話題は、亜弥が丁寧に説明したことでほんの一瞬で耳にしなくなった。男子にとっては、聖女様という憧《あこが》れの存在が誰かに好意を寄せているかもしれない話題は面白《おもしろ》くないのだろう。今では、バレンタインでの一件は亜弥の優《やさ》しさから溢《あふ》れ出た行動だと広まっている。深月の時とは信じるまでの速度が大違《おおちが》いだ。

だからといって、スーパーで一緒に買い物をしている姿なんて見られたら変な誤解がまた生まれてしまうだろう。亜弥に嘘吐《うそつ》きと言い出す連中も現れるかもしれない。

「たまたま会ったから、お願いを聞いてもらった、でよくないですか」

実にあっさりとした亜弥の返答に深月の反応は少し遅《おく》れた。

「い、一之瀬がいいなら俺は構わないけど……やけにあっさりしてて驚いた」

「事実は事実なので。どうもこうも説明出来ないでしょう？　それに、何を言っても信じない人は少なからず居るでしょうし。それなら、月代くんを一人で行かせて間違《まちが》ったものを購入される方が困ります」

「お使いもままならないガキンチョか、俺は」

「ふふっ。お店の中では静かにしましょうね」

しーっと子どもに言い聞かせるように人差し指を立てる亜弥が憎《にく》たらしいはずなのに。

楽しそうに口角を緩めている亜弥に釣《つ》られてしまう。

——なんか、楽しいな。

聖女様である亜弥に迷惑《めいわく》を掛《か》けないように。自分だって立てずに済む荒波《あらなみ》は立てない方が身のためだと。外ではなるべく声を掛けず。誰かに見られては困るからと亜弥と過ごすのはほとんどが家の中。

だからだろうか。外で亜弥と過ごす時間は貴重でいつもより楽しいと感じる。こうして、亜弥について行っているだけなのに。

店内を散策し、亜弥が欲しい物を深月も購入し、袋《ふくろ》に詰《つ》めて、後は帰るだけ。

「あ、私の荷物。返してください」

「偶然会えたんだ。こき使っとけ」

自分の荷物と亜弥の荷物を両手にスーパーを出る。足早で少し亜弥との距離《きょり》を開けてアパートを目指した。

どれだけ気を付けていても、節分祭での一件が噂になって後ろ指を指されまくったように事が起こることはある。面倒だが、それで亜弥と外でも関われるようになるならいいや、と最近考えるようになった。

でも、それは深月の話であって亜弥がどうかは分からない。それに、何かあれば亜弥の方に大勢が詰め寄るのは想像に容易《たやす》い。そんな面倒事には巻き込《こ》めない。

「ちょっと歩くの速くないですか？」

「流石に住んでる場所が同じ、ってのは知られる訳にはいかないだろ」

「言いたいことは分かりますけど……せっかく、滅多《めった》にない帰り道で一緒なのに」

だからなんだ。そんなことよりも、誰かに見られてどういう関係なんですか、って聞かれるような面倒事に亜弥を巻き込みたくない。はずなのに。亜弥の声が少し寂《さび》し気に聞こえてしまって。気付いた時には亜弥に追い付かれていた。隣に並んだ亜弥はどこか楽しそうに目に映る。

「荷物、重たいでしょう？　一緒に持ちますよ」

「大丈夫《だいじょうぶ》。こう見えて、筋肉はあるんだ」

「ぷるぷる腕を震《ふる》わせておきながら何を言ってるんですか」

「これは、寒いからで」

なんていうのは嘘である。ここは男らしく、と気合いを入れたが本音を漏《も》らせばかなり重たい。亜弥の分は持たなければよかったと少し後悔《こうかい》している。

でも、今更《いまさら》やっぱ無理、と亜弥に返すのも恥《は》ずかしいし、重たい荷物を一緒に居るのに持たせたくもない。これくらいは最後まで成《な》し遂《と》げたい。頼《たよ》りないけれど、深月も男として。

「もう……私がこうしたいんです」

買い物袋《ぶくろ》の取っ手を亜弥が半分手に取った。

「これで、少しは軽くなったでしょう？」

「なったけど……これ、取っ手の部分、ちぎれそうじゃない？」

「それなら、これで、中身が落ちることもないですね」

　一歩だけ亜弥が距離を詰めてくる。間に買い物袋があるとはいえ、ちょっとでも体の軸《じく》がブレれば腕《うで》が当たってしまいそうだ。歩きにくい。

　それでも、腕にかかる負荷《ふか》が軽くなり、中身が落ちることもないならいいか、とそのまま深月は亜弥と肩《かた》を並べて帰路に就《つ》いた。


「はい、日和。チョコのお返し」

「わーい。ありがとー、深月」

　三月十四日のホワイトデー当日。先にお返しを済ませよう、と昼休みになってすぐに深月は日和の教室を訪《おとず》れていた。亜弥と雫《しずく》は同じクラスなので先に日和から済ませている。日和は友達であろう女の子数人と過ごしていた。

「……食べ物だよね？」

「安心しろ。ちゃんと食い物だ」

「やったー。帰って食べよーっと。そうだ。アキくんはどうしてる？」

「教室で待ってるよ。あんま待たせても悪いし、まだ返しに行かないとだからもう行くわ」

「うん、ありがとね」

日和と別れて、亜弥と雫の教室を目指す。朝も見掛《みか》けたが深月の他にも男子が女子に贈《おく》り物をしている光景を所々で目にする。バレンタインのお返しをしているのだろう。

因《ちな》みに、明は放課後に日和をデートに誘《さそ》っているらしい。

「ちっ」

亜弥と雫の教室に着いた途端、出てきた二人の男子から睨《にら》まれた上に舌打ちまでされた。名前も顔も知らない。何かした記憶《きおく》もないのに失礼な奴《やつ》らだと思っていればあることに気が付いた。

「へっ」

体育館倉庫に閉《と》じ込めてきた二人だ。亜弥を傷付けたことは未だに許していないが、一ヶ月以上も前のことですっかり顔を忘れていた。この二人には亜弥がちゃんと仕返しをしているらしい。閉じ込められた後に、教室で亜弥が二人の名前を出して、一時間どこで何をしていたか説明をしたようだ。そのせいで二人はクラスで白い目で見られているんだとか。亜弥が得意気になって語っていた。流石は黒聖女様だ。

同情する余地もなく、深月も嫌《きら》いなので。わざとらしく。嫌味《いやみ》ったらしく。憎たらしく。馬鹿にするように鼻で笑っておく。

するとと、二人は機嫌《きげん》を悪くしたようにまた舌打ちを残してどこかに行った。絡《から》まれる覚悟《かくご》もしていたが何事もなく、一息をついて教室の中を見渡《みわた》す。亜弥と雫は一緒に弁当を食べていた。こちらに気付いている様子はない。

「一之瀬。雫」

声を掛ければ二人がこっちを向く。

「みづきっちじゃん。どうしたの？」

「雫に問題です。今日はなんの日でしょうか？」

「ホワイトデーでしょ。あ、だから？」

「そういうこと。はい、お返し。ありがとう」

「ううん、こちらこそだよ。ありがとー」

「一之瀬もありが――どうした？」

「いいえ、別に」

お箸《はし》を握《にぎ》りしめながら亜弥が頬《ほお》を膨《ふく》らませていたのが気になったがすぐに元に戻《もど》った。なんだったのだろう。あの感じは拗《す》ねた時のものだと思うが機嫌を損《そこ》ねるようなことでもしただろうか。

考えたところで分からず、異物でも見るかのような視線が突《つ》き刺さるように周りから注目されているので、早く用事を終わらせることにした。

「改めて。これ、お返し。一之瀬もありがとう」

「ご丁寧にどうも。ありがたく頂戴《ちょうだい》します」

雫が居るとはいえ、あまり長居するのは望まれていないようだ。亜弥にお返しをする、というのは亜弥からチョコを貰《もら》ったという証拠。貰えなかった男子や亜弥に好意を抱いている連中からすれば目障《めざわ》りなのだろう。

「それじゃあ、俺はこれで」

「うん。またね、みづきっち」

「ありがとうございます。月代くん」

用は済んだしさっさと退場しておく。

——俺のホワイトデーはまだ終わってないからな。

深月には亜弥が来るまでにシチューを作り上げないといけない任務が残されている。

「よし。始めるか」

下校時間になった瞬間《しゅんかん》、ダッシュで教室を出て急いで深月は帰宅した。制服を脱《ぬ》いで部屋着に着替《きが》えると早速《さっそく》シチュー作りに取り掛かる。事前に遅く来るように伝えたら変な勘《かん》繰《ぐ》りをされるかもしれないと考えて亜弥には何も言っていない。この瞬間、玄関《げんかん》が開いたって不思議ではないのだ。

野菜を切りながら時計を確認する。バラバラな時間にやってくる亜弥だが、最速の時でもまだ一時間位は残っている。これだけ余裕《よゆう》があれば覚束《おぼつか》ない手付きで包丁を扱《あつか》っていても間に合うだろう。

「指を切らないように注意しないと。絆創膏《ばんそうこう》だらけの手で出したりしたら、一之瀬は自分のせいで、とか考えそうだし」

返り血を浴びていれば亜弥から血の気が引いて真っ青になることだろう。容易に想像出来る。それで、かなり心配された後に自分を責められる。バレンタインに渡《わた》さなかったらよかったと後悔もするかもしれない。

「そんな辛《つら》い思いよりもこの俺《おれ》が手料理を振る舞ったっていうサプライズで驚かせたい。ちゃんと食材を切るところから始めたんだぞって」

自炊をすると誤魔化《ごまか》した時でさえあれだけ驚いていたのだから、実際にシチューを出されたらさぞかし大変な騒《さわ》ぎになるだろう。

「驚きはしてもそっちの方が楽しい思い出として記憶に残ってくれそうだからな。くくっ。目を大きくしてる様が目に浮《う》かぶ」

「──月代くん！」

「ええっ……」

一人で亜弥の驚いた顔を想像して楽しんでいると、玄関が開く音がして、続けて深月を呼ぶ声と足音が聞こえてくる。まだ亜弥が来るまでに時間は随分《ずいぶん》とあったはずだ。なのに、もう来た。予想外の事態が起こり、深月は危《あや》うく指を切りそうになった。

勢いよく姿を現した亜弥と目が合う。

「月代く──何をしているんですか？」

こっちの様子を目の当《ま》たりにした亜弥はスローモーションのように動きがゆっくりになって、静止した。

「……料理中だ」

「……私は何も言われていませんけど。今日は必要なかったですか？」

「これ、ホワイトデーのお返しなんだ」

「お返し？　お返しならもう頂きましたよ？　ほら」

料理をする時、亜弥はエプロンを必ず必要としている。だから、普段使《ふだんづか》いしてもらえたらいいな、と洋菓子《ようがし》の詰め合わせとセットで選んだエプロンを亜弥が眼前に突き出してくる。

「コンビニのチョコとか、適当に決めてとか一之瀬が言うから分からせてやりたかったんだよ。ちゃんと一之瀬のことも考えるし。なんなら、一番手も込んでるって」

こうなってしまっては隠《かく》しておけず、白状する。

「……どうして？」

「どうしてってそれは――」

心底、不思議そうに聞いてくる亜弥にどう言えばいいのか。どう答えればいいのか。深月もはっきりと分からない。

「――俺がそうしたかったから」

「そう、ですか……そうですか」

しょうもない理由だ。でも、亜弥は納得したのか頷《うなず》きながら呟《つぶや》いている。

「えと、その……ありがとうございます」

「……ううん」

なんだか、空気が変だ。いや、心拍数《しんぱくすう》が急に上がっているから変に感じるのかもしれない。心なしか亜弥が薄《うっす》らと頬を赤らめてチラチラとこっちを見ているような気がする。深月も目を合わせづらくてはっきりしない。

「うわっ」

ごとん、と何かが落ちる音がして亜弥と肩を震わせた。落ちた正体はにんじんだ。

「本当はサプライズするつもりだったんだ」

「それなら、一度帰りましょうか？」

「いいよ。もう、知られてるんだし」

「じゃあ、居座《いすわ》らせてもらいますね」

せっかく料理をせずにゆっくりしていられるというのに、亜弥は隣《となり》に来て食材を覗《のぞ》き込む。

「シチューですか？」

「そう」

「ホワイトデーだからホワイトシチュー？」

「そんなところ」

「体温が下がりました。シチューを食べて温まらないとですね」

「言い出したのは一之瀬だろ。てか、ソファ行かないの？」

「見られては困るのですか？」

「緊張《きんちょう》するだろ」

「ふーん」

どこにも行くつもりがなさそうなので諦《あきら》めて深月は野菜を切る。

「ちゃんと猫《ねこ》の手は出来てますね。偉《えら》い偉い」

「指は切りたくないからな」

「その通り。指を切らないためにも猫の手は大事です。こうやって。にゃーにゃーって」

手を丸めて猫の手を作ると亜弥は猫の泣き真似《まね》までし始めた。高校生にもなって恥ずかしくないのだろうか、と見ている深月の方が気恥《きは》ずかしくなる。可愛《かわい》くない訳がなくて目の保養にはちょうどいいのだが。

「それにしても、月代くんが包丁を使っているのは見ていてヒヤヒヤしますね」

「俺は一之瀬の天然具合が恐ろしいよ」

首を傾《かし》げる亜弥に伝わった様子はなく、深月は諦めた。可愛い亜弥を見れてラッキーだ。

「ところで、だいぶ早く来たけど一之瀬は何か用事があったのか？」

「ああ、そうです。ちょっと待ってくださいね」

何が始まるのかと見ていれば亜弥がプレゼントに贈ったエプロンを身に着けた。かと思えば、くるりとその場で一回転をする。まるで、アイドルがライブで衣装《いしよう》をお披露目《ひろめ》するような感じで。

「どうですか？」

「だから、このエプロンは似合っているかなと月代くんの意見を聞いているんです」

「どう、とは？」

「あ、ああ。よく似合ってる。自分のセンスが恐ろしいくらいだ」

黒を基調とした白い猫のイラストが描かれているエプロンは、亜弥の普段着《ふだんぎ》との色合いが対極で似合っていた。しているところを想像して選んだとはいえ、本当によく似合っている。

「ほんと、察しが悪いですね。くるっとターンをすれば感想を求めているに決まっているでしょう」

「一之瀬がそういうことするの意外だった」

「せっかく可愛らしいエプロンを頂いたので、やってみようかと。柴田さんみたいに」

「日和の行動は読めないからな。俺の察し能力が悪い訳じゃないと証明された」

「柴田さんにご報告しても？」

「ごめんなさい。許してください」

素直《すなお》に謝《あやま》っておく。日和は力加減が下手だから。間髪《かんはつ》をいれずに頭を下げたからか、亜弥は楽しそうにクスクスと笑っている。謝らせておいて楽しむとは本当に腹黒い。黒聖女様だ。

「じゃあ、一之瀬はわざわざ俺にエプロン姿を見せるために早く来たってことか」

「そ、それだけではありませんけどね。新しいエプロンが手に入ったのが嬉《うれ》しくて早く使いたかった、というのが正しいですから」

「それは、ちょっと悪いことしたなあ」

正直、エプロンを贈るのは重たくないかとか。引かれないか、とか。悩《なや》みはした。けど、亜弥にとっては喜べる贈り物だったらしく一安心するとともに、今日使わせてあげられなくて申し訳なくなる。

「……そんなに使いたかったのか？」

「え？」

「顔が赤いから怒ってるのかと」

「ち、違《ちが》いますよ。そんなに短気じゃないですし」

てくてくと歩いて行くと亜弥はソファに座《すわ》った。こちらに背中を向けた状態で。シチューが出来上がるまでその姿勢を崩《くず》すことはなかった。

「ど、どう……？」

「……うん。普通《ふつう》に美味《おい》しいです。ちゃんとシチューの味がします。変な味はせずに」

少し早い時間だが、出来立てを食べたいと亜弥が望むので机に並べた。シチューが乗ったスプーンを口に入れる様を深月は正面から緊張した面持《おもも》ちで見ていたが、その言葉に安《あん》堵《ど》する。

「味見していたのに凄《すご》く安心してますね」

「自分が作ったものを人に食べてもらうのって滅多にないからな。緊張するんだよ」

「そんなに緊張しなくても大丈夫ですよ。普通に。いえ、とても美味しいですから」

「とても美味しいって一般的《いっぱんてき》なシチューと変わらないだろ。隠し味《あじ》とかないし。ん、やっぱり、よくあるシチューの味だ」

「そんなことありません」

どう食べても亜弥や実家で父親が作ってくれたシチューの方が美味しいと深月の舌は感じている。作って二回目。作り慣れている二人と比べたら劣《おと》って当然だ。

それなのに、まるで、亜弥の口振《くちぶ》りはそれを否定しているように聞こえた。

「……ん。やっぱり、美味しい」

気のせいかもしれないがいつもより亜弥の食べる速度が増しているように思える。食べては飲《の》み込み。食べては飲み込んでを繰り返す。皿の中がみるみるうちに減っていく。

「おかわりください」

空になった皿をいっぱいにして亜弥の前に出すと、勢いを衰《おとろ》えさせないまま食事を再開する。一応、パンも用意しておいたので合間合間にかじりながら。

「今日はよっぽどお腹空《なかす》いてたんだな」

「違います。美味しいから手が止まらないだけ」

「褒《ほ》めてくれるのは嬉しいけど……自分で作った方が美味しいだろ。俺はそう感じてる」

「そんなことありません。このシチューは私がこれまでに食べてきた中で一、二を争う美味しさです」

「そんなに!?　流石《さすが》に大袈裟《おおげさ》だろ」

「大袈裟ではないですよ。月代くんが私のために一生懸命《いっしょうけんめい》作ってくれた……それが、たまらなく嬉しくて。とても、美味しいんです」

嬉しそうとも。幸せそうとも。どちらとも取れる穏《おだ》やかな表情で亜弥が唇《くちびる》に三日月を描く。正直、自信はなかった。シチューを美味しく作れるかじゃなくて、亜弥に喜んでもらえるかどうかが。だって、亜弥からすれば自分で作った方が絶対に美味しく仕上げられるから。

——こんなの見せられたら俺まで嬉しくなる。

お世辞でもない。本当にそうなのだと分からせてくれる亜弥の笑顔《えがお》に、深月は喜ばしくなると同時に少しだけ照れ臭《くさ》くなってしまった。頬が熱い。

「誰《だれ》かの手料理を食べるのは久《ひさ》し振《ぶ》りな上に、作ってくれたのが月代くんで今日は本当に素晴《すば》らしい日です。永遠に忘れられません」

「また機会があれば作るよ。一之瀬が疲《つか》れた日とか。しんどい日とか」

「それは、助かります。ああ、でも。そんなに頑張《がんば》らなくてもいいですからね？」

「あー……うん。情けない話だけど、今回で改めて料理の大変さに気付かされた。毎日作ってくれる一之瀬には感謝しないとなって。本当にいつもありがとう」

自分で経験すると料理の大変さが一段と身に沁《し》みた。同い年なのにこうも料理が得意な亜弥はやはり凄い。並々ならぬ努力の賜物《たまもの》だろう。

「それを踏《ふ》まえてなんだけど、やっぱり、俺はまだまだ一之瀬が作ってくれる料理を食べていたいなって思った。いつまでもこのままじゃいけないことも。ちょっとずつ練習はしないといけないことも分かってる。それでも、これからもお願いしたいんだけど……いいかな？」

「もちろんです！」

間髪をいれず席を立って亜弥は頷くと安心したかのようにそっと胸を撫《な》で下ろした。

「自炊するなんて言うから、てっきり私はもう必要ないのかと」

「必要だよ。俺には一之瀬《いちのせ》が必要だ」

「っ！」

「あ、もちろん。ご飯作ってくれるだけの存在として、なんて意味じゃないからな」

　きちんと言っておかないと、亜弥の料理だけが必要であり、亜弥本人は必要じゃないと誤解させてしまう言い方だった。一瞬《いっしゅん》、亜弥の顔が強張《こわば》ってしまったのでちゃんと訂正《ていせい》しておかなければならない。

　そのかいあって、亜弥の口元には笑《え》みが浮かんでいる。

「……私達、同じですね」

　すとん、と亜弥が座り直すとつんつんと足裏を足でつつかれた。くすぐったい。これは、どういう反応なのだろう。謎《なぞ》だ。楽しそうにしているので好きにさせておくけれど。

「ところでなんですけど、今日のために事前に練習したりしました？」

「よく分かったな」

「初めてのわりには手際がよかったかなって」

「この前、明の家で練習したよ。一之瀬には下手なもの食べてもらいたくなくて。最後の方は明にも手伝ってもらったけど、いい経験になった」

　作り方に書いてある時間よりももうちょっと煮込《にこ》んだ方がいいんじゃないか、とか。牛乳をもう少し足した方が美味しいんじゃないか、とか。色々と案を出して試行錯誤《しこうさくご》してくれた。

「私だって手伝えますけどね」

さっきまで浮かべていた笑みが消えて、いつの間にか亜弥は頬を膨らませていた。不満を表しているのだろう。足をつつく力も強くなって、機嫌が悪そうだ。

「そうは言っても、一之瀬のためのサプライズだったし」

「むぅ……私も月代くんと何か作りたいのに。田所《たどころ》くんだけズルい」

「でも、これまで何か手伝おうとすれば断ってたのは一之瀬の方だと思うんだけど」

「それとこれとは話が別です」

「ええ……」

勝手だなあ、と思った。けど、口に出せばますます亜弥の機嫌を損ねることは火を見るよりも明らかで、深月は代わりのことを口にする。

「それじゃあ、今度、俺でも作れそうな料理、教えてくれ。それ、一緒に作ろう」

そもそも、そんな些細《ささい》な望みくらい、いくらでも叶《かな》えてあげたいし、叶えるつもりだ。

「……はい！」

どうやら、亜弥の機嫌が直ったようだ。満面の笑みを浮かべて、嬉しそうに肩を揺《ゆ》らしている。足をつつく力も元に戻った。

せっかくのホワイトデー。亜弥が上機嫌《じょうきげん》なまま終わりを迎《むか》えられそうで。深月は大きなことをやり切れた達成感から嬉しくなり、そっと唇を緩《ゆる》めた。

第4章　聖女様と昔話

ホワイトデーが過ぎれば特に大きなイベントはなく、変わらずの日々が続いた。

そんな日々も修了式《しゅうりょうしき》を迎えた今日で一区切り。一年生の終わりである。この一年、何があってどうのこうの総括《そうかつ》して楽しかったですね、と担任の先生が締《し》め括《くく》り、下校時間になった。

「こうやって深月《みづき》と話すのも今日で最後か……一年、あっという間だったな」

荷物をまとめた明《あきら》が前の席に座って口にする。どことなく寂しそうだ。寂しそうにしているのは明だけじゃない。

「この一年、仲良くしてくれてありがとね」

「次も一緒のクラスになりたいよ～」

「二年になっても俺達《おれたち》の仲は不滅《ふめつ》だ」

と、この様に教室の至る所で別れを惜《お》しんでいる。どうせ、来年になればそれぞれのクラスで仲いい奴らを見つけて、すっかり忘れたように日々を過ごすはずなのに。茶番だな、と遠巻きに見ながら深月は思った。

「来年も同じクラスになるかもしれないだろ」

どちらかといえば、さっさと教室を出て行った淡白《たんぱく》な連中と同じ、深月も別れを惜しむ方ではない。本当に仲のいい友達となら、別れを惜しまずとも繋《つな》がっていられると思っているからだ。

それに、これが根性《こんじょう》の別れでもあるまい。このご時世、連絡《れんらく》を取ろうと思えば幾らでも手段がある。明とクラスが別になれば学校に居る間は一言も言葉を発しない日も増えてしまうかもしれないが、口数も多い方でないし平気だ。

「それに、友達をやめるつもりはないからな。すまんがクラスが別々になっても話す機会があると覚悟しておいてくれ」

こうして、同じ教室で顔を合わせる機会が失われたとしても深月にとって明は数少ない友達だ。その事実はこの先、何があっても変わらないはずだし、変わってほしくない。

「もう。もう。もう」

「急に牛の真似か？」

「モオオオ――じゃねえ。嬉しいこと言ってくれちゃって。もう。もう。この」

「痛い。痛い。叩《たた》くな」

ビシバシと明に背中を叩かれる。顔を綻《ほころ》ばせ、分かりやすく喜んでいるのはいいが、嬉しくなると人を叩くってのはどういう心境なのか深月には理解が及《およ》ばずただただ痛い。動かしていないと気が済まないのならオットセイのように拍手《はくしゅ》を延々としていてほしい。

「俺は嬉しいよ。最近、深月がどんどん素直になってくれて。この一年で大きくなったなあ」

「俺は息子《むすこ》か」

「へへへ。俺達、二年になっても友達だからな」

「はいはい」

歯を見せて笑い掛けてくる明に深月は相槌《あいづち》を打つように頷く。嬉しいと感じながら。

「よっしゃ。じゃあ、春休みはいっぱい遊ぼうな。ヒヨも誘って」

「あ、悪い。春休みは実家に帰る予定だから無理」

「は？　初耳なんだけど」

「言ってないからな」

「帰るってどれくらい？」

「十日位」

「春休みほとんどじゃん」

「一応、そういう約束だから」

　こっちに来て一人暮らしをする際、長期休みは帰る約束をして出てきている。高校生という時期に家を出ているのだから、両親からすればそういう約束を交《か》わすのも当然のことだ。それに、両親との間に問題があって家を出ているのではない。仲は良好。深月も帰るのを楽しみにしている。

「あ、思い出した。そういや夏休みも帰ってたっけ」

「五日ほど」

「休みが多い夏休みが五日なのに少ない春休みが十日って逆じゃね？」

「冬休みは帰らない分、こっちに回した。ま、特に予定もないし向こうでのんびりするよ」

「俺とヒヨとの遊ぶ時間は⁉」

「嘘《うそ》だよ。帰ってきたら連絡する」

　相手をしなかったら休み中、絶え間なく連絡が来そうだ。それはそれで、途中《とちゅう》から鬱陶《うっとう》しくなってしまうに違いない。

「忘れんなよ？」

「ちゃんと記憶しておく。ところでなんだけど、それに一之瀬《いちのせ》も誘ってみていいか？」

　クラスに残っているのは自分達にばかり夢中になっていて、誰もこっちのことなど気にしていない。少しだけ声のボリュームを下げて亜弥《あや》の名前を出しても視線を向けてくる者はいなかった。

「おう。いいよ」

あっさりと了承《りょうしょう》した明に深月は拍子抜《ひょうしぬ》けした。

「なんだよ、その意外そうな顔は」

「いや、この前、一之瀬のこと苦手だって言ってたから意外で」

初詣《はつもうで》に亜弥を連れて行った時も日和《ひより》はハイテンションになっていたが、明はどうにも渋《しぶ》い顔をして過ごしていたのが記憶に残っている。それなのに、今は嫌《いや》な顔など少しもしていなくて、どういう心境の変化なのだろう。

「教室で一之瀬さんが熱弁してくれた時があったろ。あれ見てさ、なんか聖女様じゃない一之瀬さんってのを知った気がしたんだ。今まで、心の底で何を考えてるのか分からなかったから苦手だったけど、考えが変わった」

「誰の心よりも響《ひび》いたのは明だったのか」

「かもしれねー。いや、深月が一番だと思うけど。嬉しかっただろ？」

「ちょっと泣きそうだった」

「いい子だよな、一之瀬さんって」

「気付いたの、今更かよ」

　聖女様として万人《ばんにん》に褒められるいい子、じゃなく。本当は腹黒くて、性格もちょっと悪い黒聖女様で、万人には褒められないとしても、亜弥がいい子だと深月はもうずっと前から知っているのだ。頷いてみせれば明が納得《なっとく》するように笑った。

「一之瀬さんが俺も居て大丈夫かは分からないけど、深月が誘いたいなら歓迎《かんげい》する。ヒヨも喜ぶと思うし」

「分かった。予定が決まれば聞いてみる」

　外に出て、亜弥と二人で遊ぶよりは明や日和が一緒《いっしょ》の方が、誰かに見られた時の騒ぎが違う。学校で、亜弥が日和と居るところをよく目撃《もくげき》するようになったし、友達付き合いの偶然《ぐうぜん》で、ということになれば誰だって納得せずにはいられないはずだ。

　――まだ予定が決まった訳じゃないけど……一之瀬とも、一回くらいは外で遊びたい。

◇　◇　◇

「おかえり──あなた、誰？」

夕方になっていつものように鍵《かぎ》を開けて深月の家に入った亜弥は、廊下《ろうか》を抜《ぬ》けた先の部屋で見知らぬ女性と対面していた。

綺麗《きれい》な女性だ。鋭《するど》い目付きが少し怖《こわ》いと感じるが、バランスのいい顔付き。化粧《けしよう》をしなくてもいいと分かっているのかあまり施《ほどこ》されてはおらず、口紅も目立たない桃色《ももいろ》を塗《ぬ》っている。肩に届くくらいの髪《かみ》は紫紺《しこん》色をしていて、美しい。身長も女性にしては高くて、同じ性別の亜弥が羨《うらや》ましいなと感じる容姿をしていた。

「あなたこそどちら様ですか？」

居たのが家主である深月ではなくて、思わず聞き返してしまったが、頭では誰だかはっきりしている。深月の母親だ。深月を待っていたような口振りと迎え入れる雰囲気《ふんいき》をしているから間違《まちが》いないだろう。

ただ、深月からは何も聞いていない。

──来られるなら来ると一言、言っておいてくださいよ。

来ると知っていればちゃんと挨拶《あいさつ》もしたし、服装だってちゃんとした。混乱して失礼な態度も取らずに済んだ。何も言ってくれていない深月に腹が立つ。まだ帰って来てないことにも。

「私は月代夕燈《つきしろゆうひ》。深月の母親。あなたは可愛らしい泥棒《どろぼう》？」

「い、いえ。私は一之瀬《いちのせ》亜弥と言います。ここの隣に住んでいる者でして」

「お隣さん……ああ、思い出した。前に一回、すれ違ったっけ」

アパートに深月が引っ越《こ》してきた頃《ころ》に廊下ですれ違ったことがある。その時は父親らしき男性も居て、家族で仲がよさそうだと亜弥の目には羨ましく映った。

「それで、お隣さんがここにどういった用事？　部屋を間違えた？」

「そういう訳では」

この感じから察するに深月は親に自分の食事事情を何も話していないのだろう。深月とよく似た鋭い目付きを武器にして夕燈は警戒《けいかい》するように睨んでくる。息子の部屋に知りもしない女が鍵を使って上がってくれば親ならば警戒するのも仕方がないだろう。でも、ちょっと怖い。

「えっと、その……私は月代くんとご飯を食べる間柄《あいだがら》でして」

「一緒にご飯？　どうして？」

「月代くんの食生活があまりにも見ていられなかったので厚かましくお裾《すそ》分《わ》けを続けていた結果、ここで作って一緒に食べることになりました。いえ、なっています」

「その話、詳《くわ》しく聞かせてもらえる？」

いきなりそんなことを言われても、夕燈からすればさっぱりだろう。金銭的な事情が絡んでいることもあり、詳しく話しておく必要がある。

「分かりました。少々長くなるので、おかけください」

「それじゃあ、あなたも」

いつも深月と食卓《しょくたく》を囲んでいる机を挟《はさ》み、夕燈と向かい合う。それから、亜弥は話し始めた。全ての始まりである、風邪《かぜ》を引いて意識が朦朧《もうろう》としている時に階段を踏み外《はず》し、落ちそうになったところを深月に助けられたことから。

「事情は分かった。つまり、深月がお世話になってるっていうことね」

三十分ほど時間を要して説明したところ、夕燈は納得したように頷いた。

「いえ、私の方こそいつも月代くんにはお世話になっていて……その、お金も絡んでいるのに何も伝えていなくてすみません」

「それは、あなたが謝ることじゃない。本来なら、深月がすることだから」

「ですが、私からも一言促《うなが》していれば」

「責任感が強いのね」

ギロリと視線を向けられて、亜弥は委縮してしまう。

「そんなに怖がらなくていい。怒《おこ》ってないから」

「そうなのですか？」

「ええ。深月からお金がもっと必要だって連絡は一切《いっさい》なかったたし、私達に内緒《ないしょ》で誰かにお金を借りるような子とも思えない。ちゃんと生活費の中から二人で決めてやり繰りをしているなら問題ないよ」

今度は頭の先からつま先までを値踏《ねぶ》みするように見られて亜弥は背筋をピンと伸《の》ばした。

「それに、あなた根が真面目そうだから深月を利用してお金を巻き上げようなんて考えてないでしょ」

「巻き上げるなんてとんでもない」

「やっぱり。的確な額でお互《たが》いが納得しているならこっちから言うことはない」

薄《うす》らと口角を上げて、夕燈が得意気に笑う。その瞬間、亜弥の目に夕燈と深月が重なった。不敵な笑みを浮かべる深月と夕燈はそっくりだ。

「深月のこと、いつもありがとう」

「い、いいえ。顔を上げてください」

ペコリと頭を下げる角度も深月とそっくりだ。二人が親子なんだということが腑《ふ》に落ちると、不思議とさっきまで少し怖かった夕燈が怖くなくなった。

「この部屋が片付いているのもあなたが定期的に言ってくれているおかげよね？」

「一緒にお掃除《そうじ》してからは自分で気を付けて頑張っているようです」

「そう。心配でよく顔を見に来ていた時はすぐに酷《ひど》い有り様になっていたのに……どういう心境の変化なのか問いただささないと」

「私に口うるさく言われるのが鬱陶しかったんだと思います。お家でも月代くんの部屋はあんな感じなのですか？」

「ううん。片付いてる。家に居る時の深月ってほとんど勉強ばっかりして、出す物もなかったから」

「勉強ばっかり……なんだか、私の知る月代くんと印象が違い過ぎて新鮮《しんせん》です」

「最初は驚《おどろ》いた。でも、深月がのびのび過ごせているならいいかなって……深月は不自由なく過ごせてる？」

「はい。自由に過ごして――あ、すみません」

「いい。沢山頑張《たくさんがんば》ってた深月が不自由なく今を過ごしているならそれで」

「不自由は……ないと思います。あっても月代くんがそう感じていないように見えるので」

どれだけ後ろ指を指されても陰口《かげぐち》を言われても酷いことをされても深月はそれを受け流している。亜弥なら絶対に気にして引きずってしまうことも深月は気にせずにやり過ごす。

肝《きも》が据《す》わっているのか、何も感じていないのかは分からない。とにかく、亜弥には深月が強いように見えている。

「深月のことをよく見てくれているのね」

「そ、そんなことは」

ない、とは言い切れず亜弥は頬《ほお》が熱くなるのを感じた。

ここ数日、ふとした瞬間に深月のことを目で追ってしまっている。お笑い番組を見ていると不意にツボに入ったのか声を出して笑っていたり。スマホでゲームをしていると負けたのか悔《くや》しそうにリベンジをしていたり。黙《だま》ってこっちを見ているなと思ったら何もしていないのに楽しそうにしていたり。

そんな、以前なら気にならなかったことを最近は凄く意識するようになった。具体的には体育館倉庫での一件があってからだと思う。あの時、深月を抱《だ》き締めたことを考えると体が熱くなって焼かれそうになってしまうのであまり考えないようにしているが、あの日からずっと亜弥の中の何かがおかしくなっている。

「あなた……は失礼ね。一之瀬さんって呼んでいい？」

「あ、はい。私は――」

「夕燈でいい。名字だと深月とややこしいでしょ」

「それじゃあ、夕燈さんで」

家族とは呼びたくない身内以外の人を名前で呼ぶのは初めてのことだ。あだ名で呼んでくれている日和と雫《しずく》でさえ名前で呼んだことはない。名前で呼ぶのは凄く親密な関係になっていないといけない気がしてなんだか躊躇《ためら》ってしまうのだ。だから、少しドキドキしてしまう。

「一之瀬さんは深月と付き合っているの？」

「ゲホゲホッ。は。え。な、なんですか？」

突拍子《とっぴょうし》もない質問に盛大《せいだい》に咳《せ》き込《こ》んでしまった。

「隠す必要はない。そうならそうと大歓迎《だいかんげい》だから」

「ち、違いますよ。私と月代くんはそういう関係じゃ」

「そうなの。じゃあ、どういう関係？」

「どういう、と聞かれても……分かりません」

答えが見つからなかった――というより、口に出せなかった。亜弥だって、深月とのこの関係が異常なものだということはずっと承知の上だ。深月からお金を貰《もら》っているとはいえ、手間賃だけで雇《やと》う雇われのような関係でもなく。かといって、夕燈から聞かれたように付き合っているとか男女の関係でもない。

なのに、年頃《としごろ》の男女が毎晩夕飯を共にしている。変で。おかしくて。周囲からすれば理解し難《がた》い状況《じょうきょう》だ。それでも、亜弥は深月と過ごす時間が好きで。居心地《いごこち》が良くて。楽しくて。やめることが出来ない。

だから、必死に考えてきた。深月からただのお隣さんだと思っていないと言われた時から。ずっと。

──もう、分かってはいるんです。私と月代くんがただのお隣さん、という言葉だけでは言い表せない関係だということは。

十数年生きてきて、そう呼べる関係だと思っていた人達には利用されているだけだと知って。邪魔者《じゃまもの》だと蔑《さげす》まれてきた自分には、一生そう呼べる関係の相手は出来ないし、悲しくならないために作らないと決めた。

それなのに、最近は深月を筆頭に日和に雫とそう呼んでしまいたくなる相手と出会ってしまった。

「……おかしくてすみません」

深月達を友達だと思って、また裏切られることがあれば亜弥はもう立ち直れない。それほどまでに、深月達を懐《ふところ》に入れてしまった。だからこそ、そう考えたら怖くなって友達だと思い切れない。

──本当に私は情けない。

自分がどうしたいのか。深月達とどうなりたいのか。答えも出せず。悩み続けたまま。ありもしない希望と絶望に怯《おび》えて心の赴《おもむ》くままに生きられない自分に亜弥は辟易《へきえき》する。

「深月に聞くからもう考えなくていいよ」

「あ……はい」

高校生にもなって、親しくしている相手との関係性に名前も付けられなくて夕燈も呆《あき》れてしまったのだろう。突《つ》き放《はな》すように切り捨てられ、亜弥は肩身《かたみ》が狭《せま》くなった。上手《うま》く前を向くことも出来ずに視線を下げてしまう。

「遅《おそ》いね、深月」

「……そうですね」

沈黙《ちんもく》が辛《つら》い。時計をちらりと確認《かくにん》してみる。亜弥が来てからかれこれ一時間は経《た》とうとしていた。無言のまま、夕燈と過ごす時間が流れていく。聖女様として、教室で演じているような息苦しさがある。

「ただい――一之瀬!?」

玄関《げんかん》が開いて、待ち望んでいた深月の声が聞こえたかと思えば大きな声が続いた。

「一之瀬だいじょ――って、母さん？」

「おかえり」

焦《あせ》った様子で部屋に飛び込んできた深月は夕燈の姿を捉《とら》えると呆然《ぼうぜん》とその場に立ち尽《つ》くす。この様子からすると深月も夕燈が来ることを聞かされていなかったのだろう。首を捻《ひね》っている。

「なんだ……あの靴《くつ》は母さんのだったのか。よかった。一之瀬に何かあったんじゃなくて。ああ……ほんとに安心した」

心の底から安堵したようで深月は深い息を吐《は》きだして腕《うで》を脱力《だつりょく》させる。汗《あせ》を拭《ぬぐ》うような仕草もしていて、その姿からどれだけ心配してくれたかが伝わってきて亜弥は嬉しくなった。

「今日は早く帰ってくるはずだけど……どこか寄ってたの？」

「明と昼ご飯食べた後にゲーセン行ったり、ぶらぶらしてた」

「そう。友達と遊ぶのもいいけど、一之瀬さんにご飯を作ってもらっているんだからなるべく居てあげないと。一之瀬さんは深月の召使《めしつかい》じゃないよ」

「分かってるよ。今日はスマホの充電《じゅうでん》がなくなって連絡が取れなかったんだ。普段《ふだん》は気を付けてる」

「だから、私の電話にも出なかったんだ。充電も気を付けなさい。このご時世、スマホがあるかないかで助かる命があるんだから」

「うん、気を付ける。ところで、一之瀬にご飯作ってもらってるって知ってるってことは話を聞いたってことだよな？」

「詳しく聞いた」

「……今まで黙っててごめん」

「うん。お金が絡《から》んでるんだから、報告はして。ちゃんと事情を聞いたら駄目《だめ》っていうような内容じゃないから。深月が私に似て、料理が苦手ってことは知ってるから」

「分かった」

「あと、ちゃんと一之瀬さんに感謝するのも忘れないこと。有り難《がた》いことだからね」

「それは、俺《おれ》なりに頑張ってるつもり」

うんうん、と頷《うなず》いて亜弥も同意する。毎回、欠かさずに深月は感謝してくれるし、頻繁《ひんぱん》にお土産《みやげ》と言ってデザートやお菓子《かし》を買ってきてくれる。亜弥には勿体《もったい》ないくらいの恩返しをしてくれているのだ。

「一之瀬さんも頷いていることだし、引き続き頑張りなさい。お互いが対等で居られるようにね。それじゃあ、この話は終わり。深月は一之瀬さんのことをどう思ってるの？」

「えっ⁉ な、なんなの、急に」

「はっきりさせておかないと一之瀬さんへの対応が私も変わってくるでしょ。ご飯を作ってくれるだけの相手と思っているなら私からちゃんと一之瀬さんにお金を払《はら》うつもりだし、そうでないなら別の方法で支援《しえん》する」

「なるほど。それで」

納得したのか深月がこっちをチラチラ見てくる。深月からはどんな風に思われているのだろうか。深月も亜弥がそうであるように友達だと、思ってくれているのだろうか。

——ないですね、それは。私から月代くんにお友達になってください、と言えていないのにそんな都合のいいことはない。

既《すで》に深月はただのお隣《となり》さんだとは思っていないようだがそれなら深月にとって自分はなんなのだろうか。言い淀《よど》んでいる深月を見る限り、よっぽど不純な相手と思われているのだろうか。考えても結論は出なかった。

「……はあ。うん、しょうがないな」

天井《てんじょう》を見上げて深月が小さく呟《つぶや》いた。

「俺は一之瀬のこと、友達だと思ってるよ」

「っ！」

躊躇って。諦《あきら》めるようにして。ようやく紡《つむ》がれた言葉に亜弥は目を見開いた。友達。友達だと深月も思ってくれている。

「わ、私も！」

嬉《うれ》しさのあまり気が付けば席を立っていた。深月と夕燈が同じように目を丸くして視線を向けてきている。

それでも、言わなければと思った。注目されて体温が上昇《じょうしょう》した。

「つ、月代くんのこと……私もお友達だと思っています」

勝手に深月のことを見てしまう。言葉にすると、思った以上に照れ臭くて、やめてほしいと脳は訴《うった》えているのに体が言うことを聞いてくれずに。

「もう、大丈夫《だいじょうぶ》？」

「え？」

「さっき、凄く辛《つら》そうにしてたから。一之瀬さんはおかしくなんてないよ。人との関係って凄く難しい。自分はこうだと思っても、相手にとっては違《ちが》うことなんていっぱいある。だから、分からないことは恥《は》じなくていい」

こっちに来た夕燈に頭を撫でられる。優《やさ》しくて。安心させるような。思わず目を細めてしまう撫で方だ。

「……あの、呆れたんじゃないですか？」

「どうして？」

「だって、高校生にもなって相手のことをどう思っているかも分からないなんて情けないというか」

「そんなことない。大人でも人間関係は難しい。多感な時期の高校生が悩《なや》んだって情けなくないよ」

「……でも、夕燈さん。突き放すようでしたし」

「……そうだった？」

撫でる手を止めて、夕燈は顎《あご》に手を当てて考える。

「ごめんなさい。一之瀬さんが辛そうだったからもう考えなくていいよ、と言ったつもりだったんだけど……誤解させた」

さっきのあれは夕燈なりの優しさだったらしい。

「昔から、この目付きと言葉足らずでよく誤解されるから気を付けてたのに……」

肩《かた》を落として落ち込んだ夕燈に、怖いという印象が霧散《むさん》した。本当に深月とよく似ている。微笑《ほほえ》ましくなってしまった。

「あの、夕燈さん。本当にありがとうございます」

気を遣《つか》ってくれたこと。励《はげ》まそうとしてくれたことに感謝すると夕燈は満更《まんざら》でもなさそうな笑顔を浮《う》かべる。

「これって、どういう状況？」と、深月だけが首を傾《かし》げて困惑《こんわく》していた。

「そうだ。来てくれたってことは、今日もご飯を作るつもりなのよね？」

「はい……あ、何か食べる予定でしたか？」

「そのつもりだったけど、私も一之瀬さんの料理を食べてみたいからお願いしてもいい？」

「お口に合うかは分かりませんが……勿論《もちろん》です」

「一之瀬の料理はめちゃくちゃ美味《おい》しいよ。太鼓判《たいこばん》を捺《お》す」

「と、深月も言っている訳だし楽しみ。お酒がないから買い物に行ってくるけど、何か必要な物ってある？」

「いえ、大丈夫です」

「分かった。じゃあ、行ってくる」

言い残すと夕燈はお酒を買いに出て行った。

「夕燈さん、お酒飲まれるんですね」

「強くないんだけどな……嬉しい時によく飲んではその場で力尽《ちからつ》きてる。介抱《かいほう》が大変なんだよなあ……はあ。とりあえず、着替《きが》えてくる」

足取りを重くして、深月は自室に着替《きが》えに戻《もど》る。時計を確認すればそろそろ調理をしてもいい頃合《ころあ》いになっていた。深月からバレンタインのお返しに貰ったお気に入りのエプロンを身に着ける。このエプロンのおかげで最近は料理をするのがますます楽しみになっていた。

特に意味はないけど予定していた魚料理から変更《へんこう》して冷凍《れいとう》してあった鶏肉《とりにく》を取り出す。特に他意はないけれど、オムライスでも作ろう。唐揚《からあ》げは明日から深月は実家に戻るし家でも用意されるだろうから。

「本当はさ――」

野菜を切っていると部屋着に着替えた深月が水を飲みに隣まで来た。

「一之瀬のこと、母さんに友達だって紹介《しょうかい》するの嫌だったんだ」

「……えっ？」

そんなことを言われるとは思っておらず、手が止まってしまった。本当は、深月は友達だなんて思ってもいないのだろうか。あれは、その場を凌《しの》ぐためだけに言った嘘なのだろうか。あれだけ嬉しかったのに一気にどん底まで突き落とされた気分だ。嫌な汗が止まらない。深月の方を見ていられない。

「……まあ、そうですよね。お友達になって、と言ってもいないし。こんな面倒《めんどう》な私と友達になんてなりたくないですよね」

「いや、一之瀬《いちのせ》は友達だけど」

言っていることが無茶苦茶《むちゃくちゃ》で頭が混乱する。いったい、どっちなのか。

「女々《めめ》しいけどさ、俺は一之瀬にただのお隣さんじゃなくて友達だと思ってほしかったんだ。俺の中ではもうずっと前から友達になってたから」

「……そうなのですか？　嘘じゃなくて？」

「嘘じゃない」

真《ま》っ直《す》ぐに見てくる深月の目には曇《くも》り一つなくて嘘ではないことを教えてくれる。

「で、でも。夕燈さんに友達って紹介するのが嫌だって」

「だって、あそこで俺が言ったら今まで一之瀬に頑《かたく》なに教えてこなかったのが馬鹿みたいだろ。俺は、一之瀬から友達って言ってほしかったんだ」

確かに、深月とちょっと喧嘩《けんか》みたいな感じになって仲直りをした時も頑なに深月は教えようとしなかった。あの時から、深月は友達だと思ってくれていたのだろうか。

「それならそうとちゃんと言ってくださいよ。私は月代くんが思っている以上に人間関係が分からなくて人と関わるのが下手なんです。だから、ちゃんと言ってくれないと私……不安にもなるし、心細くもなっちゃいますから」

これが、甘《あま》えだということは分かっている。自分からは人との関《かか》わりを結ぶのが苦手で
「……へっ？」

下手だからと逃《に》げていることも。でも、慣れていくためには経験が必要なのだ。成長するために。

「ごめんな、俺が変な意地を張ったから」

「……私だって、言うことを言えていなかったし、月代くんの気持ちに気付けていなかったのでお互い様《さま》です。本当に嬉しかった。月代くんから友達だって言ってくれて」

「俺も嬉しかった。一之瀬がお友達って言ってくれて」

屈託《くったく》のない笑顔《えがお》を深月が向けてくる。釣《つ》られて亜弥も口角を緩めた。

関わりだして半年ほどが経ってから、ようやく友達になるのは遅すぎるのかもしれない。

でも、これが亜弥にとっての距離《きょり》の詰《つ》め方で、多くの時間を要しないといけないのだ。

——月代くんには感謝しないと。

とっくに深月から距離を置かれていてもおかしくない。なのに、深月はこうして隣に居てくれる。

なんだか、深月と凄《すご》く仲良くなれた気がした。

「母さんの分まで作ってくれてありがとう」

「いえ。喜んでくれていたので私も作ったかいがありました」

手料理を夕燈に食べてもらうのは、いつも深月に振《ふ》る舞《ま》っている身として緊張《きんちょう》した。なんせ、相手は深月の母親だ。深月は喜んで食べてくれているが夕燈に認められなければ役割を外されても仕方がない。

けれど、結果として心配は杞憂《きゆう》だった。オムライスを口いっぱいに頬張《ほおば》っては何度も美味しいと言いながら完食してくれた。この味なら深月も気に入るはず、とべた褒《ぼ》めだった。ちょっと恥ずかしくなってしまうほど。満腹になってから夕燈は買ってきたお酒を飲んで、深月の部屋に寝《ね》に行った。深月が部屋に行くように促したからだ。

「夕燈さんは月代くんと会うのをとても楽しみにしていたんですね」

「明日になれば帰ってたんだし急に迎《むか》えに来なくてもいいんだけどな」

食事中、深月が夕燈に来た理由を聞いたところ、一日でも早く深月に会いたかったらしい。あと、サプライズをして驚かせたかったようだ。あの見た目からは想像出来ないが意外と子どもっぽいと話を聞いていて亜弥は思った。

「愛されている証拠《しょうこ》じゃないですか」

「あー……まあ。そうなるのかな」

洗い物をしながら、照れ臭《くさ》そうに深月が答えた。微笑ましい。短時間しか深月と夕燈のやり取りを見ていなくても二人の仲の良さが見て取れた。

「……羨ましいです。私には迎えに来てくれる親なんていないので」

「一之瀬の親か……聞いてもいいの？」

「……話してもいいのですか？　楽しくないですよ。それに、嫌な気にさせてしまうかも」

口にしてから、急いで手で口を覆《おお》った。誰《だれ》にも話したことのない身の上話。誰にも話さないと決めていたのに、深月と友達になったからだろうか。胸の内で隠《かく》していることを聞いてほしくなってしまった。

「あ。す、すみません。やっぱり、今のはなしで」

「一之瀬が話したくないなら聞かない。でも、話してもいい。一之瀬のこと、もっと知りたいから」

「……本当に面白《おもしろ》くも楽しくもないですよ」

「気にしなくていいよ。俺は一之瀬と面白《おもしろ》かったり、楽しかったりするだけの話がしたい訳じゃないからさ。それに、このまま聞いてるから。ちゃんと聞いてほしいならちょっと待って。そっち行く」

洗い物をやめるつもりはないらしい。でも、背中を向けられていても深月が真剣《しんけん》であることは声色《こわいろ》からして分かる。

「……私、父親が浮気《うわき》した相手との間に生まれた、生まれてはいけない子なんです」

気が付くと口が勝手に話し始めていた。

「父親と浮気相手がどれほどの関係だったのかは知りません。でも、母親にとっては邪魔《じゃま》だったんでしょう。私は父親に引き取られ、父親が結婚《けっこん》して生活をしている家で暮らすことになったそうです」

深月が洗い物をしている最中でよかった。片手間で耳に入れてもらう方が聞き流せてもらえそうだから。

「私は父親と血の繋《つな》がらない母親、兄、同い年の妹の五人で生活をするようになったのですが、三人からすれば異物である私がさぞかし迷惑《めいわく》だったのでしょう。母親と妹からは毎日のように邪魔者だと罵《ののし》られ、兄は存在していないように扱《あつか》う。父親も浮気が発覚してから肩身が狭いのか私に構うことはほとんどなく、心の底では生まれなきゃよかったと思っていたんだと思います」

こんなことを他人である深月に話すなんてどうかしている。

「五人で住んでいるはずなのに、私の居場所はありませんでした。与《あた》えられた部屋が私の世界の全てであり、他に立ち入ろうものなら忌《い》み嫌《きら》われる。私のお世話も雇った人に任せ切り。誰も私を見ようとはしませんでした」

家族の問題を深月に話したところで何かが変わる訳でもない。聞いてもらったからといって、亜弥が実家に戻って生活をする事にもならない。深月に迷惑しかかけていない。

「中学生になると私は家を追い出され、ここで暮らすようになったんです。母親と妹にはかなり邪魔者だと嫌われていたので、二人のためを思っての父親の対処です。私の身の回りのことは新しく雇った人に任せて、ここで一人で生きていくことになりました」

それなのに、口は止まらなかった。次から次へと言葉が出てくる。

「会いに来るから、と言っていたはずの父親も来る回数が次第《しだい》に減っていき、やがてほとんど顔を見せなくなりました。きっと、誰よりも私を邪魔だと思っていたのでしょう。私さえいなければ浮気相手とも関係を続けられていたし、家族とも円満に暮らせていた。私が全ての元凶《げんきょう》ですから仕方がないですよね」

これだけ話してしまうのは話しやすい空間だからだろう。嫌な顔をして聞かれていたらきっと話せなかった。でも、深月は背中を向けているから顔は見えない。だからこそ、話していられる。もしかすると、深月が洗い物を続けながら聞いているのは話しやすい空間にしようとしてくれているからなのかもしれない。

「生まれながらに邪魔者な私はなるべく邪魔者にならないよう、家でも学校でもいい子でいることに努めてきました。嫌われたくない。邪魔者だと冷たい目で見られたくない。誰かの側に居させてほしい。居場所がほしい。でも、家族には通じなくて。学校では聖女様なんて相応《ふさわ》しくもないあだ名で呼ばれて後に引けなくなって……本当に馬鹿ですよね。全て自分が招いた結果なのに、後悔《こうかい》するなんて」

食器が重なる音がして、亜弥は我に返った。ダムが決壊《けっかい》して水が流れていくように、心の内を全て話してしまった。結論もなく、ただ胸の中で思っていたことだけを口にしてしまったがこれ以上はもうない。深月も洗い物を終えたようだし、もう終わりだ。

「とまあ、こんなところです、私の話は。すみません。オチもなく、どうしたいかもない暗い話を長々と。聞いてくれてありがとうございました」

「ううん、一之瀬のこと聞かせてくれてありがとう。はい」

ホットミルクが入ったマグカップを深月から手渡《てわた》される。

「いただきます」

受け取ってから、マグカップを傾《かたむ》けた。舌が火傷《やけど》しないように息を吹《ふ》きかけてから口に含《ふく》む。温かくて。美味しくて。疲《つか》れが癒《いや》されていく気がする。

「世の中の家族って色々あるよな」

向かいに座《すわ》った深月の表情に変化はなくて亜弥は安堵《あんど》した。労《ねぎら》おうとしていたり、可哀想《かわいそう》なものでも見るかのような目になったりはしていない。同情してほしくて話した訳ではないからこそ、深月の対応が亜弥には有り難かった。

「私みたいな家庭はそうそうないでしょうけどね」

「うん。そうだと思う」

「ですよね。珍《めずら》しいですよね」

幸せな家族を体現したような家庭で育ってきた深月に理解を示してほしい、だなんてわがままは望んでいない。それに、これまでの悲しみや苦労を聞いただけで理解される方が嫌《いや》で、わざとらしく明るく振る舞っておく。演技は得意だ。涙《なみだ》の一滴《てき》だって出していない。笑っていれば気にしていないと触《ふ》れてこないはずだ。

「でも、これっぽっちもないってことはないよ。俺の家も似たようなところがあるしさ」

「……え？」

そんなことはないはずだ。深月は両親ととても仲が良くて。夕燈がこうして一日でも早く会おうとして来るほど親から愛されている。亜弥にはない幸せだ。それなのに、似たところなんてあるはずがない。

「……同情してほしくて、話した訳ではありませんよ」

愛情という亜弥にはない物を持っているはずの深月からそう言われて、少し腹が立ってしまった。言い方も冷たくなってしまう。それなのに、深月は眉《まゆ》一つ動かさずに正面から受け止めてくれた。

「同情じゃないよ。本当のことだから。俺、ジジイ……あ、嫌いだからそう呼んでるんだけど、爺《じい》さんには邪魔者だって嫌われてるんだ」

あっさりと口にした深月に亜弥は開いた口が塞《ふさ》がらなかった。

「ついでに言えば、母さんも嫌われてる。父さんと結婚なんてさせるんじゃなかった。月代家の邪魔者だって」

「なんっ、で、そんな……月代くんも夕燈さんもとってもいい方で邪魔者なんかじゃ」

「ははっ。ありがとな。でも、事実なんだ。誰かの目には幸せそうに見えても蓋《ふた》を開けてみれば案外そんなことはないって家族は意外と多いんじゃないかな」

そう、なのだろうか。亜弥が見てきた家族は少なくとも幸せそうにしていた。授業参観や運動会に様子を見に来ていた保護者も子どももみんな楽しそうにしていて。妹の入学式や卒業式に参列していた母親も楽しそうだった。亜弥だけが一人で浮いていて、その光景が眩《まぶ》しくて憧《あこが》れた。でも、憧れた形も内に入ればそうでもないというのだろうか。

「……その、月代くんは傷付かなかったのですか。邪魔者って言われて」

「俺の場合は陰《かげ》で言われてるのを聞いたからなあ。そりゃ、最初はショックだった。明らかに他の孫に対する態度と違うし。お年玉の金額とかな。でも、慣れた。慣れたって言うのも変だけど、家族だからって好きになるとは限らないしもういいやって。そもそも、俺も嫌いだから。あのクソジジイ」

うげーと舌を出して深月は顔を顰《しか》めた。本当におじいさんのことが嫌いなようだ。いったい、深月との間に何があったというのだろうか。

「……強いですね、月代くんは」

「一之瀬も呼んでみるか。クソオヤジ。クソオカン。クソ兄貴。クソ妹って。スッキリするかも」

「どや顔で何を言い出すんですか」

親指まで立てる深月につい笑《え》みが溢《こぼ》れてしまった。

「良案ですけど出来ませんよ。悪いのは邪魔者の私なんですから」

「ま、一之瀬がクソとか汚《きたな》い言葉使うのはあんまり似合わないから無理強《むりじ》いは出来ないな。でも、一之瀬は間違《まちが》ってるよ」

「私が間違い……？」

「間違いも間違い。大間違い。一之瀬は何も悪くない。だから、邪魔者じゃないんだよ」

「いいえ、そんなことはありません。私は邪魔者なんです。実際に、そう思った人から何度も言われ続けてきたんですから」

「でも、一之瀬が言ってくれたんだぞ。俺と母さんを邪魔者じゃないって。一之瀬が自分を邪魔者だって思うなら、今日から俺も自分をそう思うことにする」

絶対にそんなはずのない深月と夕燈にそう言ったのに、亜弥が深月の言葉を否定すれば遠回しに自身の言葉まで否定することになる。

「……ズルいです、月代くんは」

「だって、本当のことだし」

悪びれる様子もなく、むしろ誇《ほこ》らしげに得意気な顔をする深月に思わず頬を膨《ふく》らませてしまった。

「親の言うことだからって、なんでもかんでも聞き入れる必要なんかないし、信じる必要もないと思うんだ。一之瀬は元凶じゃないし、悪くもない。邪魔者でもないし、異物でもない」

「……よく覚えてますね、私の話」

洗い物をしながら聞いていたはずなのにしっかりと内容を記憶《きおく》していて、どれだけ耳を傾けてくれていたのかが分かってしまった。気付きにくい心遣《こころづか》いは深月らしい優しさで嬉《うれし》しくなってしまう。

「だから、その……ああ、なんて言えばいいんだ」

最後の最後で何か言い掛《か》けては紡ぐ言葉の先を見つけられなかったのか、深月が頭を抱《かか》える。亜弥は言葉にならなった。せっかく、感極《かんきわ》まって涙が出そうになっていたのに台無しだ。本当に深月らしい。

ため息が出そうになっていると何かを閃《ひらめ》いたように深月が指を鳴らした。

「そう。つまり、一之瀬が今後誰かに邪魔者だって言われても落ち込む必要はない。友達の俺がそれを否定する。万人《ばんにん》が否定しなくても、友達のこの俺が言うんだ。気にならないだろ？」

無茶苦茶なことを言い出した深月につい笑いが堪《こら》え切れなくなった。寝《ね》ている夕燈を起こしてはいけないのについ声を出して笑ってしまう。

「そもそも、私、そんな単純な性格をしてないからいつまでも引きずっているんですよ？　私は面倒で暗い性格をしているんです。分かってます？」

「だからこそ、俺の言うことを信じればいい」

「だからって……だいたい、一万人に邪魔者だって言われたら一万回否定してくれるのですか」

「うん。そのつもりだけど」

当然だとでも言うように、真顔で深月が頷いた。本当に無茶苦茶だ。そんなことを言われてしまっては深月の側を離《はな》れられなくなってしまうではないか。笑ってしまうほどの無《む》茶《ちゃ》さに再び亜弥は声を出して笑った。

こんな風に涙が出るまで笑うなんて生まれて初めてのことかもしれない。

実家では、笑おうとしようものなら冷たい目で見られ、それが恐《おそ》ろしくて息を殺して生きてきた。一人で過ごしている時は、笑えることがなくて笑わなかった。みんなの輪の中心にいる時は、空気を壊《こわ》さないように笑いたくもないのに笑った。深月の前でだけだ。心から笑えてしまうのは。

「そんなこと言われると期待しちゃいますからね？」

「いいよ」

「本当に一万回、邪魔者じゃないって言ってもらいますからね？」

「一万どころか何万回でも言うよ」

「飽《あ》きたって途中《とちゅう》でやめさせませんからね？」

「おおう。望むところだ」

どこまでも真っ直ぐで。温かな眼差《まなざ》しを向けられる。

さっきまで、辛くて悲しい。思い出したくもない逃げたい現実の話をしていたのに不思議だ。今はちっとも胸が痛んでいない。それもこれも、全て深月のおかげだ。

「約束、ですからね？」

子どもっぽいかもしれないと思いながら、亜弥は記憶に残したくて小指を差し出した。

すると、躊躇いもなく深月が小指を絡ませてくる。

ちょっとくすぐったくなりながら、亜弥は深月と忘れられない約束を交《か》わした。

「うん。約束」


そろそろ帰ろうとすれば深月が見送りに来てくれた。外はもう真っ暗になっていて、三月も下旬《げじゅん》になっているがまだ肌寒《はだざむ》い。

「今日は話を聞いてくれてありがとうございました」

今まで誰にも言えなかったことを深月は吐き出させてくれた。かなりスッキリした。

「話を聞くくらいだけが俺に出来ることだから。もっと他に何か出来ればいいんだけどな」

「そんなことありません。大助かりです」

「そっか……なら、まあ。助けになるならいくらでも話を聞くから。話したくなったら、また助けさせてくれ」

「……月代くんは優し過ぎませんか？」

「そんなことはないだろ」

「そんなことありますよ。自覚がないんですから」

あまり優しくされ過ぎたら、辛いことがあった時すぐに頼《たよ》ってしまいそうになる。一人で生きていくように言われているからこそ、人に頼るということが難しい亜弥だが深月が頼りない訳じゃない。いくら友達だからといって、なんでもかんでも頼りっぱなしというのが亜弥は嫌なのだ。頼ったのなら、頼られたい。お互《たが》い、持ちつ持たれつの関係を築いていきたいのだ。

「でも、たまには頼りにさせてもらいますね」

「俺とはしてはたまにじゃなくていいけど……ま、そっちの方が一之瀬らしいか」

「甘過《あます》ぎじゃないですか……まったく」

このまま深月の側に居れば、これまで自分が頑張《がんば》ってきたものを崩《くず》して本当に別人になってしまいそうになる。既に深月と出会ってから、幾《いく》つもの自分の知らなかった一面を知ってしまっているが。

「月代くんは明日からしばらく実家に戻るんですよね？」

「うん、十日位」

数日前に聞かされていたがもう一度確認《かくにん》しておく。

――十日も月代くんと会えないんですよね……。

隣に深月が引っ越《こ》してきてから、なんだかんだ、十日も顔を合わせなかったことがない。

長期休暇《きゅうか》の間も会釈《えしゃく》するような間柄《あいだがら》ではなかったがすれ違ったりすることがあった。あの頃《ころ》なら、どれだけ深月と顔を合わせなくても気にならなかっただろう。

でも、今は違う。深月は友達だ。しかも、毎日食卓《しょくたく》を囲むような仲。十日も会えないのは寂《さび》しい。

「楽しんできてくださいね」

「まあ、することはそんなにないけどな」

けれど、そんなことは言えない。友達と十日会えないだけで寂しいと感じるなんて亜弥だけだろう。深月からすれば、亜弥は複数いる友達の中の一人だ。寂しくなんてないはずだ。

それに、深月に知られるのは少し恥ずかしかった。笑顔で隠しておく。

「それでは、また今度」

「しばらく、バイバイ」

手を振ってくる深月に亜弥も振り返しておく。家に入るまで深月は見送ってくれるそうなので、体を冷やさないためにも玄関扉《げんかんとびら》に手を伸《の》ばした。

「あ、あのさ」

伸ばしていた手を止めたのは、緊張気味になった深月の声に呼び止められたからだ。視線を移せば、深月は深刻そうな顔をしていた。

「一之瀬のこと、名前で呼んでもいいか？」

「……え、ええ⁉　ど、どうしたんです？」

深呼吸をしてから伝えられた内容に亜弥は驚《おどろ》き、思わず大きな声を出してしまう。

「友達だから、名前で呼びたいなって。一之瀬が自分の名前を気に入ってないのは知ってるから無理にとは言わないけど」

「確かに、そうですけど……月代くんこそ、いいのですか？」

「何が？」

「以前、言っていたじゃないですか。女の子を名前で呼ぶのは気恥《きは》ずかしいって。ほら、安原さんの時に」

「ああ、うん……ちょっと恥ずかしいけどさ。日和と雫《しずく》は名前で呼んでるのに一之瀬だけ違うってのもこうもやもやするっていうか……友達なのにさ。亜弥も」

「っ！」

こんな風に優しい声色で名前を呼ばれたのはいつぶりだろう。気が付けば足が動き出して、深月の正面まで駆《か》けていた。

「……生まれたのが誤りだから、私の名前は亜弥にしたんだと母親から教えられました。

だから、私は自分の名前が大嫌《だいきら》いです。呼ばれると邪魔者《じゃまもの》だって言われているみたいで」

「そうだったのか……ごめん、嫌だよな。これからも、俺は変わらずで——」

「——でも。名前っていうのは一生の付き物ですし、いつまでも嫌いだとは言っていられません。だから、好きになれるように……み、深月くんが、これからたくさん呼んで……？」

まだ名前を呼ばれるのは抵抗《ていこう》がある。けど、深月には呼んでほしかった。

見上げて様子を窺《うかが》っていると深月の頬《ほお》が徐々《じょじょ》に朱色《しゅいろ》を増していく。照れているのだろうか。きっと、照れているのだろう。亜弥も頬が段々と熱を帯びていくのを強く感じた。

「そ、それじゃあ、また」

耐《た》え切れなくなって、亜弥は急いで帰った。勢いよく扉《とびら》を閉めると静かな空間に息切れした音が響《ひび》く。

「な、何を逃げているのですか、私は……」

男の子を名前で呼ぶのは初めてのことだ。なんていうか、物凄《ものすご》く緊張した。恥ずかしかった。顔がまだ熱いし、未《いま》だに心臓がドキドキしている。うるさいくらいに。

——なんて、情けないのでしょう。

名前を呼ぶだけで全神経を注いでしまった気がする。扉に背を預けてもたれた。一回だけで、こんなことになっていては、深月のことをこれからも名前で呼んでいけるだろうか。

不安になる。

ただ、それ以上に——。

「……深月くん。深月くん、かあ……ふふっ」

こうして名前で呼べる友達の存在に亜弥は笑みが溢《こぼ》れてしまうほど、嬉しくてどうしようもなかった。

第5章　聖女様と離れ離《ばな》れ

春休みに入って、三日が経《た》った日のこと。

『あーやーやー。あーそーぼー』

インターホンが鳴り、確認《かくにん》すれば画面に近付きすぎて首から上が見切れている日和《ひより》だった。どうやら、遊びの誘《さそ》いに来てくれたらしい。

今日の予定——というか、深月《みづき》が実家に帰ってしまった今、亜弥《あや》には誰かと会う約束も予定もない。出掛《でか》けるのはせいぜい食材の買い出しにスーパーへ行くくらいだ。暇《ひま》を持て余しているのが本音である。

それでも、少しだけ躊躇《ためら》ってしまう。原因は日和じゃない。まだ日和の陽気なノリに同調出来ないことは多々あるけれど、学校で沢山《たくさん》接しているうちに徐々にだが慣れてきている。

だから、原因は自分にある。深月もなしで遊ぶとなればまだ少し怖《こわ》いのだ。学校では周りの目もあって何もされなくとも、外に出ればどこに連れて行かれるかも誰がいるかも分からない。昔みたいについて行った先に知らない人もいた、ということもあるかもしれない。

そんなことを考えていると尻込《しりご》みしてしまう。

――でも、柴田《しばた》さんとも友達になりたい。

ちょっと待ってください、と返事をして亜弥は家を出た。

「あやや。久《ひさ》し振りだね！」

「久し振り、と言われましても最後に会ってから三日しか経っていませんよ」

「もう、つれないなー」

何か変なことを言ってしまったのだろうか、とアパートのエントランスで待ってくれていた日和が頬を膨らませてしまったので考える。けれど、よく分からなかった。三日ぶりに会うのは三連休が明けた後と同じような気がして。

「遊ぶ、と言ってもどこで遊ぶのですか？」

「雫の家。約束してるんだ」

「約束をしていない私も行っていいのですか？」

「雫には私から連絡《れんらく》してあるから心配しないで。雫も待ってるよー、だって」

「じゃあ、どこかでお菓子《かし》でも買って行かないと。ケーキで満足してくれるでしょうか」

「律儀《りちぎ》だな～スナック菓子で十分だよ」

「それじゃあ、柴田さんの分はなしで」

「やっぱ、差し入れといったらケーキだよね！」

「手のひら返し……」

「や、やだなあ。そんな目で見ないでよ～」

穴が空くように冷めた眼差しで日和のことをじいーっと見てやる。

「……はい、すみません。私は食い意地が張っている欲張りで意地汚《いじきたな》い女です」

「ぷっ」

深々と頭を下げて白状した日和につい笑みを漏《も》らしたら、日和が腕《うで》を組んで拗《す》ねてしまった。

「本当のあやは全然聖女様っぽくないよね」

「周りが呼んでいるだけで、入学当初の私は目立たずにひっそりと教室の端《はし》っこで邪魔にならないように過ごせればいいと考えていた人間ですよ。理想の聖女様を求められても困ります」

「それだけのご尊顔がありながら目立たないは無理でしょ。一週間もしないうちに男子が騒《さわ》いでたよ。めちゃくちゃ可愛《かわい》い子がいるって」

「まあ、自分の容姿が整っていることは自覚していますが……マネキンを鑑賞《かんしょう》するようにされても気分はいいものじゃないんですよね」

「凄い自信だね」

「高校生になる以前から言われていましたから。いい思い出はないですけど」

望んでもいないのに男の子には言い寄られ。それが、調子に乗っていて気に食わないからと女の子には目の敵にされるか利用されるかのどっちか。中学の苦い思い出である。

「中学生のあやや～きっと、可愛かったんだろうね」

「中身は今と同じでそんなことありませんでしたよ。いえ、今よりも酷《ひど》かったですね」

突然《とつぜん》、家を追い出されてアパートでの一人暮らしが始まり、どうすれば生きていけるのか不安で恐ろしくて仕方がなかった。生活していくのに困らない環境《かんきょう》。世話をしてくれる雇《やと》われた人。周囲を整えられても、一人になれば心細くて涙を流した日は数え切れない。

周りには知られないように上手に隠していたが内心は荒《あ》れていた。今だって、もうどうしようもないことだと理解しているのに、どうして自分だけが、と思ってしまうことがある。だから、深月には見抜《みぬ》かれて黒聖女様、なんて呼ばれることになった。

でも、そんな自分でも友達になって側に居てくれる深月のおかげであの頃よりもかなり救われている。

「幸せそうにしている人を見る度に無差別に腹が立って攻撃《こうげき》したくなっていましたからね」

「うわーお。極悪人《ごくあくにん》だね」

楽しそうに笑う日和に亜弥は拍子抜《ひょうしぬ》けをした。

「……最低だね、って思わないのですか？」

「思わないよー。あややのことだから、実際に手を出したりとかしてないだろうし」

「それは、そうですけど」

「あややは羨《うらや》ましかっただけでしょ。幸せそうにしてる人が。見ながら唇《くちびる》を噛《か》み締《し》めてるなんて可愛いじゃん」

「噛み締めたりはしていませんよ……握《にぎ》り拳《こぶし》を作ったりは何回かありましたけど」

「あははは。あややには似合わないね」

てっきり、嫌な顔の一つでもされると思っていたのに日和は笑いながら話を聞いている。能天気だからとかではなく、馬鹿にするような感じもしない。尊重するような聞き方だ。

「あややは今から幸せにならないとね。今度はあややを見て、幸せそうでいいなって、思わせるくらいに。私達といっぱい遊ぼうぜ」

似合いもしないのに親指を立てて自分を指した日和に心の底から笑みが溢れてしまった。

「な、なんなのですか、そのポーズは？」

「あややが笑うかなって。この私と居るのに落ち込《こ》んだ顔なんてさせないぜ？」

「き、決め顔をするのはやめてください」

口角を上げる日和に笑いが止まらなくなる。やっぱり、日和と関わるのは楽しい。ノリについていけない時は置いてけぼりにされるが自然と笑顔にさせられる。

「柴田さんと居ると元気になります」

「本当っ⁉　あやや、好き〜」

「くっつかないでください。歩きづらいです」

腕に抱《だ》き着いてきた日和に道案内をしてもらいながら亜弥は雫の家を目指した。

道中、洋菓子《ようがし》店でケーキを購入《こうにゅう》してから辿《たど》り着いた雫の家は二階建ての一軒家《いっけんや》だ。ベランダに洗濯物《せんたくもの》を干しているのが見える。日和がインターホンを押《お》すとすぐに雫が出てきた。

「やあやあやあ。いらっしゃい。日和。あやっち」

「やあやあやあって反対にすればあやあやあやあやになるね」

「ほんとだ。無意識のうちにあやっちを連呼する私って天才……？」

「何がどうなって天才になるのですか？」

「出た。あやっちの真面目ツッコミ。ほんとにその通りだよね」

疑問に思ったことを問い掛けただけなのに、雫からすればツッコミになるらしい。日和や雫とは常識が少々ずれている自覚があり、いちいち気にするのは鬱陶《うっとう》しがられるのではないかと不安になるが雫は楽しそうにしている。

「さっ。中にどうぞ」

「お邪魔しまーす」

慣れた感じで日和が上がっていく。何度も遊びに来ているのだろう。

「あやっちもどうぞ」

振り返った雫から手招きされる。その前に、亜弥にはすることがあった。

「あのっ！」

気負い過ぎたせいでいつもより大きな声が出てしまい、日和と雫が何事かと驚きながら視線を向けてくる。

結局、深月には言わせてしまった友達という言葉を今度は自分から伝えたかった。二人とも友達になりたいから。それだけのためにあんな声を出した、というのが恥《は》ずかしくなってしまうが後には退けない。

「柴田さんに安原さん……いいえ。日和さんに雫さん。私とお友達になってください」

頭を下げてお願いをする。断られたらどうしようと考えて心臓が凄くバクバクしている。手にはじんわり汗《あせ》が滲《にじ》んで、喉《のど》も乾《かわ》いてきた。

こんな風に誰かに友達になって、と言うのは初めてだ。今まで、自分から誰かと友達になりたいなんて思うことはなかった。だから、どういう風に言えば友達になってもらえるのか亜弥は正解を知らない。迷惑だと思われないだろうか。いちいち、重たいと嫌がられないだろうか。二人から何も返ってこない沈黙《ちんもく》の時間が怖い。

「あやや」
「あやっち」

両肩《りようかた》に手を置かれ、びくっと体を震《ふる》わせてしまう。ゆっくりと顔を上げれば二人は信じられないものでも見ているような顔をしていた。

「今更《いまさら》、何を言ってるの？」
「うん、日和の言う通り。私達、とっくに友達だよ」
「……そ、そうなのですか？」
「そうだよ。あややは違《ちが》ったんだー。ショックー」
「友達じゃないと家に呼んだりしないよ」

やっぱり、自分は人間関係の機微《きび》を察することが下手なようだと改めて亜弥は自覚した。深月の時もそうだった。既《すで》に友達だと思われていることに気付かず、こうして確認しないと分からないなんてかなり疎《うと》い。

「うーん。これは、いたずらが必要だなあ」

顎《あご》に手を添《そ》えて、日和が考えながら口にする。

「いいね。あやっちにいたずらしよう。友達だってことをその身に叩《たた》き込もう」

黄金色《こがねいろ》の瞳《ひとみ》を輝《かがや》かせて、雫が賛同する。ワクワクしている様子だ。

「か、覚悟《かくご》は出来ています……！」

傷付けてしまったのなら仕方がなく、何をされても文句は言えない。固唾《かたず》を呑《の》んで待っていれば、日和が閃いたように手をポンと叩いた。

「あややにはくすぐりの刑《けい》を執行《しっこう》しよう」

「え、いきな――っふ。ふふっ」

言ったそばから日和が人差し指を横腹に押し当てたり離したりを繰《く》り返してくる。

「私もさんせーん」

「し、雫さんまで……あっ！」

日和に続いて、雫までもが逆の位置から人差し指を横腹に押し当ててくる。そのまま離すことなく、上下にゆっくりと撫《な》でるように這《は》わせてきた。くすぐったい範疇《はんちゅう》を超《こ》えている。背筋がぞくぞくするような感覚に襲《おそ》われ、変な声まで出てしまった。

「あややってお腹《なか》が弱いんだね」

「悶《もだ》えてる姿が可愛いよ。食べちゃいたいくらい」

「い、言わないでください……」

くすぐられるのは構わないが、辱《はずかし》めを受けるのは嫌だ。ただでさえ、服の上からとはいえ、体に触れられて恥ずかしいのだ。これで、勘弁《かんべん》してほしい。

奥歯《おくば》を噛んで耐えていると日和と雫が「私達は友達だからね」と何度も囁《ささや》いてきた。威《い》圧感《あっかん》はなく、こんな自分を友達だと言ってくれる二人に嬉《うれ》しさを覚える。涙が出そうだ。

「……しっかり、叩き込んでおきますね」

「頼《たの》むよ～。あやっちともっと仲良くなりたいんだから」

「そうそう。こんなことするくらいの仲に」

突然、日和が手を伸ばして胸を触《さわ》ろうとしてきた。というか、指先が少し触れた。何をされたのか一瞬《いっしゅん》理解が及《およ》ばなかったが、すぐに両手で守るように構える。顔が熱くなってきた。

「な、何をするんですか！」

「いやあ、友達だからちょっと感触《かんしょく》を味わわせてもらおうかと。げへへ」

「……そういうのはやめてください。苦手です」

ゴムボールを握ったり潰《つぶ》したりする仕草を繰り返す日和に心の底から冷たい声で言っていた。いくら友達とはいえ、そういうことをされるのは絶対に許容出来ず、警戒《けいかい》して視線も鋭《するど》くなってしまう。

「……そうだよ。日和。それはない」

すぐ側に味方が居てくれた。雫も蔑《さげす》んだ眼差しで日和を見ている。

「ば、場を盛り上げるためのほんの冗談《じょうだん》だよ」

「そういうのは場を盛り下げるんだよ」

「私には分からない！」

「考えれば分かることでしょうに……」

「ううぅ……あややの天然が沁《し》みる。これが、罰《ばつ》なの。ごめんなさい……」

頭を垂れて、日和が謝《あやま》ってきた。よく分からないが反省させることに成功したらしい。

「あやっち……そういう話じゃないの」

どうして、慰《なぐさ》めるように雫から言われるのか亜弥にはさっぱりだった。どうして、そんな残念そうな目で見られるのだろう。どうして、日和から羨ましそうな目で見られるのだろう。特に胸元を。

「そうだ。あやっち。日和にもいたずらをしようか」

首を傾《かし》げていると雫から提案される。

「でも、反省していますし」

「してもいいのが、友達だよ。私の中ではね」

友達だからこそ許せる距離感《きょりかん》や行動というものが、亜弥にはまだ分からない。でも、雫が言うのならこの三人の間にはそれが通じるに違いないのだろう。

「そ、そういうことなら」

「お、やる気だね。よっしゃ。やってやろう！」

「や、やめてよ、二人とも……反省してる。反省してるからぁ」

逃《に》げようとする日和を捕《つか》まえて、さっきの仕返しをする。思い切り、はまだ無理で控《ひか》え目《め》になってしまったけど。人差し指を使って、日和の横腹を何度もくすぐってやった。甲《かん》高《だか》い悲鳴を上げて苦しんでいる日和を見ている時間はとても楽しかった。


その日の夜、ベッドで寝そべりながらスマホを触っていると深月から電話が掛かってきた。三日ぶりの深月だ。反射的に体を起こしてしまう。電話が掛かってきただけだというのに前髪《まえがみ》を整えてしまって、意味がないことに気が付いた。

さっさと電話に出なさい、と叱《しか》られたような気分になりながらスマホを耳に当てる。

「もしもし？」

『あ、月代《つきしろ》ですけど一之瀬《いちのせ》さんの電話で合ってますか？』

「合ってます……って、なんなのですか、このやり取り」

『久し振りだから亜弥に忘れられてるんじゃないかと思って』

「三日も経っていますもんね」

言いながら、亜弥は疑問を抱いた。

——深月くんも日和さんや雫さんと同じ、三日ぶりなのに。どうして、深月くんには久し振りだって思ったんでしょう?

不思議だった。正確には、見送りをしたから深月は二日ぶりだ。つまり、深月の方が日和と雫よりも後に会っている。それなのに、随分《ずいぶん》と懐《なつ》かしいと感じている。

『……まさか、本当に忘れたんじゃ』

「忘れられないですよ、深月くんは濃《こ》いので」

『濃い?』

「ルーの量を間違えてドロッドロになったカレーのようです」

『例えが変だし長い』

「一生懸命《いっしょうけんめい》考えたのに嫌《きら》いです」

『一生懸命考えたのか……ごめんなあ』

「馬鹿にしてますね」

『そんなことはない』

絶対に嘘《うそ》である。声がもう笑っている。顔だって、からかってくる時のような意地悪で憎《にく》たらしい表情になっているのだろう。見えなくたって亜弥には分かった。

――でも、安心しました。

友達になって、変に気を遣《つか》って深月の接し方が以前と変わってくるのではないかと心配していたがそんなことはなさそうだ。これまで通りでいられることを確認出来たので今は大目に見ておく。

「それで、何か用事ですか？」

『え？　えーっと、そうだな……用事か』

途端《とたん》に深月の歯切れが悪くなり、困ったように唸《うな》っている。どうしたのだろうか、とゆっくり待っても深月はなかなか話し始めない。

「そんなにも言いにくいことなのですか？」

『そういうこともないけど……用事はない』

「遠慮《えんりょ》することはないですよ？」

この前、あれだけ深月に話を聞いてもらったのだ。亜弥だって、いくらでも聞くつもりだ。

『いや、本当にないんだ』

「じゃあ、どうして電話を？」

『……亜弥の声が聞きたくなったというか。何してるのかなって気になった、というか』

「っ！」

春休み初日から深月は実家に帰ってしまい、亜弥もずっと同じことを思っていた。帰る前に見送りに行ったというのに夜には深月の声が聞きたくなり、昨日はふとした瞬間《しゅんかん》に深月は何をしているのだろうと気になった。

でも、電話をすればいかにも深月と会えなくて寂しい、というのを伝えるようなもので無理だった。スマホを点《つ》けては消して、を繰り返すだけだった。

まさか、深月も同じだったのかもしれないと頭をよぎり、自分だけじゃないことに無性《むしょう》に喜びを覚えた。口元がだらしなく緩《ゆる》んでしまう。

『……用事がないと、電話しちゃ駄目《だめ》だったか？』

──そんな不安そうに聞いてこなくても。駄目なはずがないんですから！

「し、仕方がないので深月くんには私の話を聞いてもらいましょうか。深月くんに聞いてほしいことが沢山あるんです」

『うん。いっぱい、聞かせて。ゆっくり』

今日あった出来事を亜弥は深月に伝えていく。日和や雫とも友達になったこと。久し振りに会ったうどんと遊べてとても嬉しかったこと。三人で夕方になるまで話をして、楽しかったこと。その全てに深月は弾《はず》んだ声で相槌《あいづち》を打ちながら聞いてくれた。

またもや、不思議な感覚だった。昨日までは、とてもつまらなかった。一人で家に居る時間は幾度《いくど》となく経験しているのにいつもより時間の流れが遅《おそ》くて、することもなくて。これまで、どうやって時間を潰してこれたのかよく分からなくなった。

それなのに、今日は全然違う。昼間は日和と雫と遊んで。夜は深月と通話をする。楽しい。とても楽しい。しかも、今が一番楽しい。日和や雫と過ごした時間も楽しかった。でも、今はその時以上の楽しさを実感している。

これは、いったいなんなのだろう。ほんの数日、深月と会えないだけでつまらなくなったり。一時間にも満たない通話をしているだけで楽しくなったり。これが、友達になったことによる変化なのだろうか。

――だったらどうして、日和さんや雫さんと過ごした時間の方が長いのに深月くんとの時間と同じ感覚にならないんでしょう。

考えてしまい、会話が止まっていた。

『おーい、亜弥？』

「あ、すみません。ぼーっとして」

『ううん。眠《ねむ》たくなった？』

「いえ、そういう訳では……そうだ。深月くんはお家で何をして過ごしているんですか？」

『母さんの買い物に付き合ったりくらいかな。今日は日和から三人で遊んでるよ～って連絡が来たからやり取りしてた』

「早速《さっそく》、送っているんですね……仕事が早い」

SNSには載《の》せてほしくないことを伝えれば快く了承《りょうしょう》してくれた日和と雫とで色々な写真を撮《と》った。それを日和が、深月に送ろうよ、と提案してきた。送ったところで深月にどういった得があるのかさっぱり分からなくて理由を聞けば、喜ぶからだよ、と雫にまで強く言われた。本当にそうなのかと亜弥は今でも疑問に思っている。

「あの、写真ですけど……どうでしたか？」

『うどんと遊んでる亜弥が楽しそうで可愛い。尊い。永遠に見守っていたい』

せっかくだからと感想を聞いてみれば思ってもみなかった返答が耳に届き、亜弥は胸を手で抑《おさ》えた。可愛い、なんて言われ慣れている。なのに、深月にそう言われるのはいつまでも慣れない。顔が熱い。

「ね、眠たくなってしまったので失礼します。おやすみなさい」

『え、ちょ――』

通話を切って、ベッドに倒《たお》れ込む。枕《まくら》に顔を埋《うず》めて、柄《がら》にもなく足を暴れさせてしまう。

「……深月くんのばか。私がどんな風になるか考えてくれないんですから」

人の目を汚《よご》して邪魔者だと言われないように。誰《だれ》のためでもない、自分を守るために自分磨《みが》きは欠かさずに行ってきた。褒《ほ》められることを目的としていないのに、深月に可愛いと言われると嬉しくなってしまう。

「……どうして、深月くんにか、可愛いと言われると凄《すご》くドキドキしてしまうんでしょう」

変なことを考えている自覚があり、恥ずかしくなった。火照《ほて》った顔を冷ますために枕から上げ、両手で扇《あお》いでいるとスマホから通知音が響いた。

誰からだろう。深月が実家に帰る見送りの際、繋《つな》がっておいた方が便利だからと夕燈《ゆうひ》と連絡先《れんらくさき》を交換《こうかん》した。深月から嫌《いや》なことをされたらすぐに報告していいらしい。頼もしい。

今日は、家でも話したいからと日和と雫とも連絡先を交換した。三人は勝手に連絡先を漏らしたりしないと信頼《しんらい》出来るため、喜んで交換したものだ。

選択肢《せんたくし》が増えたが今はさっきまでやり取りしていた深月からの可能性が高く、ワクワクしながらスマホを見る。

その瞬間、これまでのドキドキもワクワクも時間が止まったかのようになくなった。

画面には父親の名前が表示されていた。

◇◇◇

昨日、『うぇーい。深月くーん。見てるー？　これから、あややと楽しいことするよー』という意味の分からない一文に添付《てんぷ》する形で日和から送られてきた、亜弥とうどんが遊んでいる写真を見返しながら、深月は頬を緩める。

唇に弧《こ》を描《えが》きながら、膝《ひざ》に乗ったうどんの頭を優《やさ》しく撫でている亜弥が可愛い。とても可愛い。送られてきてから何度も見返しているが可愛すぎてため息が出てしまう。

「……ああ。こんなの、亜弥に知られたら絶対に引かれるよな。友達の写真を何回も見返すなんて本当にキモイ」

一人の女の子のことがこんなにも気になる経験は初めてだ。朝になれば亜弥に会いたくなり、夜になれば亜弥の声が聞きたくなってしまう。実家に帰ってきてからずっとそうだ。

数日の間、会えないことが原因だろうが異常事態だ。昨日は我慢《がまん》出来ずに電話までしてしまった。

「いつもより、短い時間だったけど楽しかったな」

顔は合わせずとも亜弥の声が聞けただけで嬉しくて楽しい時間だった。けれど、どうせなら顔を合わせながら聞きたかった。

「どんどん欲張りになってきてるな、俺《おれ》……」

実家に帰ってきても地元に友達はおらず、夕燈と買い物に出掛けるくらいしか用事はなくて時間を持て余すからだろうか。常に亜弥のことが気になってしまう。今は何をしているんだろう、とか。今日の夕飯は何を食べたんだろう、とか。そういう些《さ》細《さい》な疑問が幾《いく》つも頭に浮《う》かんでくる。

「……俺って亜弥が好きなのかな」

初恋《はつこい》は幼少の頃の異性の先生、という話をよく耳にするが深月は違う。担任の先生は同性で恋愛《れんあい》感情など微塵《みじん》も抱いていない。というか、今は顔も覚えていない。

小学生の頃は女の子から人気があった、と思う。バレンタインには沢山のチョコを貰《もら》えたし、よく声を掛《か》けられた。でも、誰かに好意を抱いたとかはなかった。中学生になればそんなこともなくなり、周りが色気づいて恋愛に関する話をしていても興味がなくて輪に入らなかった。

だから、分からない。亜弥に抱いているこの気持ちが恋愛感情と呼ばれるものなのか。

勿論《もちろん》、人として亜弥のことを好ましく思っているし、友達として大好きだ。けど、亜弥と恋人《こいびと》になりたいのかと聞かれればどうなのだろう。明《あきら》に亜弥のことが好きなのかと聞かれた時もはっきりと答えられなかった。

可愛くて。優しくて。一緒《いっしょ》に居ると楽しくて気分が落ち着く。素敵《すてき》な亜弥と恋人になれたら、とても光栄なことだと思う。

「……たぶん、好きなんだろうな」

こんなことを考えてしまっている時点でそうなのだろう。日和や雫、他の女の子には考えたことすらないのだ。そうでないと説明がつかない。

「そっか……俺、亜弥のことが好きなのか」

改めて自覚して、口にすれば部屋に一人だというのに無性に恥ずかしさを覚えた。全身がむずむずしてくる。心臓も痛いくらいに熱くなっていた。

「亜弥に告げたらどう思われるんだろう……付き合ったり、出来るのかな」

そんなことを考えてしまい、頭を抱《かか》える。今、部屋に夕燈が入ってくれば間違《まちが》いなく正気を疑われてしまうだろう。それなのに、部屋の中をぐるぐると歩き回ってしまう。

「いや、無理だな。伝えるのは無理。マジで無理」

友達になれたのだって、つい最近だ。深月はずっと前から思っていたが、亜弥からそう言われたのは数日前。亜弥にとっては友達になったばかりの男の子から告白をされても、迷惑《めいわく》になるだけかもしれない。これまで、亜弥は誰からの告白も断っているのだ。大いにあり得る。

「友達でさえいられなくなるくらいなら、言わない方がいい」

欲張ったりはしない。亜弥が作ってくれた手料理を一緒に食べて、亜弥と何気ない話をして笑い合う。たまに、遊んだりして。明や日和を見ているると友達でいるよりももっとずっと幸せそうだ。でも、深月にとっては今のままでも十分幸せだ。友達と亜弥に言われた時や名前を呼ばれた時の幸福感は半端《はんぱ》なかった。

「この幸せを失うかもしれないなら……このままで俺は満足。この気持ちは隠《かく》しておこう」

今までは中途半端《ちゅうとはんぱ》で亜弥のことが好きなのかもはっきりとしなかった。それがはっきりしただけで、これからの亜弥との接し方を考えられる。変な失敗をしなくて済む。

「――深月ー！」

「はーい」

一階に居る夕燈に呼ばれた。アパートに帰る日まではまだ何日も残っている。

「早く亜弥に会いたいなあ……」

長いなあ、と思いながら深月は夕燈の元に向かった。

一呼吸おいて、深月は亜弥を呼び出すためのインターホンを押した。

『……は——え、み、深月くん？』

「はい、深月くんです」

『ちょ、ちょっと待ってください』

言われた通りに待つ。亜弥に会えることを楽しみにしながら。ほんの少しして、玄関扉《げんかんとびら》が開いて亜弥が出てきた。ここに居るのが不思議なようで亜弥は目を丸くしている。

「ど、どうしたんですか？」

「帰ってきた」

「帰ってきたって……まだ、十日も経っていませんよ？」

「母さんに暇だから帰っていいか聞いたら、いいよって。友達と楽しみなさいって」

中学ではろくに友達も作れなかったことを知っている夕燈は、亜弥や明、日和や雫《しずく》の名前を出す度に嬉しそうに話を聞いていて、友達が四人も居ることに喜んでいた。

だから、引き留めもせずに許可してくれたんだろう。内心は寂《さび》しがっていたと思う。家を出る時も夕燈は顔には出さなかったが悲しんでいた。だから、罪悪感はある。夕燈を悲しませないように、と頑張《がんば》っていた昔の自分が知れば怒《おこ》られてしまいそうだ。それでも、見送ってくれた夕燈には感謝しかないし、夕燈のためにも残りの春休みは精一杯《せいいっぱい》楽しむと決めた。

「亜弥には真っ先に会いたくて来たんだけど……何かしてる最中だった？」

亜弥のことが好きだと自覚したからなのか、数日ぶりに亜弥と会えて深月はとても嬉しい。服装や髪型《かみがた》が変わっているとかそういうことはないのにいつもより魅力的《みりょくてき》に見えてしまう。

けれど、当の本人である亜弥は少しだけ浮かない顔をしていた。喜ばれていないのだろうか。予定を早めた連絡もなしに会いに来たことを迷惑に思っているのだろうか。不安だ。

「いえ、そういう訳では……あ、そうです。深月くんが帰ってきたということは今日からまた一緒にご飯を食べられますね」

気のせいだったのだろうか。すぐに亜弥は何事もなかったように普段《ふだん》と変わらなくなる。

「そのことなんだけど、今日は出前でも取ろうかと。急に帰ってきて亜弥にいきなりご飯を作って、って頼むのも申し訳ないし」

「私は気にしませんよ。深月くんと一緒にご飯、食べたいですし」

――幸せ者か、俺は。

亜弥からそう思ってもらえているだけでたまらなく喜ばしい気持ちになる。

「俺も亜弥と食べたいから……一緒に出前、取ろう」

「私も、ですか？」

「うん。父さんにも亜弥の話をしたら、礼をさせてほしいってお金を渡《わた》されたんだ」

「そんな……わざわざ、いいのに。悪いですよ」

「母さんからも美味《おい》しい物を食べなさいって言われてるから遠慮せずに奢《おご》らせてほしい。あと、これも、亜弥と食べてって」

足元に置いてあったカバンから容器に入った苺《いちご》を取り出す。一応、一箱のお値段がそれなりにする高級苺だ。夕燈から亜弥と食べるようにと持たされた。他にも、何やら色々と後日、宅配便で送られてくる。

「い、いいのでしょうか……こんな」

「俺のために有り難《がた》いなあって家でもずっと言ってたから亜弥は気にしないでいいよ。って、言っても気にするのが亜弥だけど」

「分かっているなら深月くんからも断っておいてくださいよ」

「俺としては、亜弥に礼をするってのは大賛成だから」

「家族ぐるみの企《たくら》みじゃないですか」

　夕燈の買い物に付き合った時、あれもこれも、と亜弥へのお礼の品を選んではかごに入れていくのを深月は止めなかった。むしろ、一緒になって選んでいたくらいだ。言うと拗ねてしまいそうなので亜弥には内緒《ないしょ》にしておくが。

「既に用意済みだから、亜弥は受け取るしかないぞ」

「威張《いば》って言うことじゃないです……はあ。ありがとうございます。あとで、夕燈さんにもお礼の連絡をしておきます」

「まめだなあ」

「何か頂いたらお礼を伝えるのは当然のことです。深月くんだってそうでしょう？」

「それを言われるとどうしようもないな。まあ、母さんも父さんもあんまり気にするタイプじゃないからそんなに気負わなくていいよ」

「分かりました。重たくならないように気を付けます」

「気を付けることでもないけどな」

「どっちなんですか……それで、何時頃に伺《うかが》えばいいですか？」

「そうだな。注文してから届くまでに時間も掛かるし――」

　二人の都合がいい時間を確認《かくにん》して約束を交《か》わし、深月は持ち帰った荷物を片付けるためにも家に帰ることにする。

「それじゃあ、また後でな」

「今更ですけど、何故中には入らずに寄ったんですか？」

鍵《かぎ》を開けて、玄関扉を全開にしてから置いていた荷物を取りに戻《もど》れば亜弥に聞かれた。

「ちょっとでも早く亜弥に会いたかったから」

「そ、そうですか……私も、予定していたよりも早く深月くんと会えて嬉しい、です……」

そんな言葉が返ってくるとは思わず、うっかり持ち上げた荷物を落としそうになった。

頬《ほお》を赤らめながら視線を忙《せわ》しなく泳がせている姿が可愛らしくてついつい凝視《ぎょうし》していると亜弥が玄関扉の後ろに隠れた。照れ臭《くさ》くなってしまったのだろう。

そんなところも可愛いな、と良いものを見れた気がして深月も帰ろうとしていると。

「おかえりなさい」

扉《とびら》に体を隠して、顔だけを覗《のぞ》かせながら亜弥が言ってくる。微笑《ほほえ》ましくなって、深月は口角が緩んでしまうのを感じた。

「ただいま」

「この苺、凄く甘《あま》いですね。食べるのが勿体《もったい》ないくらい美味しいです」

「うわ。ほんとだ。何も付けてないのに甘い。単体で十分完結してる」

「生クリームも砂糖も練乳もないのにこの甘さは異常ですね。糖度が異常事態です」

出前で注文したピザを食べ終わり、食後のデザートとして冷やしておいた苺を洗って亜弥に出した。一口で食べるのではなく、小さな口で半分ほどをかじって食べるのが亜弥らしい。味は大絶賛で頬に手を当てながら咀嚼《そしゃく》している。頬が落ちないようにしているのだろうか。可愛《かわい》くて笑ってしまいそうになった。

「こんな素晴《すば》らしい苺はなかなか食べられませんし夕燈さん達には感謝しないと」

「頼めば幾《いく》らでも買ってくれると思うよ。また頼んでおこうか？」

相当亜弥のことが気に入ったようで、実家に帰ってからも夕燈はよく亜弥のことを口にしていた。礼儀《れいぎ》正《ただ》しくて丁寧《ていねい》で優しくて料理が上手でおまけにすっごく可愛い、というのが夕燈による亜弥の紹介《しょうかい》文だ。全くその通りだと深月も思っている。

両親のことが大好きではあるが、それがあまり顔に出る方ではない不愛想な息子《むすこ》だという自覚はある。なので、人当たりがいい亜弥が夕燈にとっては可愛くて仕方がなく、甘やかしたいのかもしれない。お礼だと様々な品を購入していたのも感謝の気持ちに加えて、前述した要素も多分に含《ふく》まれているはずだ。

「高価な物はたまに食べるからいいんです」

「よし。たまに食べよう」

「……本当にたまに、ですよ？」

「疑《うたぐ》り深《ぶか》いなあ」

「深月くんのことです。頻繁《ひんぱん》に買ってくるかもしれませんから」

「……頑張る」

日頃《ひごろ》の礼として、深月としても幾らでも亜弥が食べたいという物は用意してあげたい。

けれど、それは親の力を頼《たよ》ってじゃないし、亜弥が気にしない範囲《はんい》でのことだ。

「ふふっ……頑張ることなんですか、それ」

楽しそうに笑いながら、亜弥は苺を口にする。皿に入った苺の数が少なくなると同時に
また亜弥が浮かない表情をした。ピザを食べている間も数回、それまで浮かべていた笑顔《えがお》
が消える瞬間があった。

「……亜弥さ、何かあった？」

「どうしてですか？」

浮かない顔をするのはほんの一瞬で、次の瞬間には消えている。だから、今はそんなこ
とはない。それゆえに、苺の数が減って名残惜《なごりお》しくなっているだけではないかと考えてし
まう。それならそうと、深月の分を譲《ゆず》るから言ってほしい。

「なんか、亜弥の様子がちょくちょく変わるから。今日ずっと」

悲しそうとも。辛《つら》そうとも。逃げ出したそうとも。上手《うま》く言葉では言い表せないがそんな浮かない顔だ。昼間は気のせいかとも思ったが、何度も見ているので気のせいじゃないはずだ。

「何もなかった……というのは、通じなさそうですね」

誤魔化《ごまか》そうとした亜弥を問い詰《つ》めるように視線を向けてしまったせいで、観念するように亜弥がぎこちない笑《え》みを浮かべた。

「ごめん。言わせるようなことした」

「構いませんよ。大したことはないですから。春休み中、私も一度父親に顔を見せることになって億劫《おっくう》になっているんです。いけませんね。隠そうとしたのに下手で」

「隠さなくていいよ……嫌なことは嫌なままで居ていい。断れそうにはないのか？」

「無理ですよ。ほとんど会いに来ないとは言っても親に代わりはなく、私はお世話になっているんです。断る訳にはいきません」

「そっか……」

「それに、その日は父親しか居ないようですのでまだ気が楽ですから」

大したことはない、と亜弥は言っているが嫌だとは感じているはずだ。そうでないと浮かない顔になったりしない。でも、深月には何も出来ない。友達になったとはいえ、他人の家の事情にむやみに横槍《よこやり》を入れてはいけないことは理解している。亜弥を止める権利だってなければ、父親に亜弥と会うなとも言えない。何も力になれないことに憂《うれ》いを覚えた。

だが、そんな暗い顔をしていれば亜弥に気を遣《つか》わせるだろう、と深月は表面上だけでも明るく振《ふ》る舞《ま》っておく。

「この前も言った通りさ、話したいことがあればいくらでも聞くからな」

「長時間になるかもしれないので、おつまみでも用意して、ですね」

冗談を返してくれたが亜弥の取り繕《つくろ》うような。何かを隠すような笑みに深月は、それはしてくれないな、と悟《さと》ってしまった。

少し前、ようやく亜弥に頼りにされていると浮き立っていたが、本当にその時がくれば亜弥は一人で抱え込《こ》むだろう。弱っていても、それを隠して一人でどうにかする。そういう女の子なのだ、亜弥は。

――俺は何を満足していたんだろう。亜弥と友達になって。亜弥から名前を呼ばれて。たったそれだけで満足して、このままでいい、なんて浸《ひた》ってるんじゃねぇよ。

告白をして、失敗をした時のことを恐《おそ》れて今のままでいい、と納得《なっとく》していた自分を深月は殴《なぐ》りたくなった。

――権利だ。権利がいる。悲しい時も。辛《つら》い時も。寂しい時も。いつでも亜弥のことを幸せに出来るように。側に居ていい権利が。側に置いてもらえる権利がいる。

例え、それが恋人でなくても側に居られるのならなんだっていい。

——思っただろ。亜弥を幸せにしたいって。だったら、俺のすることは一つだけだ。亜弥を幸せにしろ。

「……臆《おく》するなよ、俺」

もう決めた。どんな形であれ、亜弥が側に居てほしいと思えるような存在になろう。

「何か言いました？」

「いいや、何も。亜弥のおつまみってどんなかなって。枝豆とか？」

「あれは、冗談ですよ」

「知ってる」

「むう」

からかわれたと思ったのか頬を膨《ふく》らませた亜弥に元気が少し戻ったように思えた。

可能なら、亜弥にはずっと元気で居てほしい。もし元気を失くしても、元気付けるのは自分でありたい。

「よし。残りの苺、亜弥に全部やる」

「えっ。あの、苺をねだった訳では」

「いいから。全部やる」

「急になんなのですか……って、ちょっとしかないし」

皿を押《お》し付ければ苺の残数に不満を漏《も》らしている。

これで、いいのだ。くだらないことでも少しでも亜弥の気が紛《まぎ》れるのなら。

「折角《せっかく》ですし、いただきますね？」

「おう」

満足そうに苺を頬張《ほおば》る亜弥からは見えないように机の下で深月は拳《こぶし》を作り、改めて覚悟を決めた。亜弥を幸せにしたいんじゃなくて、亜弥を幸せにするんだと。

これまで、亜弥《あや》がどんな風に過ごしてきたのか。どういう環境《かんきょう》に置かれてきたのか。聞いた時、深月《みづき》は重たい、と思ってしまった。可哀想《かわいそう》、とか。頑張ってきて偉《えら》いな、とか。そういう哀《あわ》れみや励《はげ》ましの気持ちにならなかった。

話を聞いているだけで絶対にしんどくて辛くて、苦しかっただろうと思ったからだ。

いや、想像の遥《はる》か上をいっているはずだ。分かりやしなかったし、分かってあげた風にも装《よそお》えなかった。亜弥と同じ境遇《きょうぐう》にいないのに自分の価値観だけで勝手なことを言うのは違《ちが》うと思ったから。

そりゃ、可哀想だとも。今でも一人で頑張っている亜弥を励ましたい気持ちもあった。でも、どう声を掛けるのが正解なのか分からなかった。唯一《ゆいいつ》分かったのは、亜弥が自分の存在を邪魔者《じゃまもの》だと思っているのが間違っているということだけだ。

悪いのは亜弥じゃない、亜弥の父親だ。結婚《けっこん》していながら浮気《うわき》をして、子を作った。一番の原因だ。浮気なんてしなければよかったし、子どもも作らなければよかった。

けど、それを亜弥には伝えられない。伝えれば深月までもが亜弥の存在を否定しているようで傷付けてしまうから。

それに、亜弥には悪いけど感謝している自分もいるのが正直なところだった。浮気をしたから、深月は亜弥という一人の人間に出会えたのだ。全てを否定することは出来なかった。

「……どうするのがいいんだろうな」

スーパーで購入《こうにゅう》した総菜を袋《ふくろ》に詰めながら、そう漏らした。

今日、亜弥は父親に顔を見せるために実家に帰っている。昨晩、もしかするとご飯を作りに来れないかもしれない、と言っていたのでこうして買い物に来ている最中だ。

父親とどんな話をしているのだろう、とか。嫌な思いはしていないだろうか、とか。今日のことを気にして元気がなかった亜弥を見ていたから色々と気になってしまう。でも、深月に知る術もなければ、亜弥に問い詰めるように聞くのも憚《はばか》られる。

「はあ……帰ろう」

結局、亜弥が自分から言ってくれないと何もすることが出来ず、ため息が出てしまう。ついでに、今日は一日中雨が降っていて、外に出れば余計に気分が萎《な》えてしまった。傘《かさ》を差して、アパートまでの道のりを歩く。いつもより長く感じるのは、気分が沈《しず》んでいるからだろうか。憂鬱《ゆううつ》でつい下を向いてしまう。幸いなことに、外を出歩いている人は少なく、ぶつかることはなかった。

——帰ったら、亜弥に見せる動画でも探そう。

うどんを保護した時から気付いていたが亜弥は猫《ねこ》が好きだ。テレビの動物番組でも猫が特集されていると暗褐色《あんかっしょく》の瞳《ひとみ》を輝《かがや》かせながら見入っている。猫の面白《おもしろ》い動画や可愛い動画でも探しておいて、亜弥が少しでも元気になるのなら儲《もう》けものだ。亜弥のためなら時間は幾らでも惜《お》しまない。

——俺に問題を解決する力なんてない。でも、せめて。側に居る女の子一人くらいは笑顔にしたいんだ。

自らを奮い立たせ、鼓舞《こぶ》する。ちょうど、アパートまで帰ってきた所で気分もマシになり、下を向いていた顔を上げられた。

そのおかげだった。薄暗《うすぐら》い灰色の世界に視界を遮《さえぎ》るように降っている雨の中から、亜弥の姿を捉《とら》えられたのは。亜弥はアパートの隣《となり》にある公園のベンチで傘も差さずに呆然《ぼうぜん》と座《すわ》っていた。

最初は目を疑ったが、亜弥と過ごした時間が亜弥だと告げてきている。

気が付けば足が動き出していた。バシャバシャと水音を立てながら、亜弥に近付く。

「おい。何してるんだよ」

声を掛ければ亜弥はゆっくりと振り向いた。額には、雨で濡《ぬ》れた前髪《まえがみ》がベッタリと張り付いている。

「あっ、深月くんじゃないですか。こんにちは」

「そんなこと言ってる場合か」

輝きを失くした虚《うつ》ろな目をしているくせにあくまでもそれを隠そうとする亜弥に深月は腹が立ってしまった。実家に帰って、何かあったことは明らかだ。そうでないと亜弥が傘も差さずに雨に打たれている理由が浮かばない。

「帰るぞ」

引っ張るように亜弥の細い腕《うで》を掴《つか》んだが亜弥は立ち上がらない。

「私はしばらくここに残りますので先にお帰りください」

力を入れて亜弥に痛い思いはさせたくないので無理やりとはいかず、腕を離《はな》す。その小《こ》柄《がら》な体のどこにあるのかと不思議になるほど力が強かった。

「なんのために残るんだよ」

「さあ。分かりません」

「じゃあ、帰れよ。このままじゃ、風邪《かぜ》を引くぞ」

「ですね。でも、私がどうなったって心配してくれる人は居ないのでどうでもいいんです」

「よくねえよ。居るだろ、ここに」

自分を指差して、深月は伝える。すると、亜弥は眉《まゆ》を寄せて、目を細めて口を開いた。

「……そうは言っても、深月くんに何が出来るんですか？」

とても。とてもとても。冷たい言い方だった。今までにない、完全に拒絶《きょぜつ》をするような。徹底的《てっていてき》に突《つ》き放《はな》すような亜弥に深月は何も言い返せなかった。

「どれだけ深月くんが心配してくれようとも、私は深月くんを家に上げて看病してもらおうとは思いませんし、施《ほどこ》しも受けません。そんな状況《じょうきょう》で深月くんに何が出来るんですか？」

まるで、階段で足を滑《すべ》らせた亜弥の下敷《したじ》きになった時と同じような感覚だ。これまで、亜弥と過ごしてきた時間なんてなかったかのように関係が最初に戻った気がしてしまう。

──きついな。あの頃よりも、ずっと。

友達になったからこそ、亜弥の態度に胸が抉《えぐ》られる。みっともなく泣いてしまいそうだ。

「……そうだな。俺には何も出来ないな」

「……でしょう。無力な深月くんにこれ以上ここに残られても邪魔《じゃま》なので、帰ってください」

よりによって、亜弥が一番言われたくない言葉を使わせてしまった。このまま残っていても邪魔になってしまうのなら、亜弥の言う通りにしよう。せめて、嫌《きら》われてしまう前に。

——なんて、出来ないよな。亜弥に嫌われることになったって。

弱気になった自分を蹴《け》り飛ばし、深月は亜弥の隣に腰《こし》を下ろした。

「何を、しているんですか……？」

驚《おどろ》いたように目を丸め、亜弥が戸《と》惑《まど》ったように聞いてくる。

「お粥《かゆ》でさえ、まともに作れないのが俺なんだ。こうするしかないだろ」

傘を亜弥の方に傾《かたむ》け、雨に打たれるのを交代する。ベンチは濡れていて、下着にまで水が染《し》みてきた。上下から水の冷たさに襲《おそ》われて、寒い。でも、亜弥に冷たく接されるよりはよっぽどマシだった。

「……じゃ、邪魔だと言っているでしょう」

「そうだな」

「……聞こえているなら、早く帰ってください」

「それは、聞けない」

「……っ、どうして。どうして、深月くんはそう嫌なことばかりするんですか。今は一人になりたいんです。放っておいてほしいっていうのが分からないんですか」

「時と場所を選べよ。こんな雨の中、傘も差さずに居たら放っておけないだろ。一人になりたいなら家に帰れ。そしたら、俺は干渉《かんしょう》しない」

一歩も引かないでいると亜弥は目付きを鋭《するど》くして、睨《にら》んできた。

「深月くんなんて嫌い。大嫌《だいきら》い」

「いいよ。嫌いになってくれて」

覚悟《かくご》はしている。これで、友達じゃなくなったとしても。亜弥を一人にして帰ってしまうくらいなら、嫌われてでも一人になんてしてやらない。

「……そんなに濡れたら、自分だって風邪を引くかもしれないのに」

「亜弥が風邪を引いて何も出来ないって苛《さい》まれるくらいなら、俺が苦しんだ方がいい」

「……そうなると、私が心苦しくなるのですが」

「大嫌いな奴《やつ》が勝手に風邪を引くだけなのに？」

「そ、それは……」

言い淀《よど》む亜弥を見て、まだ完全に嫌われていないことを理解した。本当は、嫌われることが恐ろしい。嫌われたくない。亜弥と友達でいたい。だから、少しだけ安堵《あんど》した。

「……嫌いです、深月くんなんて」

「そっか」

そっぽを向いたまま、亜弥は口を閉ざしてしまった。深月も口を閉じて、前を向く。

根競《こんくら》べだ。亜弥が折れて帰ると言い出すまで深月も帰らない。とことん付き合ってみせる。亜弥がそうしてくれたように。

「……深月くんはいつになったら帰るのですか」

前髪が雨に濡れて、目に入りそうになって邪魔に感じていた頃、亜弥が小さく呟《つぶや》いた。

「亜弥が帰るのを見届けてから。何回聞かれても先に帰らないからな」

「……はあ。分かりました」

「なんだ。もう観念したのか」

諦《あきら》めたように亜弥がため息を吐《つ》き、深月は意外とあっさり終わりを迎《むか》えられて安心した。

亜弥が風邪を引かないのが一番だ。早く帰れるなら帰るに越《こ》したことはない。

「ええ。深月くんに居られても迷惑ですし、私がさっさと離れた方が一人になれる」

傘から抜《ぬ》けた亜弥は鋭い目付きで見下ろしてくる。そして、桃色《ももいろ》から青紫色《あおむらさきいろ》になった唇《くちびる》で短く告げた。

「さようなら」

理由はどうであれ、帰るというのなら深月も雨に打たれている必要はない。ちゃんと帰るのを見届けるために後ろを歩けば公園を出た所で亜弥はアパートに背を向ける。そのまま、どこかへ消えていくかのように歩を進めていく。

「どこに行くんだよ」

「どこへでも。深月くんの視界から消えさえすれば気にならないでしょう?」

「……まだ、そんなこと言うのかよ」

足を止めても亜弥はこっちを見ようともしない。分かっているのだ。風邪を引くのは自分だけでいい、と。こんな時でさえ、亜弥が深月を気にして、優先しようとしていることは。どうしようもないほど、優しくて他人思いの亜弥がいっぱいになりながらの行動であると分かっているのに深月は我慢の限界だった。

「いい加減にしろよ。鬱陶《うっとう》しい」

「っ。鬱陶しいのなら、気にしなければいいじゃないですか。こんな邪魔者、鬱陶しいのでしょう?」

「鬱陶しいよ。俺が亜弥のことを気にしないはずがないのに何回も距離《きょり》を取ろうとして。わがままを言って。その度に、俺を困らせて。もう、分かっただろ。亜弥が何をしたって意味がないんだって」

「……なんなんですか、それ。私に自由はないんですか」

「どこに行こうが好きにすればいい。でも、今の亜弥を一人にするのは心配なんだよ」

「……別に、私がどうなったって深月くんには関係ないじゃないですか」

「あるよ。友達だから」

余計なお世話かもしれないし、この行動が亜弥を傷付けているのかもしれない。迷惑にもなっているいることだろう。だとしても。どこか知らない所で亜弥が悲しんでいるくらいなら深月は側で嫌われた方が何倍といい。

「……友達だからって、私を一人にしないのならどうしてくれるんですか」

「側に居る」

歩み寄って亜弥を傘に入れる。すると、ようやく亜弥が顔を見せてくれた。

「……本当に側に居てくれるんですか？」

「居るよ。どこにでも付き合う。亜弥はどこに行きたい？」

「それじゃあ——」

親指と人差し指で服をちょこっと摘《つ》まみながら、亜弥が見上げてくる。いつの間にか、暗褐色の瞳には輝きが戻っていた。

「——深月くんの家」

「いいよ。帰ろう」

絶対に離さないように深月は亜弥の手を握《にぎ》って、我《わ》が家《や》に向かった。

帰ってからの動きは自分の休なのかと疑ってしまうほど迅速《じんそく》だった。暖房《だんぼう》で部屋中を暖め、亜弥にはタオルを渡して顔や艶《あで》やかな黒髪《くろかみ》に付着した水滴《すいてき》を拭《ふ》いてもらう。その間に、風呂《ふろ》も沸《わ》かしておき、沸いた瞬間《しゅんかん》に亜弥を洗面所に押し込んだ。

優先して亜弥に施すことが済めば今度は深月の番だ。と言っても、濡れた服や下着を変えて髪《かみ》を洗面所から持ち出しておいたドライヤーで乾《かわ》かすだけで済ませる。自分の失態で濡れたのならわざわざドライヤーを使いはしなかった。でも、今回のことで風邪を引いたら亜弥が絶対に負い目を感じてしまう。それを、阻止《そし》するためだ。

「亜弥ー……よし。いないな」

洗面所の扉を叩《たた》いても返事はなく、耳を澄《す》ませばシャワーの音が聞こえてくる。ちゃんと風呂に入っているようだ。確認が済んでから、深月は亜弥の着替《きが》えを選びに自室に向かった。

「……何を用意すれば、嫌《いや》がらないかな」

折角風呂に入って温まったのに、濡れた服を着させたり、タオルを巻いた状態や裸《はだか》でうろつかせたりするなんてもってのほかだ。でも、どんな服装だったら亜弥が嫌悪感《けんおかん》を抱《いだ》かずに済むのか分からない。

「下着、は流石《さすが》に穿《は》きたくないよな。俺《おれ》が穿いてるんだし。ズボン、もあんまり俺が使ってない新品の方がいいよな。短パンしかないけど。服、もほとんど一回は着ちゃってるかられなあ」

女の子に自分の服を貸す経験なんて初めてで悩《なや》んでしまう。

「気持ち悪いとか汚《きたな》いとか言われるとショックだし、なるべく新品で綺麗《きれい》な物を」

オシャレに興味がなくて同じ服を使い回してきたことが今になって悔《く》やまれる。もう少し、衣類にも気を遣《つか》っていればよかった。

「これだけ用意すれば何かしらは着てくれるだろ」

シャツやら短パンやらとにかく綺麗な物をあるだけ用意して、部屋を出る。もう一度、洗面所へと続く扉をノックして、返事がないことを確認してから中に入った。

「ぐちゃぐちゃだ」

洗濯機《せんたくき》の前には亜弥が脱《ぬ》いだ服が散乱していた。普段の亜弥なら、脱ぎ散らかしたまま放置することはないはずだ。それすらも頭が回らないほど傷心しているのだろう。

このままにしておいて、風呂から出てきた亜弥が踏《ふ》んで足を滑らせても危険だ。白い下着らしきものまで見えていて、触《ふ》れてほしくないかもしれないが洗濯機に放《ほう》り込んでいく。なるべく見ないようにしながら。

それから、浴室の扉を軽く叩いた。すると、それまでしていたシャワーの音が止《や》む。

「着替え、用意したからここに置いておくな。温まってから出て来いよ」

洗濯機には乾燥《かんそう》機能も搭載《とうさい》されている。今からでも、洗濯《せんたく》をしておいた方が亜弥が帰る頃には服も乾いて着られるはずだ。

「……深月くん」

「ん？」

「……深月くんも一緒《いっしょ》に入りませんか？」

「……は？」

洗濯機を操作していると耳を疑うような誘《さそ》い文句に視線を向けてしまう。浴室の扉は透《とう》明《めい》じゃない。それでも、影《かげ》の動きで亜弥が何をしようとしているのか分かってしまった。

出てこようとしている、と思った瞬間には扉が開いていた。反射的に目を閉じて、亜弥の姿を視界には入れずに済んだ。それでも、目を開けたすぐ先に一糸纏《まと》わない亜弥が居るのだと想像すると全身の血が沸騰《ふっとう》したように熱くなる。

「……え、は。何？　え、何をして――」

訳が分からず、頭が混乱する。状況が飲《の》み込めない。

「っ！」

手に何かが触れた。柔《やわ》らかくて、温かくて、すべすべしている。人肌《ひとはだ》だ。亜弥の手だろう。こっちへ来るようにと引っ張ってくる。

「私のせいで深月くんも雨に濡れました。なので、早くお風呂に入って温まらないと」

「いっ、いい。俺は大丈夫《だいじょうぶ》だから」

得体の知れない恐怖《きょうふ》みたいなものを感じて、逃《のが》れようと無理やり手を引くと今度は両手でしっかりと腕を掴まれる感覚があった。

「そういう訳にはいきません。一緒に入りましょう」

「一緒になんて……入れるはずないだろ」

「どうしてですか？　私の裸には興味がありませんか？」

ない、ときっぱり言い切れなかった。相手は好きな女の子だ。特に、最近はやたらと亜弥の様々な部分が気になってしまっている。見ていいと言うのなら薄《うっす》らと目を開けたい自分もいるのが事実だった。

黙秘《もくひ》したことで亜弥にどう思っているのか見抜《みぬ》かれてしまったのだろう。クスッと笑い声が聞こえると肩《かた》に手を置かれる重みが伝わった。

「好きなだけ、見ていいんですよ？」

公園の時とは違い、甘美《かんび》で蠱惑的《こわくてき》な声音《こわね》だった。今なら、本当に好きなだけ見ても怒られないのかもしれない。棚《たな》から牡丹餅《ぼたもち》的展開だ。誘惑《ゆうわく》に負けるのが健全な男子としての反応だろう。深月だって望んでいたのだから。

「そういうのやめてくれ。聞きたくない」

それなのに、口から出ていたのは拒絶の類だった。どうしようもなく、悲しい気持ちになってしまったのだ。声色《こわいろ》も自然と冷たくなっている。

「え、あの……」

声を震《ふる》えさせ、亜弥が戸惑っているのが目を閉じていてもよく分かった。肩に置かれた手は離れていき、吐息《といき》も遠退《とおの》いていく。

「早く戻ってくれ」

少ししてから、扉が閉まる音が聞こえた。ゆっくりと目を開けるとそこに亜弥の姿はない。目を凝《こ》らすと亜弥が湯船に浸《つ》かっているのが分かった。

「よかった……」

安心すると緊張《きんちょう》の糸が解けて、情けないことに足が震え始めた。心臓の音も尋常《じんじょう》じゃないほど、早くなっている。口から出る息切れがどれだけ体力を持っていかれたのか教えてくれる。

「……深月くん」

「えっ。あっ、何？」

名前を呼ばれただけで過剰《かじょう》に驚いてしまった。今の亜弥は何をしでかすか分からない危険性を秘《ひ》めている。思わず、身構えてしまう。

「……そこに居ますか？」

「居るよ。ここに」

「……そうですか」

用事はないのだろうか。ずっと身構えているが亜弥は何も言ってこない。

「……深月くん」

何事もないのかと思えば、また名前を呼んできた。

「何？」

「……まだ、そこに居ますか？」

「居るよ」

「……そうですか」

同じだ。同じやり取りを亜弥は何度も繰《く》り返す。呼ばれてはそこに居るのかを確かめて、納得したように口を閉ざす。繰り返されているうちに深月は気付いた。亜弥は心細いのではないかと。

——だからって、風呂まで一緒っていうのは絶対に無理だ。

「……深月くん」

「居るよ。ちゃんと居る」

裸の付き合いをしてあげることは無理でも、扉一枚で分断されていれば近くにいることは可能だ。壁《かべ》に背中を預けるようにして、深月は腰を下ろした。

「ちゃんと居るから。安心していい」

湯船の水が不規則に跳《は》ねる音しかしなくて、亜弥にどう伝わったのかは分からない。急いでいる訳でもなく、何か返事が欲《ほ》しい訳でもない。言うことは言った、と腕を伸《の》ばして深月は回る洗濯機を眺《なが》めながらぼんやりと待った。

「……さっきは、すみませんでした。深月くんは私の裸なんて興味がないのにしつこく誘ってしまって」

少し経《た》ってから、小さな声で亜弥が謝《あやま》ってきた。

「別に、興味がないとは言ってない。俺だって一応、男なんだ。さっきもはっきり返事出来てなかっただろ」

「でも、そのわりには頑《かたく》なに拒否《きょひ》していたじゃないですか」

「ショックで嫌だったんだよ。亜弥が自分を安売りしているみたいで」

「だって、ここに居させてもらうためにも対価は差し出さないとって……私の体に価値があるのかは分かりませんけど」

「あるに決まってるだろ。自分のことを大切にしろ。だいたい、そんなことしなくたって
ここに居ていいんだからさ。好きなだけ」

「……沢山《たくさん》、迷惑《めいわく》を掛《か》けているのに？」

「だからって、俺が本当に亜弥の裸を見ても亜弥は後悔《こうかい》しないのかよ。傷付かないのかよ」

「それは……我慢《がまん》します」

「亜弥が我慢してまですることを俺はしてほしくない。後悔しないことをしてくれ」

「深月くんはそれで後悔してるのに？」

「俺が何に後悔してるんだ」

「……私の裸を見れなくて」

「…………し、してないわ」

「今、間がありましたけど」

「動揺《どうよう》して上手く言葉が出なかっただけだ」

「本当なんですかねえ？　深月くんも一応、男の子らしいですからねえ？」

「本当だ。神に誓《ちか》って後悔してない」

というのは、真っ赤な嘘《うそ》である。この機会を逃せば、見れる機会なんて絶対にないはず

だから――と、ほんの少し、後悔している自分が居る。決して、亜弥に悟られないようにしているが。

下心を含んだ眼差《まなざ》しで亜弥を見ていると知られたら距離を置かれてしまうかもしれない。だから、隠《かく》し切る――と企《たくら》む一方で、亜弥から漏れる小さな笑い声を耳にして深月は不安になった。ちゃんと隠せているのだろうか、と。

「深月くん」

「後悔はしてないぞ」

「その話はもう済みました。よく分かりましたので」

念押《ねんお》しをしたかいがあって、無事に隠し通せたようだ。深月は安心した。

「じゃあ、どうした？」

「公園でのこと、謝りたくて」

「公園……何かあったっけ？」

「ありましたよ。深月くんに酷《ひど》いことを言いました。無力とか。邪魔とか。全部、嘘ですから……信じられないかもしれないけど、嘘ですから」

「別に、いいよ。事実だし。だからって、亜弥を責めたりしないし、気にしないでいい。俺が気にしない性格をしてるのはよく知ってるだろ？」

「……そうですけど、傷付けたから」

「それなら、俺もだよ。亜弥のこと、鬱陶しいって言って傷付けた。言ったら駄目《だめ》なのに」

「……ううん。深月くんの言う通りだから。深月くんは私のこと、放っておいてくれないだろうって分かっていながら、八つ当たりして面倒《めんどう》な態度を取っていたんです。鬱陶しいって思われて当然です」

「俺のこと、分かってくれてるんだな」

「……深月くんのことですもん。甘《あま》えても、いいんだろうなって。優《やさ》しいから」

嬉《うれ》しさと同時に申し訳なさが込み上げてくる。亜弥は他人を巻き込まないようにしていただけなのに、あの時は本当に鬱陶しいと思った。深月も生きているのだから、そういう感情が湧《わ》き上がることは当然だ。でも、それを口にしてはいけなかったのに、感情が荒立《あらだ》って口にしてしまった。子どもだ。傷心中の女の子をさらに傷付けるなんて最低だ。自分に腹が立つ。

「……本当にごめんな」

「私の方こそ……深月くんのこと、嫌いって言ったけど嫌いじゃないですから。深月くんのこと、大嫌いだなんて思ってないですから」

「まだ、友達でいてくれるか？」

「勿論《もちろん》です。友達でいてください」

それが聞けただけで、亜弥にどう言われたかなんてどうでもよくなった。亜弥と友達でいられる。こんなにも嬉しいことはない。膝《ひざ》を抱《かか》えて、顔を埋《うず》めながら深月は思い切り口角を緩《ゆる》めた。

――でも、それだけで満足してられないんだよ。すぐにまた友達じゃなくなるとしても。

「嫌なら話さなくていい前提でいてほしいんだけど……何があったのか、聞いていい？」

大方の予想はしている。実家に帰った際に亜弥にとって嫌な事態が発生した。ほとんど確定している。昨日までも浮《う》かない顔をしていたが、公園での亜弥はただただ酷かった。見ている方が辛くなるほどの。原因は実家にあるに決まっている。

「……母親に会ったんです」

「えっ……確か、今日は父親しか家に居ないんじゃなかったか？」

「……はい。家にはお父さんだけでした。他の皆《みんな》は一日中、家を出ている予定があったようでこの機会に呼んだんだと言っていました」

「そもそも、亜弥を呼んでどうしたかったんだ？」

「さあ。最近学校はどうだって聞いてきましたけど、どこか気まずそうにしていたし、何をしたかったのかは分かりません。私も聞かれた質問に答えていただけですし、面接みたいでしたよ。ケーキを食べながらっていう変な」

話を聞いていても亜弥の父親が何をしたかったのかは深月にも理解が及《およ》ばない。実の娘《むすめ》である亜弥でさえ分からないのだ。顔も知らない深月からすれば当然のことだ。でも、亜弥の口振《くちぶ》りは穏《おだ》やかで。父親とは何事もなく過ごせたことだけは伝わった。

「家には二時間も居なかったですね。話すこともなくなったので、帰りました。お父さんは見送りに来てくれて……普通《ふつう》に過ごせたと思います。その帰りでした。母親と会ったのは」

それまで、穏やかだった口振りが途端《とたん》に暗くなる。

「……予定が合わなくなって帰って来たのかとにかくタイミングが悪かったです。私を見た瞬間に怖《こわ》い顔をして、どうしてここに居るの、とか。顔を見なくていいようになって嬉しいんだから前に現れないでよ、とか。邪魔なんだから、早く消えてよ、とか。色々と言われました」

「なんだよ、それ」

「雨も降っていたし、予定も合わなくて機嫌《きげん》が悪かったんだと思います」

血が繋《つな》がっていないとはいえ、仮にも亜弥の母親だ。そんな、機嫌が悪かったからといって娘を相手に吐《は》いていい言葉じゃない。正当化していい理由にすらならない。到底《とうてい》、許せそうにない。

「ちょっと、住所教えてくれ。乗り込《こ》んで、一言、言ってやらないと気が済まない。亜弥に当たってるんじゃねえ。あんたの旦那《だんな》に呼ばれたからわざわざ来たんだ。亜弥に謝れって」

「深月くんが言いに行ったところであの人は相手にしませんよ」

「そりゃ、相手にはされないだろうけど……でも、悔《くや》しいだろ。このままじゃ」

「ふふっ。お気持ちだけで、十分です。ありがとうございます」

この状態の亜弥を一人にしておくのは何をしでかすか分からず不安で深月は諦める。でも、どうにも苛立《いらだ》ちは収まりそうになかった。

「……深月くんが、私が邪魔者だと言われても否定してくれる。だから、もう余裕《よゆう》だって思っていたんです。でも、あの日を見たら。あの声を聞いたら。どうしても、昔を思い出して自分はいらないんだって……砂に沁《し》み込んで消える雨のようになりたいなって思って」

「それで、公園に」

「……はい。帰る気分にもなれなかったので」

「そっか……」

小さい頃《ころ》に植え付けられた嫌な記憶《きおく》というのはそう簡単に克服《こくふく》出来るものでもなく、亜弥が傷付いてしまうのも当然のことだ。深月の中で、より亜弥の母親への怒《いか》りが募《つの》る。

しかし、どれだけ腹を立てたとしても深月が母親に出来ることはない。深呼吸して、自分が今するべきことに専念する。

「亜弥は邪魔者じゃない。そんな、自分勝手なクソババアの言うことなんて聞く必要ない。無視してやれ」

「く、クソババアって……深月くんが言える、立場じゃ、ない、ような……っ」

一定のリズムを保ちながら、湯船の水に何かがぽちゃぽちゃと落ちる音がする。亜弥の涙《なみだ》が落ちる音なのかもしれない。声も震え始めている。昔の話をしている時でさえ、辛《つら》そうにしていたのに泣かなかったのが亜弥だ。聞かれたくはないだろう。

「関係ない俺だからこそ、好きに言ってもいいだろ……じゃあ、向こうで待ってるから。のぼせないようにだけ、気を付けてな」

ここに居ない方が自由に泣けるだろうと、言い残して深月は洗面所を出た。扉《とびら》の向こうから、嗚咽《おえつ》混じりの泣き声が聞こえた気がした。

この問題をすぐ解決する術を深月は持っていない。亜弥が落ち着くまで待つしかない。

なかなか止まない雨を眺めながら、どれだけの時間が経ったのだろうか。洗面所の扉が開いて亜弥が出てきた。

「……お風呂、ありがとうございました」

「どっ、どういたしまして」

風呂から出てきた亜弥はシャツ姿だった。色々と用意しておいた中から、シャツと短パンを選んだらしい。ちゃんと穿いているし、着ている。なのに、短パンから覗《のぞ》く雪のように白い素足《すあし》やサイズが合っていないシャツ姿という格好に色っぽさを感じて目を見張ってしまった。

「……あの、どうかしましたか？」

「あっ。いや、なんでもない……」

不安そうに首を傾《かし》げる亜弥に深月は我に返った。こんな時だというのにふざけるな、と内心で自分を叱責《しっせき》して亜弥へソファに座るように促《うなが》す。重たい足取りで向かった亜弥を見届けてから、深月はココアが入ったマグカップを持っていく。

「はい、どうぞ」

「ありがとうございます」

桃色になった唇にゆっくりと亜弥がマグカップを近付けていく。息を吹《ふ》きかけて冷ましてからココアを口に含《ふく》むと亜弥は目を細めた。安心したような姿に深月も少し安心しながら様子を見ていると、あることに気付いた。

「髪の毛、濡れたまんまじゃん」

「タオルで拭いてはきましたよ」

「そのわりには湿《しめ》ってるように見えるけど」

湿っぽい艶やかで星空のように輝かしい黒髪が亜弥のうなじや頬《ほお》にベッタリと張り付いている。乾かし切れていないようで、水分を含んだ髪というのも色っぽく見えてしまった。

「ちゃんと乾かさないと風邪を――って、ドライヤーは俺がこっちに置いたままなんだった。そうだ。いいこと思い付いた」

ドライヤーを手に取って、深月は亜弥の背後に回る。そのまま、ドライヤーを起動させ亜弥の髪を乾かし始めた。

「そ、それくらい、自分でします」

「亜弥はゆっくりしておいてくれ。嫌じゃないなら、鬱陶しいって言ったお詫《わ》びをさせてほしい」

「お、お詫びって……ただでさえ、深月くんにはよくしてもらっているのに、これ以上手を煩《わずら》わせる訳には」

「俺がしたいからさせて」

「……なら、お願いします」

「ありがと」

何かしていた方が今は考えなくていいことを忘れられる。そういう意図も含めての行動だ。だから、亜弥は遠慮《えんりょ》せず、身を委ねてくれるだけでいい。

「熱いところはないですか、お嬢様《じょうさま》」

「なんなのですか、お嬢様って。せめて、お客様じゃないですか」

「細かいことはいいじゃん。で、痛いところとかもない？」

服を貸すのも初めてだが、女の子の髪を乾かすのも初めてで勝手が分からない。亜弥に不愉快《ふゆかい》な思いをさせないように心《こころ》掛《が》けているが男女で感じ方も変わってくるはずだ。どうするのが正解なのだろう。

「どっちも大丈夫です」

今のままで大丈夫らしいので、この状態を崩《くず》さないで続ける。腰に届くまで伸びている髪は、長くて乾かすのが大変だ。これを毎日行っている亜弥の凄《すさ》まじい努力が垣間見《かいまみ》えた。

――これだけ、毎日手間《てま》暇《ひま》掛《か》けてるってことを誰《だれ》が知ってるんだろう。

髪だけの話じゃない。肌《はだ》の手入れも体型の維持《いじ》も。成績も運動も。聖女様を演じることも料理だって。全部、誰からも邪魔者《じゃまもの》だと言われないで済むように。一人で生きていけるように努力し続ける亜弥を誰が見ているんだろうか。

──本当に凄《すご》い。凄いんだ、亜弥は。なのに、なんでこんな風に傷付けられるんだ。

小さい頃の亜弥は──いや、今もそうなのかもしれない。亜弥は誰かに存在を──家族から一員として居ていいのだと、認められたいのかもしれない。邪魔者だと言われたくない一心で、というのも分かる。でも、囚《とら》われたように努力し続けるのは認められたいという思いも含まれているはずだ。

そうでなければ、落ちぶれていいはずだから。全てをわりきって、生きやすいように自分を変えればいつまでも終わりが見えないことを頑張《がんば》る必要はなくなるのだから。

「……亜弥の髪って綺麗だな。さらさらで触《さわ》り心地《ごこち》もよくて、指に絡《から》まったりしない」

「な、なんですか、急に……」

「ちゃんと手入れしてる証拠《しょうこ》だなって」

「ちゃんと手入れしてるって……分かるほど、女の子の髪に触れているんですか」

「いや、経験はないけど……なんとなく、亜弥が時間掛けてちゃんとしてるんだなって分かるよ。髪だけじゃなくて……肌とかも綺麗だし」

「さ、さっきからなんなのですか」

なんだか、急に亜弥を労《ねぎら》いたくなったのだ。かつての深月は夕燈《ゆうひ》のために、勉強や運動で結果を残そうと頑張っていた。残念ながら、結果は出なくて現実を知って──今のように、努力するのをやめて、したくないことはしない楽な生活を送るようになった。それでも、夕燈に労われると嬉しかったのだ。頑張ったね、と微笑《ほほえ》みながら頭を撫《な》でられるだけで報《むく》われた気がしたのだ。

「ちょっと不気味です」

そう言いつつも、亜弥の耳は薄《うっす》らと赤くなっている。声からも怒《おこ》っているような気はしなくて、今ならもう少し踏み込んでもいいだろうか、と深月は亜弥の頭にそっと手を乗せた。

「いつも、お疲《つか》れ様《さま》」

深月が夕燈にしてもらったように。労うために亜弥の頭を撫でる。すると、強張《こわば》ったように亜弥の背筋がぴんと伸びた。

「……い、嫌だった？」

夕燈に頭を撫でられている時の亜弥はなんだか安心したようにしていて、照れ臭《くさ》そうにもしながら唇を緩めていた。だから、撫でられることに抵抗《ていこう》はないのかと思ったが予想と違《ちが》う反応で怖くなってしまう。調子に乗ったんじゃないかと慌《あわ》てて手を退けようとすれば、振《ふ》り返った亜弥に腕《うで》を掴《つか》まれた。

「驚いただけで……嫌じゃない、です」

暗褐色《あんかっしょく》の瞳《ひとみ》がうるうるとしているのは恥《は》ずかしいからなのだろうか。掴まれた腕が亜弥に誘導《ゆうどう》され、再び亜弥の頭に手が辿《たど》り着いた。

「……っ、続けてくれないのですか？」

座《すわ》っている亜弥はいつもよりも低い位置にいる。そんな状態で見上げられると自然と上《うわ》目遣《めづか》いになってしまう訳で、深月は頬が熱くなるのを感じた。おまけに、不安そうに聞かれて男心をくすぐられる一方だった。亜弥のお願いを叶《かな》えない訳にはいかず——というより、絶対に叶えてあげたい衝動《しょうどう》に駆《か》られてしまう。

——こんな可愛《かわい》くお願いされたら、断る方が無理だ。今なら、百万円欲しいって言われても何も考えずにプレゼントする自信がある。

無言のまま、亜弥の頭を撫でる。くすぐったそうに目を細めながらされるがままの亜弥を見て、深月は理解した。

正直、なんで明《あきら》が日和《ひより》の頭を頻繁《ひんぱん》に撫でるのか、目の前で見せつけられる度にあほくさ、と冷めたことを思っていた。幼い頃に親からならまだしも、相手は高校生。そろそろ、撫でられても嬉しくない年頃《としごろ》だろうと。

それでも、明と日和は恋人《こいびと》だから愛情表現の一種だろうと本音は吐かずに見守っていた。

本当に理解が及ばないのがドラマ等でよくある、付き合ってもいない相手の頭を撫でる場面だ。どういう心情で何度も撫でているのか分からない。相手が人じゃなくて動物か何かと勘違《かんちが》いしているのだろうか、とずっと謎《なぞ》だった。

けど、どうやらそう思っていた深月が間違《まちが》っていたらしい。撫でられている姿が可愛くて。愛《いと》おしくて。たまらない。何度でも見せてほしいし、見たい。そういう欲求に支配されて抗《あらが》えないからなのだと頭に叩き込まれていく。

「深月くんはどうしてそんなに優しいのですか？」

「普通だろ。誰だって、同じことをするよ」

「私には深月くんしか男の子のお友達がいないので私の尺度でしかないですけど、普通はここまで優しくないと思います。こんな、面倒な女の子を相手にしていても楽しくないでしょう？」

「楽しいよ。亜弥と軽口を叩き合うのも、亜弥としょうもない話をするのも。亜弥のころころ変わる表情を見るのも。どれも、俺が亜弥と過ごしてきた中で見つけた楽しい時間だ」

関わり出した頃は、亜弥の言う通りだった。余計なお節介《せっかい》や小言を言われたり、顔に似合わず辛辣《しんらつ》な言葉を吐かれたり。学校での聖女様とは大違《おおちが》いで面倒だった。何を考えているのかも分からなくて、素直《すなお》に感情を表に出してくれないと、深月も人付き合いが下手だから苦手な存在だった。

でも、今は違う。そういうのも全て含めて、亜弥と過ごす時間が癖《くせ》になって、手放したくないと思うようになった。大事にしたい、大切な時間になったのだ。

「……ほら、やっぱり、優しい。どうしてなんですか」

「どうしてって言われてもな……亜弥のことが好きだから」

考えてみたところで、それしか浮かばなかった。

「……へ？」

少しの間、石のように固まっていた亜弥から間抜《まぬ》けな声が漏《も》れた。瞼を何度も閉じては開いてを繰り返している。何を言われたか受け止め切れていないのだろう。

深月もそうだった。どうして口に出してしまったのか、自分が信じられない。亜弥の側に居ていい権利が欲しいとは思っているがそれは恋人の立場としてじゃない。そういうのを超《こ》えた、亜弥にとって側に居てほしい、と思われる存在になれるだけでよかったのだ。

それなのに、改めて好きだと思いを募らせたからなのか口から出ていた。取り消したくても取り消せない。いっそのこと、自分が消えたくなってくる。

だが、ここで逃《に》げたらなりたい存在には一生なれない気がした。

「俺が亜弥に優しくするのって、普段《ふだん》のお返しをしたいからってのもあるし、友達だから何か力になりたいってのもある。でも、やっぱり、亜弥のことが好きだからってのが大きい」

ここしかない、とここぞとばかりに言葉を並べると亜弥と目が合った。瞳を揺《ゆ》らしながらも亜弥に真《ま》っ直《す》ぐ見つめられると、告白という立派な行為《こうい》でもないくせに手に汗《あせ》がじんわりと滲《にじ》んできた。

「……ほ、本気なのですか？」

「本気だよ」

「あ、あー。人として好き、みたいなのですね」

どこかに呼び出して。顔を真っ赤にして。大声で気持ちを伝える。たぶん、亜弥はそういう告白をされてきたことが多いと思う。保健室でも、そうだった。そういうのが一般的《いっぱんてき》な告白、ということになるのだろう。亜弥だけじゃなくて、告白される側はどれだけ本気なのか見抜けるのかもしれない。

だとしたら、冗談《じょうだん》として済ませたいのか。済ましているのかは定かではないが、亜弥に本気にされなくても仕方がないのかもしれない。深月は告白をするような雰囲気《ふんいき》すら作っていない。会話の中で、好きだと言っただけ。亜弥に相手にされなくても文句など言えるはずがなかった。

「――違う。ちゃんと好きだ。亜弥のこと、一人の女の子として好きだ」

「っ!」

亜弥の目が大きく見開かれた。驚《おどろ》かせてしまったのだろう。それでも、信じられていないのならちゃんと伝わるまで伝えるべきだと思った。結果がどうであれ、この気持ちをもう隠しておくことは出来ないのだから。

「なんで、今なんだって。今じゃないだろって思うよ。友達になったばかりで困らせるだろとも。傷付いてる時に言うなんて卑怯《ひきょう》だろとも」

ただでさえ、これまでの数多くの告白のせいで、告白という行為そのものに辟易《へきえき》しているのが亜弥だ。伝えるにしろ、色々あった今日じゃない。なのに、このタイミングで伝えるなんて馬鹿のすることだ。

「場所だってそう。家じゃなくて、もっと素敵《すてき》な場所の方が女の子は嬉しいのかもしれない。用意してなくてごめん」

放課後の教室や遊園地など、告白スポットなんて幾《いく》らでもある。マイナスポイントだ。

「文章だってそう。こんな、急な感じで支離《しり》滅裂《めつれつ》で上手じゃないし、何を伝えたいかもはっきりしない感じで意味が分からないかもしれない。準備してなくてごめん」

思いを伝えると決めたのなら、より真剣《しんけん》さが伝わるように下書きをして、練習をしてから伝えるべきだ。これも、マイナスポイントだ。

「ロマンチックの欠片《かけら》もない。今までの中でも、一番下手で魅力《みりょく》のない伝え方だと思う。けど、本気なんだ。もし、今日みたいに亜弥が嫌な気持ちになってるなら俺が側に居たい。どうにかして、亜弥を幸せな気持ちにしたいって……そう、思うんだ」

頭の中がいっぱいいっぱいだった。何を言えばいいのか。一番伝えたいことがいっぱいあって、ぐちゃぐちゃに混ざってしまう。

——練習したって、意味なかっただろうな。

結局、こんな風に亜弥を前にすれば同じようなことになっていただろう。告白一つでさえ、上手に出来ない。みっともなくて、情けないと自覚する。

それでも、たった一つだけは変わらないものがある。

「亜弥のために何が出来るか……何をやれるかもはっきりしてない。俺のすることが亜弥を傷付けることだってあるかもしれない。それでも、側で亜弥を幸せにしたいって強く思うんだ。だから、これからも側に居ていい権利をください。好きです」

ひゅっ、と亜弥が息を飲んだ。ゆっくりと真っ白な頬が朱色《しゅいろ》に染まっていく。右目からは一筋の涙が流れ落ちた。

「え、ど、どうした？」

泣かれるとは思っておらず、狼狽《うろた》えてしまう。

「……あれ、どうして涙が」

頬を伝う雫《しずく》に手で触れて、亜弥は不思議そうに口にした。

「だ、大丈夫？」

「大丈夫、です」

そうは言っても、右目から流れていた涙はやがて、左目からも流れていて心配になってしまう。止めようと亜弥は涙を拭《ぬぐ》っているが止まらないようで目を擦《こす》り続ける。

「今までに何度も告白をされているくせに、私は恋愛《れんあい》的な好きというのがよく分からないんです。深月くんのことは好きです。特別に思っています。なのに、この気持ちが深月くんと同じものだとはっきり言えません」

「……そっか」

深月もそうだった。亜弥のことが恋愛的な意味で好きだと自覚するまでに時間が掛かった。急《せ》かして亜弥に答えを出させようとは思わない。それに、どういう形であれ好きだと。特別に思っていると言ってくれたのだ。ガッカリすることではない。喜ぶことだ。亜弥に変な気を遣《つか》わせないためにも深月は笑《え》みを浮かべる。

――ほんとは、ちょっと残念な自分が存在してるけど。

そういう本音は必要なく、隠しておく。

「ごめんな、いきなりこんなこと言って困らせた」

「……それでも、いいですか？」

「え？」

恐《おそ》る恐るで。どこか、芯《しん》が込められた声で聞かれて、深月は亜弥を見る。いつの間にか、亜弥の涙は止まっていてそこには少しばかり赤く腫《は》れた真剣な眼差しがあった。

「今はまだ、恋愛的な好きっていう感情が分からない曖昧《あいまい》なままになってしまいます。それでも、深月くんはいいですか？」

「う、うん」

これは、どういう確認《かくにん》だろうと不思議に思っている間も亜弥は続ける。

「……何度も言ったように、私って学校で呼ばれてるような聖女様みたいに完璧《かんぺき》じゃなくて、面倒な性格をしてるし口も悪いしすぐに機嫌も悪くなるし。寂《さび》しがりのくせに強がるし、頼《たよ》るのも下手だし信じることも苦手だし。面白《おもしろ》いことの一つも言えないし、世間知らずだし。挙げたら、キリがないほど欠点だらけです。こんな私ですが、それでも深月くんは好きでいてくれますか？」

真っ直ぐにこちらを見据《みす》えてくる眼差しは真剣でも、どこか不安そうに揺れている。

「黒聖女様、なんてあだ名を付けたんだ。知ってるよ、全部。知ってる上で亜弥のことが好きなんだ。これからも、好きでいる」

証明できるものは何もない。でも、深月は漠然《ばくぜん》と亜弥を嫌《きら》いになることはないだろうと確信した。

「口でしか言えないから信じるのが難しいかもしれない。だから、これから時間を掛けて証明していくから……俺《おれ》のこと、見ててくれ」

亜弥の手に自分の手を重ねながら伝えると握《にぎ》り返すように亜弥が手を丸める。

「深月くんは信じられます。だから、お願いです。側に居てください。これからも、ずっと」

「うん！」

断るはずがない。絶対に亜弥から離《はな》れない。側で幸せにするんだ、と誓って亜弥の手を握り返すように自らの手を丸めた。

「ふ、ふふっ。うん、って……そんな、子どもらしさ全開で喜ばなくても」

舞《ま》い上がりすぎて、子どもみたいな返事になったことを笑われてしまった。折角《せっかく》、亜弥と見つめ合っていていい雰囲気だったのに台無しである。

「い、いいだろ。側に居られなくなるかもしれないって思ったのが結果オーライだったんだ。これまで、亜弥に告白した男子がどうなったかは知ってるし嬉しくなるよ」

亜弥と結ばれた、という幸せの絶頂に浸《ひた》っていたのに水を差された気分でちょっと不貞《ふて》腐《くさ》れてしまう。もう少し喜びを噛《か》み締《し》めていたかったが、亜弥が笑顔《えがお》になった事実を差し引いて納得《なっとく》しておく。

「その方達と深月くんとじゃ、関わってきた時間が違いますよ。深月くんと過ごして。深月くんを知って……好きになったんですもん。離れ離《ばな》れになんてなりたくないですし、側に居てほしいって思います。側に居たいとも」

さっきまでは、色々な感情が入り混じって、勢いでいた部分がある。けど、今は一先《ひとま》ず落ち着いた。そんな状態で改めて亜弥から好き、とはにかみながら伝えられて正常でいられるはずがなかった。

——これは、ヤバい。破壊力《はかいりょく》が高過ぎる。

頬が尋常《じんじょう》じゃないほど熱くなっているのが分かる。今はまだ、亜弥の気持ちとの間にズレがあるのだとしても喜びで手足が震《ふる》えてきた。

「……顔、真っ赤になってますね」

つん、と人差し指で亜弥が頬を押《お》してきた。得意気な顔を晒《さら》して。ちょっと、上からの態度で。

「……そういう亜弥も真っ赤だぞ」

鏡を見なくても、自分がどういう顔色をしているのかは熱で分かる。同じくらい、亜弥も赤くなっていた。お返しとばかりに伝えると亜弥は顔を隠すように前を向く。照れているのか太腿《ふともも》に両手を挟《はさ》んで居心地《いごこち》悪そうに体を揺らす姿に庇護《ひご》欲がそそられた。

——いちいち、行動が愛らしくて可愛いんだよなあ。愛おしい。大切にしよ。

思わず、このまま抱《だ》き締めたくなってしまうが、体を目的にされているとは思われたくないので眺めるだけに留《とど》めておいた。

「そういえば、髪《かみ》を乾《かわ》かしてる途中《とちゅう》だった」

「続けてください」

「いいけど……やけに、素直だな」

「深月くんに乾かしてもらうの凄く嬉しいから」

珍《めずら》しく、甘えられているのだろうか。だとしたら、叶えない訳にはいかない。

「一本一本、丁重《ていちょう》に扱《あつか》わせてもらいます」

「ふふっ。今日あった嫌《いや》なこと、全部どうでもよくなりました」

振り返った亜弥には、今日一番の満面の笑みが浮かんでいて深月も口角を緩めた。

「何よりだ」

第7章 聖女様とこれからも

「今日は暖かくて、いいお天気ですね」

「出掛《でか》けるにはもってこいだ」

春休みも終わりに近付いた今日、深月《みづき》は亜弥《あや》と外を歩いていた。目指すのは、ボウリングを筆頭にカラオケやゲームセンター等も複合されている娯楽施設《ごらくしせつ》。修了式《しゅうりょうしき》の日に明《あきら》と遊ぶ約束をしていた件が日和《ひより》の「ボーリングしたーい！」という案で決まったからだ。

先に、明と日和の三人で行き先を決めて、亜弥にもこういう話が出てるんだけど、と声を掛けると亜弥は二つ返事で参加しますとのことだった。深月も亜弥と遊びたいと思っていたので喜んだ。

他にも、亜弥が自分から雫にも声を掛けたいとのことで明や日和に確認したところ、断る理由が当然なくて「遊びませんか？」と亜弥が雫を誘《さそ》った。亜弥から誘われたことが雫は相当嬉しかったらしい。隣《となり》に座って電話する亜弥のスマホから喜んでいる声が聞こえてきていた。

という訳で、今日は五人で遊ぶことになっている。待ち合わせ場所はそれぞれ住んでいる場所が別なので、現地集合。そこに、亜弥と向かっている最中だ。

「皆さんと遊ぶの楽しみです」

「五人では初めてだもんな。それにしても、亜弥から雫を誘いたいって言い出した時は驚いた」

「友達ですから、私からも誘ってみたいなって。誘われるのを待っているだけじゃなくて」

「凄いな、亜弥は。俺は自分からってのがほとんどないから尊敬する」

「これまで、お友達と遊ぶ機会なんてほとんどありませんでしたから。少しくらい、欲張りになってもいいかなって」

「いいと思う。むしろ、もっと欲張りでもいいくらいだ」

「じゃあ、もし断られた時は深月くんが相手してくださいね」

「付き合うよ」

返事をすると隣を歩く亜弥が嬉しそうに微笑む。目を細める姿に深月は幸せを感じた。

こうして、亜弥と過ごす時間が好きだ。何か特別なことをしていなくても、亜弥と話していること自体が特別で楽しい。

ただ、ほんの少しだけ物足りなさみたいなものを抱いている。

――亜弥と付き合ってる、ってことでいいんだよな？

先日、亜弥に告白をしたが肝心《かんじん》な付き合おう、という言葉を深月は口にしていなかったことに後になって気が付いた。好きだと言ったし、側に居ていい権利をくださいとも伝えた。亜弥からも好きですと言われたし、側に居てくださいとも言われた。

言葉のやり取りを思い返せば告白は成功したと思う。けど、亜弥との関係がどうなったのかはいまいちはっきりしていない。付き合っているのか。彼氏《かれし》彼女《かのじょ》になったのか。

――亜弥はどう思ってるんだろう。

家で過ごしている間、亜弥と何も変わっていないのだ。一緒《いっしょ》に過ごす時間は亜弥が昼から来てくれたりするので増えたけど、距離《きょり》感《かん》も過ごし方も告白する前と同じ。付き合うことになったら明と日和みたいに些細《ささい》なことでもスキンシップをして、常にイチャイチャしているものだと思っていた。それが、亜弥との間には一切《いっさい》ない。

今だってそうだ。手を繋ぐこともせず、歩いているだけ。過度に亜弥に触《ふ》れたい訳ではないけど、全く触れたくない訳でもない。

――でも、亜弥が付き合ってないって認識《にんしき》してるなら触ったりされるのは嫌、だよな。

ご機嫌な亜弥を横目で見てはこの表情を崩したくない気持ちが勝って下手な真似《まね》は出来ない。

――なんであの時、ちゃんと付き合ってくださいって言わなかったんだろう。馬鹿だ。

恋人になった、という確たる認識があれば手を繋ぐことくらいは出来たのかと思うと後《こう》悔《かい》が募る。改めて、どういう関係なのかと聞くにしてもそれはそれで情けない気もするし、聞けないのも情けない気がする。どうするのが正解なのだろう。

「難しい顔をして、どうかしましたか？」

「ううん。なんでも。亜弥の服装が素敵だなって」

「そうですか？　ボウリングは初めてなので、ネットで得た動きやすい服装がオススメという情報を基に選んだのですが」

「服もズボンも確かに動きやすそう」

「これは、トップスとタイトパンツというんですよ」

「そういう名前なんだ。どう表現したらいいのか分からなくて悩《なや》んでた」

「それで、難しい顔をしていたのですか？」

「服は服。ズボンはズボン。スカートはスカート。ってくらいでしか認識してないから」

「そのまんまじゃないですか」

「知識が乏《とぼ》しくてすまん……」

「深月くんには、オシャレして可愛く見てほしいっていう女心が通じなさそうですね」

「気合が入ってるってのは分かるよ。今日の亜弥だってそうだし」

名前が分からなかった、水色のトップスも黒色のタイトパンツも動きやすさを重視している上に亜弥によく似合っている。亜弥は自分に合う色使い、というのをよく理解していると思う。さっきから、すれ違う人の何人かがちらっと亜弥に視線を向けて消えていくのがいい証拠だ。

おまけに、今日は薄《うす》く化粧《けしょう》まで施《ほどこ》している。桃色《ももいろ》のリップを塗《ぬ》っていたり、いつもより甘《あま》い香りが漂《ただよ》ってきたり。髪の毛も三つ編みのポニーテールにしていて、雰囲気が違う。詳《くわ》しい服やズボンの名前は分からないけど、時間を掛《か》けて、オシャレをして来たことは分かる。

「……それ、本気で言ってます？」

「いつも可愛いけど、今日は一段と魅力的《みりょくてき》だと思う。三つ編みも似合うんだな」

「……深月くんってズルいですよね。知識は乏しいくせに」

「褒《ほ》められてるのか、貶《けな》されてるのかどっち？」

「どっちだと思う？」

「どっちもだと思う」

「正解です」

「なんだよ、それ」

クスクスと笑い声を漏らしながら、亜弥の歩幅《ほはば》が大きくなった。歩く速度も上がる。気分が良いのだろう。こういう、喜び方の表現が幼いのが可愛くて、見ていて飽《あ》きない。

置いて行かれないように亜弥の背を追いながら、深月もついて行く。行き先が初めての亜弥が道に迷わないようにナビをしながら。

「あ、あやや～」

「あやっちー。待ってたよ～」

正確に亜弥をナビして目的地に着くと明と日和、雫の三人は既《すで》に集合していた。日和と雫は亜弥が待ち遠しかったようで走ってやって来る。

「こ、こんにちは」

若干戸惑《じゃっかんとまど》っている様子もあるが、友達と会うことが出来て、亜弥も嬉《うれ》しそうだ。頬を緩《ゆる》めている。女の子同士にしてあげよう、と深月は明の元に向かった。

「おーす、深月。久《ひさ》し振《ぶ》り」

「ん、久し振り」

「十日って言ってたわりには随分《ずいぶん》と早い帰還《きかん》になったたな」

「明が寂しがると思ってな」

「またまた～。深月が寂しかったんだろ。俺に会えなくて。きゃっ」

わざとらしく照れたように両頬に手を当てる明に、深月は正体不明の恐怖《きょうふ》を覚えて、寒気がした。身震《みぶる》いまでしてきて、二、三歩離れておく。

「……笑かそうとした冗談なんだから、そんな冷めた眼差《まなざ》しはどうかと思うぞ」

「冗談だって分かっててもきつかった」

「うおーい。友達に言うことか」

「友達だから言っといてやる。二度としない方がいい」

「そんなにっ⁉」

ショックを受けたようで明は肩《かた》を落とした。ちょっとだけ可哀想《かわいそう》に見えたので背中を叩《たた》いて慰《なぐさ》めておく。

「なんで、俺が深月に励《はげ》まされる形になってるんだよ」

適当にあしらいながら、亜弥の方に視線を向ける。亜弥は雫に手を握られていた。

「今日は誘ってくれてありがとね、あやっち。すっごく嬉しかった」

「雫さんとも遊びたかったんです。お友達、だから」

「ん～～あやっち可愛い～。好き」

テンションが上がったようで雫が亜弥のことを抱き締めた。あの感じからするに力強くだ。目を丸くして亜弥はびっくりしている。照れ臭そうに頬を薄らと赤く染めながら。

「だ、抱き着かないでください」

口ではそう言いつつも押し返したりしないのを見る限り、亜弥も満更《まんざら》ではないのだろう。

「……女の子同士っていいなあ」

「……どうした、深月。休みの間に拗《こじ》らせたか？」

「違う。女の子同士だと、気軽にああいうことも出来るだろ。羨《うらや》ましいなって」

「一之瀬《いちのせ》さんに触れたいからってそこまで思《おも》い詰《つ》めてたんだな……よしよし」

「合ってるけど、微妙《びみょう》に違うんだよな」

「ん、どういうこと？」

もしも付き合っているとしても周りに打ち明けるかどうかも亜弥と決めていないが、明は彼女《かのじょ》持ちの先輩《せんぱい》だ。アドバイスを貰《もら》うのも一つの手なのかもしれない。それに、友達の明くらいには言っておきたかった。

「あのさ、明に聞きたいことがあるんだけど――」

「――ねえねえ。そろそろ、中に入ろー」

話し始めた途端《とたん》に日和に邪魔《じゃま》をされた。タイミングでも狙《ねら》っていたかのような間の悪さだ。体をうずうずさせているし、早く遊びたいだけのようだが。

「そうだね。そろそろ、行こうよ」

いつの間にか、亜弥と雫もやって来ていた。亜弥の手前だと、聞きにくいこともあり、深月も話すのを止めて切り替《か》える。今はボウリングを楽しむと決めて。

五人で受付を済ませると専用靴《せんようぐつ》に履《は》き替えてレーンに向かう。二レーン借りたため、日和の提案で最初は男女で分かれることになった。

「どのボールを使うのがよろしいのでしょう？」

「難なく投げられる重たさがいいよ。軽過ぎるとピンが倒《たお》れないこともあるけど、まともに投げられないと楽しくもないと思う」

色々な重たさのボールの前で迷っていた亜弥に教える。手始めに亜弥は目の前にあったボールを持ち上げた。

「わ。本当に重たいですね。見た目によらず」

「そうやって一回持って、確認することが大事だな」

「なるほど。どれにしましょう……わ。これも、重たい」

陳列《ちんれつ》されたボールを順番に手にして、亜弥の手に合うボールを探している間に深月は自分が投げるボールを持って行き、戻《もど》って来た。

「決めました。これにします」

ちょうど戻って来たタイミングで亜弥がボールを決めたので、同じ重さのボールを一つ手に取る。

「もう一つも同じ重たさで大丈夫《だいじょうぶ》？」

「あ、は、はい。ありがとうございます」

「ううん。これくらい、なんともないよ」

格好を付けたい訳ではない、と言い切れないがこれくらいのことはスマートにこなせるようになりたい。亜弥を幸せにするためにも。自分のためにも。

「あー。あやっちだけずるーい。みづきっちー、私のも一つ持ってよー。はい」

「言いながら持ってきてるじゃないか……」

「いいでしょ、別に。日和はあきらっちに持ってもらって、あやっちはみづきっちに持ってもらって、私だけ誰も持ってくれないのは悲しいよ。それに、みづきっちもか弱い女の子に重たい物を持たせたくないでしょ」

「分かった。分かった」

「やったー、ありがと。じゃ、私はもう一つ持って来る」

「はいはい……亜弥、先に行ってよう」

「ですね……深月くん、重たくないですか？」

「大丈夫。あ、本当に大丈夫だからな」

ボールを上げたり下げたりを何気ない顔で繰《く》り返して亜弥に信じさせる。どうにも、亜弥は頼りないと思っているのか力仕事をする時は過剰《かじょう》に心配してくれるがこれに関しては本当に問題ない。

「ん、それじゃあ、大丈夫ですね。行きましょう」

納得した亜弥がレーンに戻るので深月もついて行く。気遣《きづか》ってくれるのは嬉しいけれど、一応、亜弥のことを抱《かか》えられるだけの筋力はあるのだ。もう少し、信頼《しんらい》してほしい。

——よし。ボウリングでいいところを見せられるように頑張ろう。

気合いを入れて、深月はボウリングに挑《いど》んだ。

ここ最近は遊んでいなかったが中学生の頃《ころ》は家族で遊びに行ったり、去年の夏休みにも明と日和と来ていたためにちょっと得意だ。ボールの投げ方も手放すタイミングも体が覚えている。数回投げるとスペアが出た。それ以外も高スコアを出し続けられている。

「おー。みづきっち、上手《うま》いねー」

「ありがと。雫は？」

「あんまりボウリングって遊んだことがないから、ガターもいっぱいだよー」

「最初はそんなもんだよ」

「日和はくっそ上手いね」

「日和はくっそ上手い。前に明と日和の三人で来た時も負けた」

言ってるそばから日和の投げたボールが軽快な音と共にピンを全てなぎ倒した。

「やったー、ストライク～。アキくん、イエーイ！」

「やったな、ヒヨ。ナイスストライク」

ハイタッチをして明と喜びを分かち合った日和は気持ち良さそうに笑みを浮《う》かべながら、亜弥の元へと向かう。

「ほら、あややも。ハイタッチしよ！」

「……おめでとう、ございます」

手のひらを向けられ、同じように手のひらを向ける亜弥だが難しい顔をしている。さっきから、亜弥の投げるところを見ていたがガターを連続して出していて、悔《くや》しい思いをしているのかもしれない。

「あ、次は私の番だから行ってくるね」

雫がボールを投げに行くタイミングで深月は亜弥の所へ向かった。

「難しい顔になってるぞ」

「深月くん……」

「楽しめてるか？」

周囲を見渡《みわた》して、亜弥はふっと唇《くちびる》を緩めた。ボールを投げる明とそれを大声で応援《おうえん》する日和。雫は感覚を掴んできたようで、ピンを倒すことが出来て喜んでいる。二投目を投げる前に日和に「私も応援しろー」と文句を言っている。

「楽しいです……でも、上手に投げられなくて悔しい」

「やっぱりか」

「どうして真っ直ぐ転がってくれないのですか」

唇を緩めたのも一瞬《いっしゅん》ですぐに亜弥はムキになったように頰《ほお》を膨《ふく》らませた。拳《こぶし》まで作って悔しがっている姿は年齢《ねんれい》よりも幼く見える。

「手放す瞬間《しゅんかん》に手元がブレてるんじゃないかな」

「そうなのですか？」

「腕とか指に力を入れてたりしてない？」

「どうでしょう……」

首を傾《かし》げながら、亜弥は腕や親指を揉《も》んで確かめるもののよく分からないみたいだ。顔を顰《しか》めている。

「投げる時にそこまで意識しないから難しいよな」

「はい。難しいです……」

「感覚さえ掴《つか》めたら、亜弥も上手に投げられると思うんだけど言葉で説明って難しいからな……あ、そうだ。ちょっと立ってくれるか？」

不思議そうにしながらも腰《こし》を上げた亜弥の背後に回り、深月は亜弥の手を取った。

「ひゃっ」

「えっ？」

可愛《かわい》い声が亜弥から出て、深月はびっくりして退いた。ぷるぷると体を震えさせながら、頬を真っ赤にした亜弥が振《ふ》り返ってくる。

「い、いきなり、何をするのですか……」

「あ、その。投げるタイミングを教えようと思って……」

「そ、それならそうと、言ってくれないと驚くじゃないですか」

「ご、ごめん……」

言葉で伝えるのが難しいなら直接、と思ったがそれが駄目《だめ》だったらしい。

――やっぱり、亜弥の意識的には付き合ってないのかな。

交際しているのなら、ほんの少し手を取るくらいは許してほしいものだと思うけれど亜弥からすれば違《ちが》うのだろうか。分からないし、嫌がられたのだと思うと傷付く。うな垂れてしまう。

「……それで、どうやって投げればよいのか教えてくれないのですか？」

「……嫌じゃないの？」

「嫌だとは言ってません。上達したいですし」

「そっか……えと、じゃあ──失礼して」

もう一度、動きを教えるために亜弥の手を取る。今度は事前に一言、言ってから。

「この辺りでボールを放すんだけど、投げるっていうよりは転がすって感じかな。腕《うで》を振り子みたいにして」

白くて形のいい耳がすぐ近くにあるため、声を小さくして口にすると亜弥の体が強張《こわば》った気がした。腕にも力を加えたことが伝わってくる。

「力を入れてるとまたボールが真っ直ぐ転がらないかもしれないから、投げる時は力を抜《ぬ》いて」

「……だ、誰《だれ》のせいだと思っているんですか」

不貞腐れたように唇を尖《とが》らせる亜弥に、深月はまた何かやらかしてしまったのかと不安になった。亜弥を傷付けることだけは絶対に避《さ》けたくて、何が原因だろうかと必死に考える。手に汗でも滲んでいて気持ち悪かったのだろうか。そんなことを考えているうちに、亜弥はそそくさと逃げるように離れてボールを投げに行ってしまった。入れ替わるように雫がやって来る。

「あやっち、真っ赤になってたけど何をやらかしたの？」

「それが分かるなら苦労しない……」

「ふーん」

「おーい、深月ー。アキくんと交代だよー」

「ちょっと待って。亜弥が投げるのを見届けてから」

「「……亜弥？」」

教えた通りに投げられるだろうか、と亜弥の後ろ姿を注目してみる。どうにも肩肘《かたひじ》に力が入っているように見えるが投げる前に深呼吸をして気を緩めることに努めているようだ。真面目だな、と思いながら心の中で声援《せいえん》を送る。ちゃんと、振り子のような動きで亜弥が転がしたボールは真っ直ぐピンまで向かい、届くことに成功した。振り返った亜弥の表情は喜びに満ちていて、小走りでこっちに来る。

「深月くんのアドバイスのおかげで上手に投げることが出来ました」

「う、うん」

二投目があることを忘れているのか満足そうに亜弥が報告してくる。手のひらをこっちに向けて、何かを待つようにしながら。ハイタッチをしたいのだろう。

さっきのことを思い返せば気軽に触れても大丈夫なのかと悩んでしまうものの、期待する眼差しを向けられては裏切れない。ズボンに手汗《てあせ》を擦り付けてから深月は亜弥の手のひらに自らの手のひらを押し当てた。

「おめでとう」

暗褐色《あんかっしょく》の瞳《ひとみ》を輝《かがや》かせて嬉しそうにする亜弥が可愛くて、深月は頬を緩める。

「あやや。もう一回、投げられるよ」

「あ、そうでした。早く投げて日和さんに代わりますね」

「ゆっくりでいいよ。頑張《がんば》ってね」

「はい。じゃあ、行ってきます」

「うん、頑張れ」

背中を向けた亜弥に深月はほっと一息をつく。今回は嫌がられずに済んだけど、亜弥的には問題なかったのだろうか。よく分からない。触れて変な反応をすることもあれば、今みたいに自分から求めてくることもある。どうするのがいいのだろう。

「真《ま》っ直《す》ぐは投げられても、ピンで言えば四本しか倒せていないのに報告しに来て、あやっちって本当に可愛いよね」

「激しく同意」

しみじみと口にする雫に頷《うなず》いておく。難なく二投目を終えた亜弥が日和と順番を代わり、戻って来た。

「急に上達して凄《すご》いね、あやっち」

「深月くんに教えてもらったおかげです」

「そうなんだ。いいなあ、あやっちだけ。私ももっと上達したいし、私にも教えてよ」

「こう投げるんだ」

腕を振って雫にレクチャーすると雫は不満そうにジト目を向けてきた。

「それじゃよく分からないし、あやっちにしてたみたいに手取り足取り教えてほしいな」

「見てたのかよ……」

きっと、雫になら触れたところで問題は起こらないだろう。腕に胸が当たりそうだというのに、気にせずに距離を縮めてくるような女の子だ。手を取ったところで亜弥みたいな反応はされないはずである。

でも、亜弥との関係がどっちであれ、深月は亜弥以外の女の子と偶然《ぐうぜん》以外で肌《はだ》が触れるようなことはしないと決めている。亜弥が他の異性に気軽に触れていたりすると深月が嫌だからだ。

「そういうのは日和に頼《たの》んでくれ」

「なんで？　私はみづきっちに教えてもらいたいんだけどな」

「なんでもだ。じゃあ、俺が投げる番だから」

「あ、逃《に》げた」

「深月くんは投げる番ですので、無茶《むちゃ》を言って困らせないでください。代わりに私が教えますから」

「あやっちに言われたら聞くしかないか〜。じゃ、教えて」

聞き耳を立てていればどうやら、雫も納得したらしい。しかし、亜弥が上手に教えられるのだろうか。凄く不安だ。後ろが気になり過ぎて、深月は上手に投げることが出来なかった。

一ゲーム目が終わると不自然に日和が亜弥と雫を集めてトイレに行った。何かあるのだろうか、と不思議に思いながらこれはチャンスだと判断する。

「明に聞きたいことがあるんだけど」

「一之瀬さんとのこと？」

スポーツドリンクを飲んでいた明から逆に聞き返され、深月は目を丸くした。

「なんで分かった？」

「深月と一之瀬さんを見てて、なんか様子違うなって。いつの間にか、二人共名前で呼び合ってるし」

見落としていた。名前で呼び始めたから外でも何も気にせずに呼んでいたが、明からすれば違和感《いわかん》があるだろう。

「その、亜弥と付き合ってる……かもしれないんだ」

「マッ⁉」

明は心底驚《おどろ》いたようで、腹の底から出たような大きな声に思わず耳を塞《ふさ》いでしまう。周りの客からも何事かと視線を向けられた。

「え、マジ？　何？　何があった？」

「気付いたんだ。亜弥のことが好きだって。側に居たいって」

「お、おお……それで？」

「告白した」

「おお～」

ぱちくりと瞬《まばた》きを繰り返した後、明が無言で拍手《はくしゅ》をしてくる。感心されているみたいでくすぐったくなってしまう。

「ちょ、やめ……やめろって」

「いやあ、あの深月が告白をねえ……いや、ほんとにびっくりした。今年一のニュースだわ」

「大袈裟《おおげさ》だろ」

しみじみと頷いてから、力強く背中を叩かれた。まるで、自分のことのように嬉しそうにはにかんでくれていていい友達を持ったと思う。

「今度、なんか奢《おご》ってやるよ」

「そこまで言ってくれて嬉しいんだけど……聞いてくれ。ちゃんと付き合ってるって確証がないんだ」

「ん、どういうこと？」

告白をした日のことを明に話した。亜弥の家庭環境《かんきょう》などは隠《かく》して、どういう告白をして、どういう返事を貰ったのかを包み隠さずに教える。

すると、明はさっきまでとは打って変わって呆《あき》れるようにため息を吐《つ》いた。

「なんでちゃんと、付き合ってくださいって言わなかったんだよ」

「俺だって、いっぱいいっぱいだったんだ。告白するつもりはなかったし、後に引けない状況《じょうきょう》だったからすっかり抜けてたんだよ。側に居れたらそれだけでいいって思ってたし」

「それで、今になって悩んでるんだろ。全然、側に居れるだけで満足してないじゃん」

「……それを言われると返す言葉がない」

「ほんと、馬っ鹿だなあ」

「……だから、相談してるんだろ。明はどう思う？」

「まあ、一之瀬さんも好きって言ってくれたんなら告白は成立してるし、付き合ってるんじゃないか」

「でも、明と日和みたいな感じがないんだよ」

「俺《おれ》とヒヨみたいなのって？」

「四六時中、常にベタベタイチャイチャみたいなの。さっきも手に触れただけで変な反応をされた。嫌だったのかもしれない……」

「そりゃ、俺とヒヨの仲と深月と一之瀬さんの仲に差があるからだろ。俺とヒヨは誰にも負けない相思相愛だからな」

どや顔を浮かべて、立てた親指を自分に向ける明が無性《むしょう》に神経を逆撫《さかな》でしてきて、深月も反論する。

「は？　俺と亜弥だって仲良いし」

「スキンシップの一つもまともに出来ないで？　付き合ってるかも分からない状態で？」

何も言い返せなかった。明の言う通りだ。こんな微妙な状態で明と日和の仲に及《およ》ぶはずがない。

「ムキになって言い返して……深月って一之瀬さんのこと、ほんとに好きなのな」

「……好き、だよ」

顔が熱くなる。亜弥に伝えるのと明に吐くのとだとまた違った羞恥心《しゅうちしん》があった。

「だから、触れたくもなる……」

「そう言われてもなあ……だいたい、告白してからどれくらい経《た》つんだよ」

「三日」

「三日ぁ⁉ 三日で俺とヒヨみたいな愛情表現してたらそれはそれでなんか嫌だわ」

「明と日和は違うのか？」

「付き合って三日目なんてまだ恥《は》ずかしくて手を繋《つな》ぐことも出来なかったってーの。最初は初々《ういうい》しくていいんだよ」

「じゃあ、いつになったらそういう感じになるんだ？」

「そんなの答えなんてない。人それぞれだし、時と場合ってのもある。だから、深月もそんなに不安がらなくていいんじゃねえか。スキンシップを取ることだけが付き合ってすることじゃないんだし。それに、どうであれ、一之瀬さんの側には居られるんだろ。ゆっくりと確認《かくにん》していけばいいと思う」

「そういうもんなのか？」

「そういうもんだよ。誰かの真似をしながら付き合う必要はないんだし、深月は一之瀬さんと二人だけの関わり方っての一緒に探せばいいんだよ。時間を掛けてな」

　誰かと付き合うなんて初めてで深月にはよく分からない。でも、明の言うことは凄く説得力があって、納得《なっとく》出来るものだった。

「それに、俺が感じてるだけだけど一之瀬さんも別に深月に触れられて嫌がってるようには――」

「――待たせてごめーん」

　日和を筆頭に亜弥と雫《しずく》がトイレから戻って来た。亜弥の頬は赤くなっていて、疲《つか》れみたいなものが窺《うかが》える。逆に日和と雫はスッキリした様子でにこやかだ。何があったのだろう。

「さ、ボーリング再開しよ」

「ヒヨもああ言ってるし、この話はここまでだな」

　腕を伸《の》ばしたり、屈伸《くっしん》をしたりと明はすっかりボウリングにやる気を出している。流石《さすが》は日和ファースト人間だ。切り替えが早い。深月も亜弥が居る前で悩んでいる話はなんとなく出来ないので気持ちを切り替えた。

「あ、そうそう。おめでと、深月」

歯を見せて祝福してきた明に深月は目を細める。

「ありがと」

口にした言葉が嘘《うそ》にならないことを願いながら。


「じゃあ、また学校でねー。ばいばーい。行こ、アキくん」

「私も途中《とちゅう》まで一緒だからね」

ボウリングで遊んだ後、ファミレスで夕飯を食べて解散になった。集合と一緒で帰り道もそれぞれ違うのでその場で明と日和、雫の三人と別れる。明と日和が当然のように手を繋ぎ、日和を挟《はさ》む形で雫が話《はな》し掛けている姿は親子みたいにも見えた。

「俺達《おれたち》も帰るか」

「そうですね」

アパートへ帰るために深月は亜弥と駅を目指す。時刻はまだ早いが外は暗くなり、人の数も昼間より増えていた。車道側に立ちながら、深月は揺《ゆ》れる亜弥の手元に注目する。

今はチャンスだ。人通りが多いからはぐれないように、なんていかにもな理由を付ければ亜弥と手を繋げるかもしれない。

「……手。手。手」

「てってってどうしたんですか？」

手を繋ぎたくて、無意識のうちに漏《も》れていたらしい。不思議そうに首を傾げながら、亜弥はくりくりとした目を向けてくる。

「ボール、かなり投げたけど手が痛くなったりしてないかなって」

無難な話題に逃げてしまった自分を、意気地《いくじ》なしと内心で責めた。でも、仕方がないのだ。亜弥を見る限り、手を繋ぎたい、なんて微塵《みじん》も思っていなさそうで。

「はい。大丈夫ですよ。それにしても、今日はとっても楽しかったです」

それどころか、暗褐色の瞳を輝かせながら興奮していて、楽しかった今日のことを話したそうにしているのだ。伸ばし掛けた手で亜弥に触れて、ボウリングの時みたいに変な感じにさせたくなかったのだから。

「分かるよ。亜弥の顔を見てれば、楽しそうだなって」

「深月くんだって、楽しそうにしてました」

「楽しかったからな」

「そうですね」

口元に手を当てながら、亜弥がクスッと笑う。

「深月くんがあんなにボウリングが上手だったなんて初めて知りました」

「亜弥も最後の方はすっかり慣れてたな」

「でも、ストライクは出せなかったのでまたリベンジしたいところです」

後半は日和の提案により、深月は亜弥と同じレーンで遊んでいたが、ストライクが出ると五人で盛り上がった。明と雫もストライクを出すことが出来たが最後まで亜弥は出せなくて悔しがっている。

「また誘《さそ》って五人で行こうな」

「その時は今日よりもいい成績を出せるように頑張らないと」

「ほどほどにな」

「最終目標は日和さんよりもいい成績を出すことです」

「かなり高いな⁉」

「こう見えても負けず嫌《ぎら》いなので。深月くんにも勝ちたいです」

「のめり込《こ》んだら凄そうだからな、亜弥は。俺も負けないようにしないと」

そんなことを話しながら、駅に着いて電車に乗り込んだ。二十分ほど電車に揺られ、アパートの最寄《もよ》り駅に到着《とうちゃく》する。アパートまではそう時間も掛からない。亜弥と話していればより短く感じるだろう。だというのに、駅を出た所で亜弥が足を止めた。

「……日和さんは可愛いな、と思いまして」

「急に？　確かに、日和の容姿は整っていると思うけど」

目鼻立ちは整っているし、太陽みたいに明るい笑顔《えがお》が魅力的な日和は、彼氏《かれし》でない深月でも可愛いと思う。男子なら、日和を可愛い女の子と認識《にんしき》する人が多いはずである。

でも、それは、こんな場所でいきなり足を止めてまで思うことなのだろうか。

「容姿の話をしている訳では……いえ、容姿だってとっても愛くるしいんですが。その、田所《たどころ》くんに思い切り甘えられて可愛いなって。手を繋いでもらったり、頭を撫《な》でてもらったり、一口貰ったり」

「あの二人はあれが平常運転みたいなところがあるからな」

「……やっぱり、男の子的にはああいう素直《すなお》に甘えてくれる女の子の方が好きなのでしょうか？」

常時、亜弥の方から欲求をぶつけられて甘えられることを深月は想像してみた。語尾《ごび》にハートマークでも付いているような甘ったるい声で名前を呼びながら、あれをしてほしい、これがしたいと亜弥から求められる。最高だった。気持ち悪いと自覚しながらニヤニヤしてしまう。

「どうかした？」

「ま、まあ。好きなんじゃないかな」

親指を立てて答えると亜弥は目を伏《ふ》せてしまった。

「……私は日和さんと比べて可愛くないですね」

か細い声でぼそりと亜弥が自虐的《じぎゃくてき》に呟《つぶや》いた。どういう訳か亜弥は日和と自分を比べて悲しくなってしまったらしい。いつまでも気持ち悪い想像をしていないで、深月は必死に頭を働かせる。

「別に、比べる必要ないだろ。確かに、日和は自分の気持ちを素直に出すのが得意だけど、苦手って人もいる。むしろ、俺はそういう子がたまに甘えてる方が可愛いと思うし好きだな」

「……そうなのですか？」

「あくまでも、俺個人の意見だけどな。だから、まあ、亜弥が気にする事じゃないよ」

想像したような感じで亜弥に甘えてほしい、という望みがない訳じゃない。そうしてくれた方が深月も亜弥のことを幸せにするために何をすればいいのか理解出来るから。

でも、別にそうでなくたって深月の亜弥に対する気持ちはミリ単位とも揺らいだりはしない。幼少の頃から、身内に頼《たよ》ったり甘えたり出来る相手がいなければ、どちらもどうすればいいのか分からず、亜弥が苦手意識を持つのは当然だ。苦手なことを無理してまで亜弥がするくらいなら、手探《てさぐ》りで亜弥を幸せにする方法を見つけたい。深月はどんな亜弥でも好きだから。

「……深月くんは独特な趣好《しゅこう》なので自信が持てません。なので、確かめさせてください」

左手に亜弥の右手が触《ふ》れる。手の甲《こう》に恐《おそ》る恐る触れられた後、指切りをするみたいに小指に小指を絡《から》まされた。

「ど、どうなんですか。こういうのは？」

恥ずかしそうに耳まで赤くしながら潤《うる》んだ瞳で亜弥が聞いてくる。どういう訳か亜弥は甘《あま》えてきているらしい。下手だ。めちゃくちゃ下手だと思う。器用なはずなのに、こういうことになると途端に不器用になる。可愛くて。愛《いと》おしくてたまらない。

「凄くいい」

同じように小指を動かして、亜弥と手を繋ぐ。といっても、深月が望んでいたような形じゃなければ、小指一本だけという手を繋いだとは到底《とうてい》呼べそうにない指繋ぎ。ただの指切りと変わらない気がする。

「そ、そうですか……」

それでも、照れ臭《くさ》そうに俯《うつむ》く亜弥を見ていれば、深月も気恥《きは》ずかしくなってしまった。

「……あ、歩く？」

くて体が思うように動かなくてぎこちなくなってしまう。亜弥の歩幅《ほはば》とも噛《か》み合わず歩くのが難しい。

偶然とはいえ、何度か手を繋いだことはある。なのに、緊張《きんちょう》して体が思うように動かな

けど、指を離《はな》すことはしたくなくて繋いだままでいる。

「な、なんだか、変な感じですね」

「あ、亜弥の方からしてきたんだろ」

「……め、迷惑《めいわく》でしたか？」

「そんなことはないし、嬉《うれ》しいけど……なんで、とは思ってる」

ずっと、亜弥と手を繋ぎたいと思っていたが、亜弥からはそんな雰囲気《ふんいき》を感じ取れなかった。触れたら逃げるように離れられたし、嫌《いや》なんじゃないかと不安でもあった。だから、亜弥の方から触れてきてくれて嬉しい反面、どういう心境の変化なのだろうと不思議でもある。

「……深月くんとこうしたかったから」

真っ直ぐに伝えられた亜弥の気持ちに深月は足を止めてしまった。付き合っているのか、いないのか。はっきりとしていなかったが、亜弥がどんな風に認識してくれているのかがなんとなく分かった。

「そ、そうですね」

たぶん、何もなければ亜弥が男子と手を繋ぎたいと思うことはないだろう。日和が明に甘えているのを今までにも見ているのに、気にしたのは告白してからが初めてで。比較《ひかく》したのも、亜弥の中で深月と付き合っている、と認識してくれているからではないだろうか。

「……やっぱり、嫌でしたか？」

足を止めてしまったからか、不安そうに亜弥の目が揺れている。

「ううん。そんなことない。俺も今日、ずっと亜弥とこうしたかったから」

「そ、そうなのですか……！」

意外そうにしながらも柔《やわ》らかい笑《え》みを浮かべた亜弥に深月も笑い掛《か》けた。実際のところ、亜弥と付き合っているのかを正確な言葉に出来た訳ではない。それでも、亜弥の一挙手一投足を見ていればもう大丈夫だと思えたから。

「このまま帰ろうか」

「はい。帰りましょう」

さっきまでの緊張がなくなり、自然と接していられる。歩幅も揃《そろ》って息が合っていた。

亜弥に告白してまだ三日しか経っていないというのに焦《あせ》り過ぎていたのかもしれない。明の言う通りだ。ゆっくりでいい。時間を掛けて、少しずつ亜弥ともっと距離《きょり》を縮めていけばいいのだ。自分達のペースで。これからも、一緒《いっしょ》に居るのだから。

「……ふふっ。今日は本当に楽しいです」

「だからって、腕を振るのはちょっと恥ずかしいんだけど」

「いいじゃないですか。誰も見ていないんですし」

満面の笑みを浮かべる亜弥には勝てそうになくて、深月も一緒に腕を振って帰った。

しっかりと繋いだ小指が離れてしまわないように気を付けながら。

エピローグ

いつもよりも早い時間に設定していた目覚ましの音で目を覚まし、いつもよりも時間を掛けて亜弥《あや》は学校に行くための身嗜《みだしな》みを整える。鏡の前で髪《かみ》の毛が乱れていないか。可愛く笑えているかの確認を怠《おこた》らない。どれもこれも、全て深月《みづき》に可愛いと思われたいからだ。誰に見られても不快感を与《あた》えないように身嗜みには注意していた。でも、今は周りの人はどうでもよくて、深月一人に可愛い自分を見てほしくて行っている。こんな一面が自分にもあるのだと思うとむず痒《がゆ》くなってしまった。

「……うん。大丈夫ですね」

制服も着こなして、完璧《かんぺき》だ。これなら、深月と会っても問題ない。

学校の支度《したく》を済ませて家を出ると亜弥は合鍵《あいかぎ》を使って、深月の家に上がった。約束はしていないけど、今日から始まる新学年に向けて深月と話して元気を貰《もら》ってから登校したかったからだ。あと、深月の声を聞きたくなったのと。深月に会いたくなったからである。

「昨日の夜も、寝《ね》る前まで深月くんと通話していたのに欲張りですね」

変わらず、深月とは夕飯を共にして。昨日までの春休みの間は早く深月に会いたくて、お昼も一緒に食べたりして大半の時間を過ごした。夜もなるべく遅《おそ》くまで深月と話して楽しんでいた。

それなのに、起きたらすぐに深月に会いたくなって。深月の声を聞きたくなってしまう。自分でも引いてしまうほど、深月を求めてしまっている気がしている。

リビングにも洗面所にも、どこにも深月の姿はない。まだ寝ているのだろう。恐る恐る深月の自室に足を踏《ふ》み入れれば、ベッドで眠《ねむ》る深月を発見した。布団《ふとん》にくるまり、気持ち良さそうに寝息《ねいき》を立てている。

「深月くんの寝顔《ねがお》……可愛い」

ベッドに頬杖《ほおづえ》をついて、深月の寝顔を眺《なが》める。鋭《するど》い目付きはカッコいいけれど、閉じていれば年相応よりも幼く見えて可愛いと思う。たぶん、あんまり共感はしてもらえないだろうけど。

「このままずっと眺めていても飽《あ》きませんね」

少しでも、学校に行く前に深月との時間を過ごしたくて早めに起きたけど、時間でいえばまだ寝ていても問題はない時間だ。気持ち良さそうにしているし、このまま寝かせておく。深月の寝顔を見る機会はそんなにないので、堪能《たんのう》するためでもある。

「今なら、深月くんに触《さわ》りたい放題です」

起こさないように気を付けながら、頭を撫でてみたり頬に指を押《お》し当ててみたりする。寝ているのをいいことに、好き放題深月に触れるなんて自分が信じられない。それでも、深月と付き合ってからはふとした瞬間に触れたくなってしまい、欲望に負けてしまう。この前なんか、自分から手を繋いでしまった。大胆《だいたん》なことをしてしまったけど、深月も同じ気持ちだと言ってくれてとても嬉しかったことは記憶《きおく》に新しい。

――それもこれも、日和《ひより》さんのおかげですね。

ボウリングをしに遊びに行った日、亜弥は日和と雫にトイレへ連れ込まれ、深月と名前で呼び合っているけど何があったのかと問いただされて、付き合っていることを白状した。二人は手を繋ぎ合って黄色い声を出しながら盛り上がっていたが亜弥はそれどころじゃなくて、日和に相談した。

異性と付き合うなんて初めてで、彼女《かのじょ》としてどうすればいいのか分からない。深月に何をしてあげればいいのか。深月とどう接すればいいのか。深月に触れたい時は触れてもいいのか、など。知らないことが多すぎて、明《あきら》と付き合っている日和に教えてほしかった。

けれど、日和の答えはいまいち理解が及ばないものだった。正解なんてないから、したいようにしてみるのがいいらしい。不安で仕方がないのに日和と雫は亜弥の相談には耳も

貸さず、根掘《ねほ》り葉掘《はほ》り質問してきては辱《はずかし》めてくるだけで頼りにならなかった。

でも、深月と手を繋ぎたくなって繋いでみたら、深月はちゃんと返してくれて。なんとなく日和の言っていたことを理解したような気がした。

「だからって、過度な接触《せっしょく》はいけませんね。起こしてしまうのは可哀想《かわいそう》ですし」

正直なところ、こんなにも深月に会いたくなって。声を聞きたくなって。触れたくなっているのに深月のことがどんな風に好きなのかはまだ分からない。これまで、告白をされてきても感謝するだけで、気持ちを理解しようとはしてこなかったツケだろう。深月が好きだとははっきり言えるし、誰よりも特別な存在だ。けど、深月が伝えてくれた気持ちと同じなのか整理がついていない。

「いつか、ちゃんと言えるんでしょうか……深月くんと同じ好きですって」

交際しているのだから、いつかはちゃんと言いたい。深月と対等な気持ちで付き合っていきたい。その方がもっと深月と仲良くなれるだろうし、恋人《こいびと》らしくなれるだろうから。

「……言いますよ。必ず。だから、その時まで待っていてくださいね」

いつまでも、曖昧《あいまい》なままでいるつもりはない。だって、深月から好きだと言われてとても嬉しかったから。その気持ちは絶対に深月に返したい。

不意に深月のスマホが大きな音を出しながら震《ふる》え始めた。アラームだ。いつの間にか、深月の起きる時間になっていたらしい。薄《うっす》らと目を開けた深月がこっちをぼんやりと見てくる。

「……亜弥？」

「おはようございます」

夢でも見ているると思っているのだろうか。アラームを止めてからも深月は不思議そうにしていたが急に意識が覚醒《かくせい》したらしい。飛び起きた。

「え、亜弥⁉　なんで⁉」

よっぽど驚いたようでまるで不審者《ふしんしゃ》でも見るような目を向けてくる。確かに、約束もなしに不法侵入《しんにゅう》したけれど、少し驚き過ぎな気がする。

「彼女に向ける眼差《まなざ》しですか」

もう少し喜んでほしくてちょっと拗《す》ねてしまった。

――勝手に入った私が悪いのにまた勝手なことを。

反省していれば、深月がぽかんと口を大きく開けて目を丸くする。その反応に違和感を覚えた。目覚めてこっちを見た時とはまた違った驚き方をしているような気がする。嫌な予感がしつつも、確認しておかなければならないことで亜弥は口にした。

「……えっと、その。私は深月くんの彼女じゃない、のでしょうか？」

「……凄く情けないことを言うけど、亜弥に好きだと言った日にちゃんと付き合ってください って言ってなかっただろ。だから、亜弥がどんな風に思ってるのか。ちゃんと付き合ってることになってるのか、不安だったんだ」

頬《ほお》を掻《か》きながら口にした深月に亜弥は確かに、と腑《ふ》に落ちた。好きだとか側に居たいとか。嬉しい言葉は沢山《たくさん》聞いたけど、肝心《かんじん》な、付き合うかどうかの話はしていない。

別に、していなくても好きだと言われて亜弥も好きだと返したし、側に居たいと言ってくれて亜弥も側に居てほしくて気持ちを伝えた。だから、一致《いっち》しているのだから付き合っているものだと思《おも》い込んでいたが深月の言う通りだ。どっちもどうなりたいのか言葉にしていなかった。深月が不安がるのも仕方がないだろう。

「深月くんが好きです。私と付き合ってください」

ここで変に意地を張ったりして深月と付き合わないようなことになるのが嫌で、息をするように告白していた。

――なんだ。私、ちゃんと深月くんのことが好きなんですね。

証明出来るような物もなければ、上手に説明も出来ない。けれど、確かに自分の中で確信するものがあった。深月のことが大好きなのだと。そう自覚すれば胸につっかえていた物がなくなったようにすっきりした。

「それで、返事は？」

頬を真っ赤にして固まっている深月が面白《おもしろ》くて、笑みを浮《う》かべながら催促《さいそく》する。告白をされた日からずっと付き合っているつもりだったのに、不安にさせてきた罰《ばつ》だ。別に、深月一人の責任だとは思っていないけど、一刻も早く、安心させてほしい。断られる気もしていないけれど。

「……なんで、そんな得意気なの？」

「照れてる深月くんを見れて嬉しいから。それより、返事は？」

「めっちゃ急《せ》かしてくるな」

「だって、返事はもう分かっているんですもん。早く、深月くんの口から聞きたいです」

「まあ、どうなるかは分かってるけど一応、心の準備をしたいのに……この、黒聖女様」

「そんな私を好きになってくれたのが深月くんでしょう？」

「そうだよ……ちょっと待って」

前は何度も好きだと言ってくれたのに今は緊張が勝つようで深月は深呼吸を繰《く》り返す。

よし、と小さく呟くと目を真っ直ぐに見てきた。

「俺も亜弥のことが好きだよ。だから、よろしくお願いします」

「そう言うと分かってました！」

調子に乗って鬱陶《うっとう》しがられるかもしれないけれど、付き合っている自信がなかっただけで深月も思ってはくれていたのだ。付き合っていると。だから、改めて告白をしたところで結末は変わらないと分かっていた。

それでも、ちゃんと言葉にしたからこそ意味があるのだと思う。

「なんだよ、それ……でも、そっか。亜弥と付き合ってるんだ。スゲー嬉しい」

心の底からそう思ってくれている、と感じさせてくれる深月の笑顔に亜弥は胸の中が温かくなった。

──深月くんを好きになって、私は私のことも好きになれました。

不幸しか呼び込まない自分がどうして存在しているのだろう、と亜弥は自分が大嫌《だいきら》いだった。だからって、自分を傷付けるつもりはなかったけど、邪魔者《じゃまもの》の自分を好きだと思ったこともない。

けれど、こんな自分を好きになってくれて。付き合ってる、と喜んでくれる深月を見ていれば自分は存在していいのだと思えた。深月が好いてくれる自分を、亜弥も深月を悲しませないために大切にしたいと救われたのだ。

「私だって、凄く嬉しいです。深月くんよりもずっと」

「聞き捨てならないな。俺の方が負けてない」

「いいえ、私の方が勝っています」

「じゃあ、どれくらい？」

「ど、どれくらい？」

難しい質問をしてくる。そんなこと、言葉で説明出来るはずがないのに。

「因《ちな》みに、俺は──今すぐ、亜弥をこう、なんと言いますか……ぎゅっとしたくなるくらいだ」

「……え？」

「駄目《だめ》、かな」

両腕《りょううで》を広げながら確認してくる深月が何をしたがっているのか分かってしまい、亜弥は頬が急速に熱くなるのを感じた。

「し、したいのですか？」

「うん」

ベッドから立ち上がっただけだというのに、深月の行動にドキッとする。

「そ、そんな、付き合ったばかりなのにそんなこと……」

「……嫌か？」

「嫌、という訳じゃ……」

深月に抱《だ》き締《し》められるのが嫌なはずがない。体目当てで深月が思いを告げてくれたのではないことは目を見れば分かる。真剣《しんけん》だ。大事にしてくれるだろうと、絶対的な信頼《しんらい》がある。

ただ、不安なのだ。深月に抱き締められたりすれば自分がどんな風に変わってしまうのか想定が及ばなくて。もしかすると、何かある度に深月にそういうことを望んでしまうかもしれない。ただでさえ、深月を求め過ぎな気がするのだ。これ以上、後に引けない状態になってしまうのが少し怖《こわ》い。

「……流石に、早いか。もうちょっと、段階を踏んでからだよな」

「そんなこと、ないですから」

深月の方が先に諦《あきら》めてしまいそうで、気が付けば亜弥は深月の腕《うで》の中に飛び込んでいた。

考えていなかった訳ではない。いつかは、深月とこういうことをする日が来るのだと。むしろ、来てほしいと望んでいた。

——誘惑《ゆうわく》に弱いですね、私は。

ゆっくりと深月の両腕が腰《こし》辺りに回される。心臓の鼓動《こどう》が激しく音を立ててゆく。深月との距離が少しずつ近くなり、固くなったからだがすっぽりと収まるように包まれた。愛《め》でるように優《やさ》しい力加減の深月には安心感があり、幸せを強く感じる。

震える手を伸ばして、亜弥も深月の大きな背中に回して引き寄せた。

——深月くん、凄《すご》くドキドキしてる。私もですが。

ぴったりとくっついているから深月の鼓動がどうなっているのか伝わってくる。ドクンドクンと大きくて速い。亜弥も同じだから、聞かれるのは恥ずかしいけどなんだか居心地《いごこち》がよかった。

「……なんか、凄く恥ずかしいな」

「……深月くんが望んだことですけどね」

「こんなに恥ずかしくなるとは思ってなかったんだよ……でも、同じくらい嬉しい」

「……私もです」

「亜弥のこと大切にするし、幸せにする」

「私だって、深月くんのこと大切にしますし、幸せにします。なので、一緒に沢山の時間を過ごしましょうね。約束ですよ」

「約束か……じゃあ、また指切りでもする？」

「そうしましょう」

深月の腕の中から出て、小指同士を絡ませる。形に残らなくても、今日のことはずっと亜弥の記憶に残り続けるだろう。

「ふふっ。なんだか、私達の定番みたいになってしまいましたね」

「まあ、高校生にもなって子どもっぽいとは思うけど……亜弥と指切りするのは楽しいよ」

「むぅ。私のこと、幼いと思っているのでしょう」

「正直に言えば」

「私と深月くんは同い年なんですからね。深月くんのこと、嫌《きら》いです」

「でも、本当は？」

「なっ……！」

得意気な顔で試《ため》すように聞き返され、亜弥は意表を突《つ》かれた。勿論《もちろん》嘘ではあるが、好きな人から嫌いだと言われたら多少は動揺《どうよう》すると思っていたのに深月には効いていない。

「それで、亜弥の本音は？　俺のこと、嫌い？」

「……っ。嫌いじゃない、です」

「そう言うと分かってた」

さっきの意趣《いしゅ》返しのつもりだろうか。にやり、と意地悪な笑みを浮かべる深月が憎《にく》たらしくて頬を膨《ふく》らませてしまう。拗ねてしまったことが深月に見抜《みぬ》かれたらしく、声を出して笑われた。

「ほんと、亜弥と居ると飽きないな」

「あっそ。そうですか。それは、何よりですー」

「あれ、怒《おこ》った？」

「さあ、どうですかね。あんまりからかわれると本当に深月くんのこと、嫌いになってしまうかもしれませんね」

「それは、困る」

「……もう。冗談《じょうだん》にそんな真面目な反応しないでください」

間髪《かんはつ》をいれずに言ってきた深月にどれだけ好かれているのか分かって、亜弥の方が羞恥心に襲《おそ》われてしまった。

「冗談か……よかった」

「……好きですよ、深月くん」

「っ！」

安心している深月の耳元で背伸《せの》びをして囁《ささや》く。亜弥だけ恥ずかしい思いをさせられた仕返しだ。深月の耳まで赤くすることが出来て大成功だった。

「ちょ……今のはズルいだろ」

「深月くんにだけは言われたくありません」

「はあ？」

困惑《こんわく》する深月に亜弥は背を向ける。チラッと後ろを見れば腕を組みながら深月は悩《なや》んでいる様子だ。そんな姿についつい唇《くちびる》が三日月の形になった。

これからも、こんな楽しい時間を大好きな深月と過ごせるようにと願いながら。

了

あとがき

発売時期が年末年始ですので、少し早いかもしれないですが明けましておめでとうございます。ときたまです。

この度は『黒聖女様に溺愛されるようになった俺も彼女を溺愛している』の三巻を手に取ってくださり、ありがとうございます。二巻同様、発売までにかなりの時間を要してお待たせすることになってしまいましたが、こうして三巻を出版出来たこと、嬉しく思います。これもひとえに読者の皆様の応援があってこそのおかげです。御礼申し上げます。

あとがきから読む派の方もいると思われるため、本編のネタバレにはならないように気を付けながら三巻のお話でも出来ればと思います。

執筆するにあたり、三巻ではどこまで深月と亜弥の関係を進めるかが一番の悩みどころでした。ゆっくりと距離を詰めていく二人のため、一気に進めてもいいものなのか、そうしない方が二人らしいのか。『カクヨム』や『小説家になろう』で公開していた時をベースにするのか、変更するのか。最後の最後まで悩まされる問題でした。あとがきから読んである、という方はどうなったのか本編で確かめてもらえると幸いです。

既に本編をお読みくださった方はいかがだったでしょうか。楽しんでいただけましたか。三巻では、深月と亜弥のラブコメやからかい黒聖女様をたくさん書けたのではないかなと感じています。挿絵の深月をからかっている亜弥の一枚、めちゃくちゃ可愛くないですか。楽しんでもらえたのなら幸いの一言に尽きます。


今回はもう少しあとがきにページを使えるようですがネタバレを避けるため、ここからは私事の話でもしようかと。

三巻のプロットを仕上げ、原稿に取り掛かっている最中のことです。勤めていた会社が急遽、潰れることになり、無職の状態になりました。締切があるとはいえ、ときたまには無職になっても養ってくれる聖女様がいないので、いつまでも無職では生活も出来ず、就職活動と並行して進めていくことになったんですね。

このあとがきを書いている時点では既に新しい就職先で頑張っているのですが、とにかく焦りと不安の中での執筆でした。三巻執筆における何よりもの苦労点です。無事に書き上げられたことに安心するばかりです。

そうして書き上げた三巻を今は楽しんでもらえてるといいな、と思いながら年末年始を過ごしています。ちなみにときたまの場合、年末年始でも特に普段の休日と変わりなく過ごしています。おせち料理も苦手でお餅もそんなに好きじゃないので正月気分はあまりしていません。コタツでぬくぬく過ごしながら、ゲームをしたり、執筆をしたり、好きなようにしています。

祝日であっても出勤しないといけない職種ですので、滅多にない長期休暇は好きなように過ごすのが一番です。

読者の皆様も寒さや体調にはくれぐれも気を付け、よき年末年始をお過ごしください。

さて、ここからは謝辞を。

まずは、元担当編集のK様。三巻では、プロット段階までという短い期間でしたがお世話になりました。K様がHJ小説大賞で黒聖女様に目を付けてくださったおかげでこうして世の光を浴びることが出来ています。新天地でのさらなる活躍をお祈りしています。同じ、新天地に行った者同士、頑張りましょう。今までありがとうございました。そして、これからもよろしくお願い致します。

次に新担当編集のT様。三巻では、本当にお世話になりました。プロット段階から悩んでいたり、就職先が潰れて就職活動と同時進行の執筆でかなり原稿完成が遅くなったにもかかわらず、全てのスケジュールを調整してくれたこと、感謝してもしきれません。多大なご迷惑をお掛けしました。すみません。三巻を完成させられたのは間違いなくT様のお力添えがあったからです。ありがとうございました。今後とも、ご迷惑をお掛けすると思いますがよろしくお願い致します。

イラストを担当してくださった秋乃える様。三巻でも多くの可愛いイラストを描いてくださり、ありがとうございます。執筆に行き詰まる中、送られてくるラフイラストや完成イラストに何度も癒されて助けられました。三巻はカバーイラストが特にお気に入りの一枚です。これからもよろしくお願い致します。

その他、HJ文庫の皆様。校閲の皆様。出版するにあたって携わってくださった全ての皆様に厚く御礼申し上げます。ありがとうございました。

最後にいつも黒聖女様を応援してくださっている読者の皆様へ。冒頭でも書いた通り、三巻まで出版出来たのも読者の皆様の応援があってこそです。本当にありがとうございました。いつの間にか、一巻発売から一年が経っています。あっという間の一年でしたが、こうして続けていくためにも今後とも、変わらぬ応援をして頂けると嬉しい限りです。よろしくお願い致します。

それでは、また次の機会にお会い出来ることを願って。

生来の体質は劣等だけど、その身の才能は規格外!!

魔界帰りの劣等能力者

著者／たすろう　イラスト／かる

堂杜祐人は霊力も魔力も使えない劣等能力者。魔界と繋がる洞窟を守護する一族としては落ちこぼれの彼だが、ある理由から魔界に赴いて──魔神を殺して帰ってきた!!

　天賦の才を発揮した祐人は高校進学の傍ら、異能者として活動するための試験を受けることになり……。

シリーズ既刊好評発売中

魔界帰りの劣等能力者 1～11

最新巻　**魔界帰りの劣等能力者12.幻魔降ろしの儀**

HJ文庫毎月1日発売　発行：株式会社ホビージャパン

平凡な高校生が召喚された先で受けた任務は――吸血鬼退治!?

高1ですが異世界で城主はじめました

著者／鏡 裕之　イラスト／ごばん

異世界に召喚されてしまった高校生・清川ヒロトは、傲慢な城主から城を脅かす吸血鬼の退治を押し付けられてしまう。ミイラ族の少女に助けられ首尾よく吸血鬼を捕らえたヒロトだが、今度は城主から濡れ衣を着せられてしまい……？
度胸と度量で城主を目指す、異世界成り上がりストーリー！

シリーズ既刊好評発売中

高1ですが異世界で城主はじめました 1〜23

最新巻　高1ですが異世界で城主はじめました 24

HJ文庫毎月1日発売　　発行：株式会社ホビージャパン

ただの数合わせだったおっさんが実は最強!?

最低ランクの冒険者、勇者少女を育てる
~俺って数合わせのおっさんじゃなかったか?~

著者/農民ヤズー　イラスト/桑島黎音

異世界と繋がりダンジョンが生まれた地球。最低ランクの冒険者・伊上浩介は、ある時、勇者候補の女子高生・瑞樹のチームに数合わせで入ることに。違い過ぎるランクにお荷物かと思われた伊上だったが、実はどんな最悪のダンジョンからも帰還する生存特化の最強冒険者で——!!

シリーズ既刊好評発売中

最低ランクの冒険者、勇者少女を育てる 1~4

最新巻 最低ランクの冒険者、勇者少女を育てる 5

HJ文庫毎月1日発売　発行:株式会社ホビージャパン

HJ文庫毎月１日発売！

勇者殺しの花嫁 Ⅰ
-血溜まりの英雄-

最強花嫁(シスター)と魔王殺しの勇者が紡ぐ新感覚ファンタジー。

魔王が討たれて間もない頃。異端審問官のアリシアに勇者暗殺の指令が届く。しかし、加護持ちの勇者を殺す唯一の方法は“愛”らしく、アリシアは勇者を誘惑しようとしたが──「女相手になにしろって言うんですか!?」やがてその正体が同じ少女だと気付き、アリシアの覚悟が揺れ始め──

著者／葵依幸
イラスト／Ｅｎｊｉ

発行：株式会社ホビージャパン

HJ文庫 https://firecross.jp/
1136

黒聖女様に溺愛されるようになった俺も彼女を溺愛している3

2024年1月1日　初版発行

著者――ときたま

発行者―松下大介
発行所―株式会社ホビージャパン

〒151-0053
東京都渋谷区代々木2-15-8
電話　03(5304)7604（編集）
　　　03(5304)9112（営業）

印刷所――大日本印刷株式会社

装丁――AFTERGLOW／株式会社エストール

乱丁・落丁（本のページの順序の間違いや抜け落ち）は購入された店舗名を明記して
当社出版営業課までお送りください。送料は当社負担でお取り替えいたします。
但し、古書店で購入したものについてはお取り替えできません。

禁無断転載・複製

定価はカバーに明記してあります。

©Tokitama

Printed in Japan
ISBN978-4-7986-3386-2　C0193

ファンレター、作品のご感想
お待ちしております

〒151－0053　東京都渋谷区代々木2－15－8
(株)ホビージャパン HJ文庫編集部 気付
ときたま 先生／秋乃える 先生

アンケートは
Web上にて
受け付けております

https://questant.jp/q/hjbunko

- 一部対応していない端末があります。
- サイトへのアクセスにかかる通信費はご負担ください。
- 中学生以下の方は、保護者の了承を得てからご回答ください。
- ご回答頂けた方の中から抽選で毎月10名様に、HJ文庫オリジナルグッズをお贈りいたします。